LA FILLE
DU DIABLE

DU MÊME AUTEUR
aux éditions du Rocher

CYCLE DE PHÉNIX
Phénix, 1986, réédité en deux tomes en 1998.
Graal, 1988, réédité en deux tomes en 1999.
La Malédiction de la licorne, 1990.

CYCLE LES ENFANTS DE L'ATLANTIDE
Le Prince déchu, 1994.
L'Archipel du soleil, 1995.
Le Crépuscule des géants, 1996.

CYCLE LA PREMIÈRE PYRAMIDE
La Jeunesse de Djoser, 1996.
La Cité sacrée d'Imhotep, 1997.
La Lumière d'Horus, 1998.

ROMAN
La Porte de bronze, 1994.
La Lande maudite, 1996.
Antilia, 1999.

Bernard SIMONAY

LA FILLE
DU DIABLE

roman

ÉDITIONS DU
ROCHER
Jean-Paul Bertrand

ISBN 2 268 03616 2

Les personnages et les organismes de ce roman sont totalement imaginaires. Toute ressemblance avec des personnages ou des organismes existant ou ayant existé ne pourrait être qu'une coïncidence.

À mes parents,
À la fée Viviane,
À Sophie, Lily et Michaël.

PROLOGUE

Malgré la grande maîtrise que Nathalie exerçait sur elle-même, son cœur battait à coups violents et réguliers dans sa poitrine. Elle avait très peu de temps. D'un doigt ferme, elle appuya sur la touche « entrée », et l'écran de l'ordinateur s'alluma. À cet instant précis, elle ne risquait encore rien, mais, dès qu'elle aurait déverrouillé les codes d'accès, les autres s'en apercevraient. Bien sûr, ils penseraient avoir affaire à l'utilisateur habituel de l'appareil. Or, celui-ci était en route et allait bientôt les rejoindre. Elle disposait donc d'une heure au plus pour vérifier que ses mots de passe étaient corrects et pénétrer les dossiers interdits. Elle prenait un risque énorme : si, de sa voiture, Alexandre téléphonait à ses complices pour confirmer son arrivée, l'échéance se réduirait à néant. Ils auraient tôt fait de comprendre que la fuite venait de chez lui, et qu'elle seule pouvait l'avoir trahi. Il lui faudrait alors s'échapper aussi vite que possible.

Cependant, elle était déterminée à aller jusqu'au bout. Elle s'était lancé un défi, pour racheter ses erreurs passées, des actes qui aujourd'hui, avec le recul, lui répugnaient. Elle aurait pu tenter d'oublier toute cette abjection, mais une force supérieure la poussait. Elle agissait pour une cause juste, même si ce qu'elle s'apprêtait à faire relevait des tribunaux. De toute manière, il n'y avait aucune chance pour qu'Alexandre portât plainte. Elle était ravie du mauvais tour qu'elle s'apprêtait à lui jouer. Il lui avait fallu beaucoup de courage et de patience pour supporter sa suffisance et ses raisonnements imbéciles, machistes et racistes. Si elle découvrait ce qu'elle souhaitait, elle n'aurait aucun remords à lui faire payer sa mentalité écœurante.

Ses doigts couraient sans hésitation sur le clavier. L'informatique était l'un de ses passe-temps favoris. Son métier principal, actrice, n'avait guère de rapport avec les ordinateurs, mais elle avait suivi avec intérêt l'évolution du matériel, et s'était toujours équipée des modèles les plus performants. Elle adorait surfer sur Internet. Il lui était arrivé plusieurs fois de « craquer » les codes d'organismes qui se croyaient protégés de manière imparable. Ce n'était pour elle qu'un jeu, le plaisir de se mesurer à la machine, sans se faire prendre par les « traqueurs » de la nouvelle police informatique. Celle-ci avait toujours un métro de retard. On lui avait dit un jour qu'elle aurait pu faire fortune chez un fabriquant d'ordinateurs. Mais cela ne l'intéressait pas. Jouer la comédie constituait une passion plus dévorante encore.

Cette fois cependant, elle avait dû conjuguer ses deux talents. Le défi était audacieux, car le réseau fonctionnait en circuit fermé, totalement inaccessible de l'extérieur. C'était la raison pour laquelle il lui avait été indispensable de s'introduire dans l'intimité d'Alexandre. La chose n'avait guère présenté de difficultés. Alexandre Duplessis, chirurgien renommé et play-boy infatué de sa personne, s'était rengorgé lorsque Nathalie Vallières, la star mondialement connue, s'était intéressée à lui. Leur liaison lui avait prouvé qu'il était bien l'un des hommes les plus séduisants de la planète. Compte tenu de la très haute opinion qu'il avait de lui-même, l'idée ne l'avait pas effleuré qu'elle s'était rapprochée de lui dans un tout autre but : démasquer ses magouilles financières aux dépens d'associations caritatives. Les R.G. le soupçonnaient depuis déjà quelques années, et Nathalie n'avait donc aucun scrupule à plonger dans les méandres virtuels de son ordinateur. Si Marceau avait vu juste, elle n'hésiterait pas à le faire tomber.

Malgré les indices glanés en fouillant dans les affaires de son amant, il ne lui fallut pas moins de vingt minutes pour briser les sésames. Enfin, l'écran se modifia, comme une porte qui s'ouvre sur un autre monde, et la tête d'un animal improbable se dessina, symbolisant le dieu égyptien Seth. Fébrilement, Nathalie se mit au travail.

Quelques minutes plus tard, son excitation s'était muée en un mélange d'incrédulité, de colère et d'horreur. Le secret épouvantable qu'elle venait de percer n'avait aucun rapport avec de sordides manœuvres financières. C'était bien pire. Elle crut un instant être l'objet d'hallucinations. Tout cela ne pouvait être vrai, elle devait se tromper ! Aucun homme n'était capable de telles ignominies ! Une sensation de froid lui parcourut la colonne vertébrale. L'ampleur de ce qu'elle avait découvert défiait l'imagination. Des noms, des fonctions, des faits précis et atroces apparaissaient sous ses yeux, alignés froidement par la mémoire sans âme de l'ordinateur. Un incoercible sentiment de rage l'envahit. Pourtant, peu à peu, une idée s'imposait à elle : il lui était impossible de dénoncer ces monstruosités. Tout cela allait trop loin, trop haut. Le commissaire Marceau lui-même ne pourrait agir.

Tétanisée par l'abjection qui se dévoilait implacablement sous ses yeux, elle en avait oublié l'heure. Fascinée, elle poursuivit ses investigations. Soudain, l'image de l'écran s'émietta en une myriade de pixels multicolores, laissant la place à un fond noir sur lequel s'inscrivit un message :

« Nathalie, tu aurais pourtant dû savoir qu'il est dangereux d'ouvrir la boîte de Pandore ! »

Comme éveillée d'un cauchemar, elle ne put retenir un cri. Alexandre s'était rendu compte de sa trahison ! Elle croyait entendre sa voix derrière chaque mot. Une onde de panique lui broya les entrailles. Elle dut faire un violent effort de volonté pour calmer les battements de son cœur emballé. Elle regarda autour d'elle comme un animal pris au piège : elle était encore seule dans le vaste bureau. Mais l'étau allait se refermer sur elle d'un instant à l'autre, et, en raison de ce qu'elle venait de découvrir, ils n'hésiteraient pas une seconde à la supprimer.

Elle trouva cependant le courage de reprendre le contrôle de la console, isola l'ordinateur, pénétra de nouveau dans le programme interdit et, tout en pestant contre la lenteur de la machine, établit un double sur disquette. Elle consulta sa montre. Cela faisait près d'une heure et demie qu'elle étudiait les dossiers maudits. Il n'y avait pas d'alternative. Elle devait s'enfuir loin, très loin. Elle enfila une veste, attrapa son sac et sortit discrètement du bureau. Il valait mieux éviter d'alerter le couple de cerbères – le jardinier et la cuisinière – qui veillaient sur la propriété en l'absence du maître. En pénétrant dans le hall, elle se força à adopter une allure normale. La vieille, qu'elle n'avait jamais aimée, surgit tout à coup devant elle.

– Où allez-vous ?

Nathalie s'efforça de masquer son trouble.

– Monsieur ne sera pas là avant demain. Je sors.

– Monsieur vient d'appeler. Il m'a demandé de vous dire qu'il fallait l'attendre.

– Si j'en ai envie ! s'insurgea-t-elle. Je suis libre, que je sache.

La vieille ne l'écoutait déjà plus.

– Édouard ! Elle refuse de rester ! s'égosilla-t-elle.

Le jardinier apparut à son tour, armé d'un fusil. Nathalie comprit que l'alerte était donnée. Elle ne prit pas le temps de réfléchir. Avant qu'il ait eu le temps de la mettre en joue, elle bondit sur lui, détourna l'arme et décocha un violent coup de pied dans les parties du bonhomme. Celui-ci s'écroula en se tordant de douleur. D'un geste vif, Nathalie lui arracha le fusil et le pointa sur la cuisinière qui s'était mise à glapir. Un vigoureux coup de poing dans la face simiesque de la bonne femme suffit à la faire taire. La gardienne s'écroula sur son mari toujours à la recherche de son souffle égaré.

Deux hommes pénétrèrent à leur tour dans le hall, des gorilles engagés par Alexandre pour défendre la propriété contre les intrus de tout poil. La jeune femme braqua l'arme sur eux et voulut leur tirer dans les jambes. Malheureusement le fusil n'était pas chargé. Le faciès des vigiles s'éclaira d'un mauvais sourire. Ils la dépassaient d'une bonne tête. Pourtant, au lieu de fuir, elle les attendit de pied ferme. Lorsqu'ils se jetèrent sur elle, leurs bras ne rencontrèrent que le vide. L'instant d'après, Nathalie ripostait avec une précision et une violence inattendues. Les deux brutes se retrouvèrent au sol, l'un avec un bras disloqué, l'autre avec la tête bourdonnant d'un coup de pied qui lui avait cassé trois dents. Ils ne s'étaient pas attendus à une semblable résistance. Tout était allé trop vite. Avant qu'ils aient pu réagir, la jeune femme avait disparu dans le parc.

Courant vers le garage, Nathalie bénit le producteur qui lui avait demandé, pour les besoins d'un film, d'apprendre l'aïkido et le close-combat. Elle avait trouvé ces sports à son goût, et s'était perfectionnée. Ils pouvaient toujours se révéler utiles. La preuve !

À tout moment, elle redoutait de voir surgir des hommes de main qui lui barreraient le passage. Les muscles parcourus par des bouffées d'adrénaline, elle monta dans sa voiture, déclencha le mécanisme de la lourde porte d'entrée du parc, espérant que les gardiens n'avaient pas eu le temps de le déconnecter. Il y avait plus de cent mètres jusqu'au portail. Elle lança son véhicule à plein régime, mais il lui sembla qu'il se traînait. Elle poussa un soupir de soulagement : le portail était ouvert. Au mépris de toute prudence, elle déboula sur la route à vive allure, et tourna en direction de Beaugency.

Les faisceaux des phares d'une puissante voiture trouaient la nuit au loin : probablement celle des hommes de main d'Alexandre. Ils n'avaient pas perdu de temps. Elle fit effectuer un tête-à-queue à son véhicule et appuya à fond sur l'accélérateur. Filant à vive allure, elle s'enfonça dans la nuit. Elle traversa en trombe La Ferté-Saint-Cyr. Un panneau indiqua la direction de Romorantin. Mue par une inspiration soudaine, Nathalie bifurqua tout à coup sur la gauche, en direction de Marolles.

Sa seule chance consistait à semer ses poursuivants. Elle avait très peu d'avance sur eux, et sa voiture n'était pas aussi rapide que la leur. Elle devait donc ruser. Elle connaissait parfaitement cette région de Sologne. Mais serait-ce suffisant pour réussir à leur échapper ?

1

Un an plus tard…

« Macabre découverte dans une forêt de Sologne. Un garde forestier a retrouvé un sac contenant des ossements humains. Celui-ci avait été lesté pour être ensuite jeté dans l'étang dit de la Grande Briganderie, près de la petite commune de Marolles-en-Sologne, située à une trentaine de kilomètres au nord de Romorantin. Un phénomène inexpliqué, sans doute dû aux gaz de décomposition, a provoqué la remontée de ce sac. Nous ne possédons pas d'autres éléments pour l'instant, mais nous ne manquerons pas de vous tenir informés. »

Je viens à peine d'allumer la radio, et voilà la première nouvelle que j'entends. Pas vraiment de quoi me remonter le moral. Encore que… la perspective de massacrer Élisabeth, de la dépecer en petits morceaux que je grillerais ensuite au barbecue ne serait pas pour me déplaire. Mais il y a peu de risques que je mette cette idée séduisante en pratique. Je frémis rien qu'en pensant aux conséquences, et puis, même ligotée en plein cœur d'une forêt épaisse et complice, il lui suffirait d'un froncement de sourcils pour stopper mon élan vengeur. C'est plutôt décourageant. Malgré notre divorce, qui l'a enfin éloignée, Élisabeth exerce encore sur moi un pouvoir malsain. Depuis les premiers temps de notre mariage, je me sens avec elle comme un petit garçon pas très sûr de la propreté de ses fosses nasales. Elle possède l'art redoutable de me faire culpabiliser, de me diminuer, de me rabaisser sans que j'ose riposter.

Poussant un soupir de regret, j'abandonne mes envies de meurtre et entreprends de me préparer un café bien serré, censé me réveiller. Avec des gestes mécaniques, les mâchoires crispées sur de vagues relents de haine tardive et une bouche pâteuse, je laisse tomber dans un verre d'eau deux cachets d'aspirine destinés à combattre les démons minuscules qui jouent au squash sous mon crâne. J'ai un peu abusé du whisky hier. J'ai quelques excuses. Cela fait à peine un mois que le divorce a été prononcé – à mes torts – et j'ai encore peine à reprendre pied dans la réalité.

Si cela intéresse quelqu'un, je m'appelle Nicolas Dorval et j'ai trente-cinq ans. Dans un but uniquement alimentaire, j'exerce mes talents à l'UBPIC (prononcez « ubépic » et traduisez : Union bancaire parisienne pour l'investissement et le crédit). Je m'y ennuie ferme, mais il paraît que, de nos jours, il vaut mieux ne pas se plaindre de son travail, et s'estimer heureux d'en avoir. Bon.

Il y a cinq mois, à l'occasion d'un cocktail organisé par ladite banque, j'ai croisé le regard incendiaire de Valérie, une sirène hantant les hautes sphères de la direction. N'étant pas d'une nature spécialement entreprenante, je n'aurais jamais osé lever les yeux sur la sirène en question si celle-ci ne m'y avait vivement encouragé. Je me suis demandé pourquoi cette couverture de magazine s'intéressait subitement à moi, mais c'était plutôt flatteur. Elle m'a fait subir un redoutable numéro de charme auquel j'ai été totalement incapable, ou même désireux de résister.

D'ordinaire, Élisabeth m'accompagnait à ce genre de réception. Sa présence, qui ne passait jamais inaperçue, garantissait ma fidélité. Cette fois-là pourtant, elle avait profité de mon absence pour rendre visite à ses parents. Je m'en étais un peu étonné, étant donné qu'elle se foutait d'eux comme de sa première couche-culotte, mais j'étais trop heureux d'être débarrassé d'elle pendant deux jours pour songer à m'en plaindre. La nuit était à moi. Même si j'en avais éprouvé l'envie de nombreuses fois, jamais je n'avais trompé Élisabeth autrement qu'en imagination. Non pas en raison d'un excès de scrupules qu'elle ne méritait pas, mais parce qu'elle avait fini par me faire croire qu'aucune femme ne s'intéresserait jamais à moi. Valérie m'apportait la preuve qu'elle avait tort, et je n'allais certainement pas laisser passer l'occasion. Nous avons quitté la réception aussi discrètement que possible pour nous rendre à son appartement, situé tout près du siège. Une aubaine, avec nuit éblouissante à la clé.

Après ce coup de canif dans un contrat déjà bien malade, j'avais espéré poursuivre cette liaison inattendue. J'ai dû redescendre très vite de mon petit nuage. Quelques jours plus tard, au cours d'un rendez-vous que j'avais fini par lui arracher, Valérie la sirène m'a fait comprendre que ses intentions ne coïncidaient pas tout à fait avec les miennes. Elle avait eu envie de passer quelques moments agréables avec moi, et c'était tout. Son rire de gorge et son léger baiser d'adieu m'ont littéralement cloué sur place, avec la désagréable sensation de n'avoir pas été à la hauteur.

Déçu et frustré, j'ai donc classé l'aventure parmi les affaires « sans suite » et je m'apprêtais à en éprouver des tonnes de remords lorsque Élisabeth, renseignée par des âmes compatissantes, indignées et sournoises, a bondi sur l'occasion pour m'administrer une scène grandiose dont la vaisselle survivant aux premiers temps de notre mariage a fait les frais. Comme un boxeur frappé par surprise, je suis sorti de l'épreuve abasourdi, abruti, conscient de n'être qu'un individu minable et lubrique, ayant honteusement trahi la femme la plus admirable du monde. Impossible de réagir. J'étais dans le péché, et ne pouvais opposer aucun argument valable. La belle-famille, douloureusement prévenue de mon inconduite par ma chère moitié, a aussitôt pris fait et cause pour elle, me rendant la vie impossible, et consolidant le mépris discret dans lequel on me tenait depuis toujours. J'étais une pièce rapportée, comme le faisait souvent remarquer mon beau-frère, qui a fait fortune dans la ferraille et auquel sa musculature de déménageur donne de l'assurance.

Parfois, je ne suis pas loin de partager leur point de vue. Je souffre d'un manque d'ambition notoire. Dès le début de notre mariage, Élisabeth m'a poussé aux fesses pour que je gravisse les échelons hiérarchiques. Elle ne doutait pas que je grimperais ainsi jusqu'au sommet. Alors, pour lui faire plaisir, j'ai pris des cours du soir. Elle m'encourageait en me faisant miroiter l'avenir : situation financière avantageuse, villa luxueuse, voilier sur fond d'île tropicale, relations flatteuses... Ce n'était pas vraiment l'argent qui la motivait. Elle possédait un don inné pour l'économiser, en rognant sur les menus plaisirs quotidiens. Toutes les dépenses somptueuses étaient engagées pour la frime, vêtements, sorties en compagnie de personnalités diverses, élus locaux, chefs d'entreprise, notables, supérieurs hiérarchiques, tout ce qui pouvait concourir à concrétiser son ambition et son goût du pouvoir par conjoint interposé. Car si elle souhaitait me voir devenir directeur d'agence, c'était moins pour la rémunération correspondant à ce poste que pour la puissance et la considération qu'il sous-entendait. Elle rêvait de s'accomplir à travers ma réussite professionnelle.

Elle fut déçue. Je suis péniblement parvenu au grade de « conseiller de clientèle ». Les crédits, découverts, agios et autres revenus d'investissement m'emmerdent au plus haut point, et l'atmosphère de l'agence où je travaille m'étouffe.

Moi, j'ambitionnais simplement de vivre. Ma passion, c'est la photo. Adolescent, je rêvais de devenir reporter photographe et de voyager. Après le bac, j'avais même commencé à suivre les cours d'une grande école de photographie. Mais la disparition brutale de mon père avait réduit ce rêve à néant, me laissant désemparé et contraint de me rabattre sur la première opportunité qui s'était présentée : la banque.

Bien entendu, Élisabeth détestait la photo. À force de diplomatie, j'étais parvenu à m'offrir un appareil performant avec lequel je m'enfuyais parfois pour réaliser quelques clichés. Mais Élisabeth manœuvrait avec virtuosité pour que j'y touche le moins possible. Mes « sorties-photos » étaient rares. Avec un génie particulier, elle inventait toutes sortes de prétextes pour que je les annule au dernier moment. Elle s'arrangeait pour inviter des amis, me faisait le numéro de l'épouse délaissée, me reprochait perfidement d'avoir abandonné mes études. Élisabeth savait me toucher aux points sensibles, et susciter en moi un pénible sentiment de culpabilité. Mais après tout, si j'avais envie, moi, de me contenter de vivre ! Aujourd'hui, je me déteste de m'être montré si faible. Lorsque je repense à certaines scènes, j'ai envie de retourner lui claquer le groin, de l'étrangler, de… Bon, on se calme !

Je ne peux même pas parler de cela à qui que ce soit. Ma mère a rejoint mon père dans le courant de ma cinquième année de mariage. En dehors de vagues cousins que je ne vois jamais, je n'ai plus de famille, ni aucun ami à qui me confier. De toute façon, personne ne me croirait. Les quelques relations de notre couple – choisies par elle – n'ont jamais compris pourquoi j'avais trompé mon épouse.

D'après ces braves gens, j'avais tout pour être heureux. Élisabeth était une femme exceptionnelle, sérieuse, généreuse, enjouée. De plus, elle était très belle. Je ne pouvais pas dire le contraire : c'était vrai. Les hommes se retournaient immanquablement sur elle. Pourtant, dès la première année de vie commune, j'aurais accepté d'un œil serein et satisfait que l'un d'eux l'emportât loin de moi ; mais aucun n'avait tenté l'expérience – au moins à ma connaissance. J'avais dû la garder pour moi seul, et supporter son caractère machiavélique. Mon manque d'ambition l'avait rendue chaque jour plus imaginative. Elle avait fini par me considérer avec un mépris hautain contre lequel je ne trouvais même pas la force de réagir. J'avais plusieurs fois envisagé de la quitter ; je n'avais jamais trouvé le courage de le faire. J'avais aussi pensé la tromper, sans jamais concrétiser non plus.

Jusqu'à cette soirée où je m'étais littéralement fait violer par la pulpeuse Valérie.

J'avais dû aimer Élisabeth, douze ans plus tôt. Elle avait été élue Miss Vendée peu avant notre rencontre, et toute la population mâle de la région la dévorait des yeux. Mais ce fut moi qu'elle choisit. À l'époque, je ne me suis pas posé de questions ; vaniteux comme un paon, je me suis jeté sur elle comme un matou sur un bol de crème. Je pratiquais déjà la boxe française et en outre, quelques mois plus tôt, je m'étais inscrit dans une salle de musculation. Le résultat était plutôt flatteur. Elle avait craqué. Je n'étais pas peu fier de me montrer en sa compagnie. Notre flirt s'était poursuivi après les vacances, et nous avions très vite parlé de mariage. Je sais aujourd'hui que c'était pour elle le moyen de fuir sa Vendée natale et l'atmosphère étouffante de sa tribu.

Le mariage est la plus belle saloperie qui ait été inventée par la société. Parce qu'on aime une femme à un moment donné, parce qu'on a envie de s'endormir avec la tête sur sa poitrine, il faut jurer de la garder la vie entière. Alors, à cause de la famille bien-pensante, de la moralité et *tutti quanti*, cela avait été… Monsieur le maire et son écharpe tricolore, le curé et ses sermons onctueux, les poignées de riz dans les cheveux et le décolleté de la mariée, le plus beau jour de SA vie, les cousins inconnus et néanmoins gloutons, la cohorte des lampes de chevet et des hachoirs électriques. Avaient suivi, en prime, quelques mois d'orgies conjugales, mais légales, avant de s'apercevoir, un peu tard, que le chemin était encore très long, et qu'il allait falloir l'assumer à deux, enchaînés l'un à l'autre par le bout de papier perfide.

Tout cela pour finir face à une juge partisane, qui, elle aussi, venait de connaître les affres du divorce d'avec un mari radin. Il lui avait disputé avec la dernière âpreté la moindre petite cuiller, distillant dans l'esprit de la dame des *a priori* extrêmement défavorables à la gent masculine. Inutile de dire qu'elle ne m'a fait aucun cadeau. Si elle avait pu me faire jeter en quelque cul-de-basse-fosse à cause de l'adultère responsable de la séparation, je croupirais sans doute aujourd'hui derrière les barreaux.

Je n'ai même pas l'impression d'un gâchis. Dès la fin de la première année de mariage, j'ai su que j'avais commis l'erreur de ma vie. Envolée la petite sirène qui m'avait transformé le cœur en accordéon deux ans plus tôt, sur une plage clair de lune de l'Atlantique. Le mariage l'avait métamorphosée en une sangsue perfide qui avait entrepris de me vider méthodiquement de mon énergie. Au début, elle n'était que séduction, et j'adorais me regarder dans le miroir de son regard chargé d'admiration.

Plus tard, j'avais compris que tout cela faisait partie d'un plan destiné à m'enchaîner d'une manière irréversible. Élisabeth avait l'art et la manière de manier la carotte et le bâton, alternant les attaques sournoises et les flatteries, camouflant la ruse sous une attitude innocente et perverse. Tout était prétexte à conflit, dont elle sortait régulièrement vainqueur, car j'ai toujours détesté ces affrontements stériles. Lorsqu'elle estimait qu'elle était allée trop loin, et que je risquais d'exploser ou de m'enfuir, la privant ainsi de sa principale source de revenus, elle usait de son charme irrésistible pour m'attendrir. Élisabeth était une araignée séduisante, qui tissait sa toile avec soin, tirant adroitement des fils invisibles pour faire tomber ses proies dans ses filets.

Je n'étais pas la seule victime de ses manipulations. Autour d'elle gravitait une cour d'admirateurs et d'admiratrices sur lesquels elle exerçait un pouvoir de fascination stupéfiant. Depuis mon divorce, j'avais appris, par une relation bavarde et émue par ma détresse, que d'autres avaient souffert de ses manœuvres sournoises, mais n'avaient jamais osé s'en plaindre, par peur de n'être pas crus. Élisabeth divisait pour mieux régner. Les autres lui étaient royalement indifférents, mais elle savait dépenser des trésors d'hypocrisie pour les entourer de cajoleries et de compliments lorsqu'elle avait besoin d'eux. Seuls comptaient les buts qu'elle se fixait, et pour lesquels elle était prête à toutes les bassesses, toutes les fourberies. Il m'avait fallu un bon moment pour m'en rendre compte. J'aurais voulu pouvoir réagir, j'en étais incapable. J'étais sous son emprise, j'étais devenu son esclave, et le plus invraisemblable était que je me sentais presque heureux de cette soumission insidieuse. Par moments, je n'étais pas loin de l'admirer.

À présent, de violentes bouffées de haine m'étouffent lorsque je pense à elle. Des anecdotes sordides hantent ma mémoire, que je voudrais chasser, oublier. Je la déteste avec la dernière férocité, mais je me déteste aussi d'avoir été assez lâche pour ne pas réagir plus tôt. J'aurais dû la quitter il y a longtemps, après lui avoir flanqué la raclée qu'elle méritait… Mais je désapprouve la violence, et l'idée de frapper une femme me répugne.

Aussi bizarre que cela puisse paraître, lorsqu'elle m'a fait part de son intention de continuer sa vie hors de mon irremplaçable présence, j'ai souffert. J'ai cru un moment que je l'aimais encore, que je ne pouvais pas me passer d'elle. Elle avait réussi le tour de force de me rendre totalement dépendant.

La procédure n'a pas traîné. Cinq mois plus tard, tout était réglé. Après douze ans de vie commune et une éternité d'enfer, je me retrouve enfin seul. Par bonheur, nul enfant n'est venu troubler les joies du partage. Enfin, partage… Si l'on peut appeler comme ça ce que son « conseil », comme elle dit, n'a pas jugé utile de lui attribuer. Dame, c'est moi le vilain-pas-beau qui ai trompé une femme irréprochable.

Heureusement, j'ai pu conserver intact l'héritage légué par mes parents. Ma chère maman, avec sagesse et clairvoyance, avait pris ses précautions pour que la maison ne revienne qu'à moi, et Élisabeth n'a rien pu faire, malgré la rapacité de son avocat. Elle ignorait de plus que mes parents possédaient des économies représentant une somme plutôt rondelette. Lorsque ma mère a rejoint les étoiles, cinq années de mariage m'avaient déjà refroidi vis-à-vis de ma « douce et tendre », et je m'étais opposé à ce qu'elle mette son joli nez dans mes affaires. Ce qui m'avait permis de placer l'argent sur un compte dont elle n'avait jamais entendu parler. Aujourd'hui, je me félicitais d'avoir agi avec fermeté. Élisabeth avait insisté plusieurs fois pour que je vende la maison de mes parents. L'argent aurait ainsi été noyé dans les avoirs du couple, et lui serait finalement revenu. Fort de mon petit capital, j'avais accepté de lui abandonner notre appartement. En échange, elle renonçait à toute pension alimentaire. Elle avait tordu le nez, mais mon propre avocat s'était montré intraitable.

Je suis libre ! En tout cas, c'est la sensation qui domine en moi une fois la pilule digérée. Hier, j'ai emménagé dans un deux pièces, à Vélizy. Voilà d'où je repars. Plein d'espoir et d'une formidable envie de vomir. J'ai pensé : à moi les copains, les bringues, la liberté, les femmes, la grande vie... J'ai commencé par une gigantesque gueule de bois. Les années ont passé depuis le temps des copains, et ceux que j'ai connus adolescents se sont dilués au fil du temps, écartés doucement, mais fermement, par mon ex-compagne. Seul un collègue de travail compatissant est venu me donner un coup de main ; un jeune marié qui n'a pas arrêté de me vanter les qualités de sa dulcinée. Par moments, j'avais envie de l'étrangler.

Je suis seul. Assis par terre comme un pauvre malheureux, au beau milieu d'un appartement presque sans meubles, plein de cartons. Tout est là, devant moi. Pas le courage de déballer. On verra plus tard.

La cafetière italienne me siffle que son contenu n'attend plus que mon bon plaisir. Je lui obéis et me sers un jus épais comme du goudron. Et amer ! J'ai oublié d'acheter du sucre. Écœuré, je contemple mon intérieur d'un œil éteint. Tout à coup, celui-ci tombe sur une valise noire, qui traîne au milieu du salon en compagnie de l'amoncellement de cartons. Taraudé par un pâle sursaut de curiosité, je m'interroge sur le contenu de cette vieillerie. Sans doute rien de bien passionnant. C'est une valise banale, l'un de ces fourre-tout dans lesquels on accumule un tas de vieux souvenirs dont on n'a jamais le courage de se défaire. Des cartes postales, des lettres anciennes, des devoirs d'école particulièrement réussis, des mèches de cheveux de petites amies oubliées. N'importe quoi ! Un instant me vient l'envie de fouiller dans ce glorieux témoin de mon passé. Mais la migraine tenace m'en décourage.

Parfois, les décisions les plus anodines bouleversent le cours d'une vie. On ne s'en rend compte qu'après, lorsqu'il est déjà trop tard. Si j'avais pu un instant imaginer l'aventure hallucinante dans laquelle allait m'entraîner cette valise apparemment insignifiante, je l'aurais jetée au feu sans même l'ouvrir. Mais je ne l'ai pas fait. Je me suis seulement promis d'y jeter un coup d'œil à l'occasion.

2

La liberté n'a pas apporté de changement notable à ma vie personnelle ou professionnelle. Cette dernière, coincée dans l'univers déprimant de l'UBPIC, est totalement dépourvue de fantaisie. J'en ai marre de tenter d'expliquer à des clients désemparés par un chômage inattendu la raison des agios frisant le taux de l'usure, des commissions et autres frais bancaires qui viennent d'y ajouter. J'en ai marre de passer à leurs yeux pour un vampire ignoble devant lequel la plupart, parce qu'ils se sentent mal à l'aise, se comportent comme s'ils étaient à la limite de la délinquance, alors qu'ils sont des victimes – victimes de licenciements abusifs, de « compressions de personnel » destinées à augmenter encore les bénéfices de leurs employeurs, victimes d'un mauvais divorce, ou encore de graves problèmes de santé. J'en ai marre aussi d'essuyer la condescendance exigeante de quelques gros pleins-de-fric devant lesquels mon directeur, le mielleux Fouillaut, se casse en huit au risque d'y récolter un lumbago sournois.

Mes collègues m'indisposent. Il règne dans cette banque une atmosphère de suspicion et de délation permanente, entretenue par la haute direction, qui me donne envie de gerber. Je ne suis pas fait pour l'univers froid et insensible des comptes en banque. Par moments, je me dis que je ferais mieux d'aller élever des chèvres en Ardèche.

Le soir, je note mes agissements de la journée et les réflexions qui s'ensuivent dans un cahier à grands carreaux. Poussé par les souvenirs de reportages qui m'avaient tenté autrefois, j'envisage parfois d'écrire quelques articles destinés à de grands magazines. Mais je me décourage très vite. Qui va s'intéresser à ma prose ? Je me contente donc d'y raconter ma vie. Pour ce qu'elle a de passionnant, c'est totalement stupide. Mais cela m'occupe l'esprit.

C'est le début de l'été. Il fait chaud. La radio annonce la grande transhumance nationale de juillet. Ce n'est pas le moment de se risquer sur l'asphalte autoroutier. Mais je n'ai pas le courage de me lancer dans le rangement des caisses déjà aux trois quarts ouvertes. Mon mobilier, constitué de ce que cette chienne d'Élisabeth n'a pas voulu, commence à me sortir par les yeux. De plus, d'angoissants problèmes se profilent à l'horizon. Vaisselle et linge sale s'empilent sur l'évier et dans la chambre. Je vais devoir trouver une solution. J'entasse caisses et cartons dans un coin du salon, afin de donner un air un peu plus ordonné à ma tanière, et je retombe sur la valise. Bien noire, bien mystérieuse.

Mû par la curiosité, j'ouvre. Je ne me suis pas trompé. Des cartes postales, de vieux cahiers, des photos jaunies. De multiples anecdotes me reviennent en mémoire, tout à coup plus présentes que ma vie actuelle. Il y a des lettres aussi, écrites – sans doute dans un moment d'aberration – à mon ex-tendre épouse. Que les fourmis rouges lui rongent la cervelle ! Je prends un soin particulier à les déchiqueter une à une.

Je n'ai pas vu le temps passer. Il fait presque nuit lorsque je tombe enfin sur « la » photo. Rien d'extraordinaire en soi. C'est une photo de classe, vieille de plus de trente ans. Je devais avoir quatre ou cinq ans à l'époque. Des petites tables octogonales entourées de bouilles enfantines, des visages disparus. Soudain, je reconnais vaguement celui de Françoise Camus. Je ne dis pas Françoise, parce qu'à l'époque de la maternelle, on donne toujours le prénom et le patronyme. Tout cela est resté bizarrement enfoui au plus profond de ma mémoire. Un visage très joli, encadré par une chevelure courte, brune, avec une frange qui tombe sur de grands yeux d'un bleu très clair. C'est vrai qu'ils étaient bleus, ses yeux. Bien que la photo soit en noir et blanc, cela me revient.

Françoise Camus…

Elle est assise à ma droite. Peut-on être amoureux à quatre ans ? Je me souviens que je la trouvais belle. La photo ne dément pas le souvenir. Sans doute ne devrais-je voir en elle qu'une petite fille, éprouver une sorte de sentiment paternel. Pourtant, ce n'est pas une petite fille qui me sourit au travers des trente années écoulées, c'est une femme. Françoise avait mon âge. J'essaye de me représenter l'aspect qu'elle peut avoir aujourd'hui. Sans y parvenir.

Peu à peu, d'autres souvenirs resurgissent, fugitifs. La même frimousse, à peine plus âgée. Huit ans, peut-être dix. Une maison voisine de celle de mes parents, à Dijon. Françoise suivait les cours de catéchisme avec moi. (Une exigence de ma douce maman, parce que mon papa n'était pas vraiment branché religion, mais il adorait ma mère.) J'entrevois d'autres visages, des filles, des garçons, auxquels je suis incapable d'associer des noms. Une vague de nostalgie me parcourt. Allez, Nico, arrête de t'apitoyer sur ton sort et range-moi ce foutoir !

Bon, d'accord !

On devrait toujours se méfier des gestes les plus anodins. Un peu lassé de cette fouille archéologique dans un passé qui n'intéresse que moi, je rassemble le foutoir en question dans la valise et je remise le tout au fond d'un obscur placard afin de ne plus y toucher avant mon prochain déménagement. Ce n'est qu'à ce moment-là que je m'aperçois que j'ai oublié d'y remettre la photo de classe. Eh bien tant pis ! Elle restera où elle est : sur la console de l'entrée, qui me sert de vide-poches.

Deux semaines plus tard, elle n'a pas changé de place. Nous sommes le 15 juillet, lendemain du 14, comme chacun sait, et premier jour officiel de mes congés payés. Cependant, le 14 étant un mardi, et accessoirement fête nationale, on m'a bien entendu interdit de prendre le lundi 13, ce qui m'aurait permis de rallonger mes vacances. Mais les « responsables des ressources humaines » étant ce qu'ils sont, c'est-à-dire de cyniques emmerdeurs, interdiction de raccorder les deux bouts. Que les cancrelats leur cisaillent les artères !

Il fait un soleil magnifique ! Donc je ne vais pas me laisser ruiner le moral par ces misérables ronds-de-cuir. D'autant plus qu'il a de bonnes raisons d'être au beau fixe, mon moral. J'ai engagé une femme de ménage, acheté un lave-vaisselle. Et surtout, j'ai claqué plein de fric ! Tout d'abord, j'ai acheté une voiture, toute neuve, toute blanche, bien chère, bien puissante, avec tous les perfectionnements possibles. Il était temps que je profite un peu de mon capital. Pour faire bonne mesure, je me suis fait livrer une quantité de meubles destinés à remplacer les vieux rossignols que cette hyène d'Élisabeth avait daigné me laisser. Ils ont fait le bonheur d'un ferrailleur qui est venu m'en débarrasser ce matin.

J'ai aussi acheté de la vaisselle, du linge neuf, des rideaux, des lampes champignon en verre translucide et multicolore. Mon antre a enfin un aspect présentable. J'ai devant le nez une télé toute neuve, grand écran, avec la chaîne stéréo qui va avec, et qui me promet un son « dolby » et « surround » dont je ne pourrai vraisemblablement pas me servir à cause de l'épaisseur chétive des murs. Mais tant pis. J'ai acheté une cargaison de CD dont j'avais envie depuis des siècles, du jazz, du classique, du New Age, du.... de tout, quoi. Je suis comme un gamin trop longtemps privé de gâteaux, et à qui l'on a ouvert toutes grandes les portes d'une pâtisserie en lui disant : prends ce que tu veux ! Entre la voiture, les meubles et ce qui va avec, j'ai dépensé plus de deux cent cinquante mille balles !

J'allume la chaîne, règle les fréquences du tuner. Pour tomber sur les informations. Entre autres, celles-ci parlent encore du cadavre de Marolles. On m'apprend que le dragage de l'étang a permis de retrouver des sacs contenant d'autres morceaux du corps, lequel, d'après les premières expertises, serait celui d'une femme. Si l'on ajoute à cela une affaire de pédophilie, trois guerres et une augmentation du chômage, mon moral prend soudain un sérieux coup de vieux. Je me hâte de charger un Chet Baker dans le lecteur de CD et je m'affale dans mon canapé tout neuf.

Tout est rangé, bien propre, bien net devant moi. Cependant... je ne sais pas, il me manque quelque chose. J'ai pourtant choisi de beaux meubles, de la bonne musique, de bons films. J'ai trois semaines de vacances devant moi. Je peux rester ici pour profiter de mon intérieur tout neuf. Je peux aussi partir au bord de la mer, à la montagne, faire de la photo jusqu'à m'en brûler la rétine...

Mais je n'ai envie de rien. Allez expliquer ça !

Le soir, alors que je « télévisionne » d'un œil maussade le compte rendu des bouchons de la journée, je finis par comprendre : la solitude me ronge. Mon appartement me plaît, mais je ne peux le partager avec personne. Une vague de cafard me submerge. Je ne me sens pas très bien. Si je ne veux pas péter les boulons, il faut que je fasse quelque chose. Mais quoi ?

J'ai l'esprit dans le vague. Je n'ai pas envie de rester ici, mais je n'ai pas envie de partir non plus. Pour aller où ? Faire quoi ? Rencontrer qui ? Je ne suis pas d'un naturel timide, mais avec le moral que je trimbale en ce moment, je risque de faire le vide autour de moi.

Je me lève, tourne en rond. Soudain, mes yeux retombent sur la console vide-poches. La photo est toujours là, à portée de main. Je la saisis.

Françoise. Voilà que je l'appelle par son prénom, à présent. Je la regarde. Je contemple, je scrute. Trente années me séparent de ce visage dont je me rappelle parfaitement les traits, à présent. Je ne me souviens pas de l'époque où la photo a été réalisée. C'était vraisemblablement le printemps. Par la fenêtre, les pommiers sont en fleur. Je me demande ce qu'elle a pu devenir.

C'est alors que surgit *l'idée*. Une idée folle, absurde, sans logique : et si j'essayais de savoir ce qu'elle est devenue ?

L'enthousiasme me gagne comme un collégien. Voilà une idée intéressante. Un voyage, une recherche, un travail d'enquêteur. J'ai toujours rêvé d'être un émule de Sherlock Holmes. Alors en route pour l'aventure !

Mais mon exaltation est de courte durée. En juillet, les écoles sont fermées. Et retrouver l'adresse d'une fillette qui est restée un maximum de deux années dans une école qui a peut-être disparu, à partir d'une photo et d'un nom, voilà qui relève de l'exploit. Surtout si l'événement a eu lieu plus de trente ans auparavant. Et puis, selon toute logique, elle a suivi des études, peut-être même a-t-elle poussé jusqu'à la fac. Ensuite ? Eh bien ensuite, elle s'est mariée, comme moi, dans un moment de délire amoureux. Et maintenant ? Et maintenant, elle a deux ou trois gosses qui lui minent la santé et un mari qui lui fait l'amour vite fait le samedi soir. Triste.

À moins qu'elle ne soit déjà divorcée, elle aussi. Après tout, pourquoi pas…

Mais alors ?

3

Une voiture neuve, c'est le pied. Pour moi, et aussi pour mon garagiste qui m'a vu arriver de loin avec le sourire ravi d'un vendeur d'automobiles qui voit débarquer « le client du mois ». Traduisez : le gogo de service. J'ai eu le malheur de lui dire que je n'étais pas trop gêné sur le plan financier. Il en a profité pour me refiler un modèle supérieur à ce que j'avais envisagé, équipé de toutes les options possibles et imaginables. Je crois même qu'il en a inventé juste pour moi. Le tableau de bord ressemble à celui d'un avion de ligne, particulièrement au niveau de l'autoradio dont je n'ai pas encore très bien compris le fonctionnement. Je retombe toujours sur France-Info, ce qui est très intéressant lorsque l'on veut se tenir au courant des misères du monde, mais un peu déprimant à la longue. Surtout lorsque l'on est abreuvé pour la énième fois depuis le matin d'informations que je commence à connaître par cœur.

Entre autres réjouissances, voici ce que je peux entendre :

« Du nouveau dans l'affaire du cadavre de Marolles. Les enquêteurs ont retrouvé la tête de la victime, dans un autre étang situé à proximité du premier. On escomptait une possible identification grâce aux empreintes dentaires. Malheureusement, il semblerait que l'assassin ait pris soin de briser les os des mâchoires, afin de brouiller les pistes. Ceci tendrait à prouver qu'il s'agit d'un crime commis par un professionnel qui n'a rien laissé au hasard. »

J'ai prévu le coup, et j'ai emporté quelques cassettes. C'est donc aux accents de Verdi que je file sur l'A 6 en direction de la Bourgogne. La nuit m'a porté conseil. Rester me morfondre à Paris n'était pas la solution idéale. L'image de Françoise m'a hanté. Je me suis réveillé de bonne heure, j'ai pris une douche et une décision. Peut-être l'idée de rechercher ma petite camarade de classe était-elle idiote, mais elle me fournissait un prétexte pour quitter la banlieue parisienne et renouer avec le plaisir de voyager. Dès la sortie de Paris, j'éprouve une impression de liberté absolue. Les sièges sentent le cuir neuf, le moteur est silencieux, feutré, les reprises excellentes. Je me suis offert un jouet superbe et je me sens comme un gamin le lendemain de Noël. Le pied, comme je disais ! Je commence à apprécier ma solitude. Après tout, mieux vaut être seul que mal accompagné, comme dit le proverbe.

Dijon ! Capitale de la Bourgogne, de la moutarde et du cassis. La ville où je suis né ! J'ai l'air un peu idiot en me répétant ça au volant de ma voiture, tandis que je longe le lac Kir. Je voudrais ne pas éprouver ces sentiments bizarres qui me remuent les tripes. Pourtant, j'ai un peu l'impression de me retrouver chez moi. Peut-être parce que chaque être humain a un besoin viscéral de racines.

J'ai vite fait de déchanter. Tout a changé. Les immeubles de la Fontaine d'Ouche n'existaient pas à mon époque. Mon époque ! Voilà que je raisonne comme un papy. Mais j'ai plaisir à retrouver le centre-ville et la place Darcy. À l'époque de Noël, mes parents m'y emmenaient baver devant les vitrines des grands magasins. Les rues étaient pleines de neige et de bonshommes rouges à barbe blanche. Nostalgie, quand tu nous tiens ! Les quidams qui passent hurleraient certainement de rire s'ils pouvaient deviner mes pensées. Allez, Nicolas, ressaisis-toi ! Tu n'es pas venu pour verser une larme sur le passé !

Je m'obéis et, installé sur un parking écrasé de soleil, je sors le plan que je viens d'acheter. Ma photo a été faite dans une obscure petite école du quartier est, à la fin des années soixante. Si elle existe encore, elle doit être fermée, mais la mairie saura peut-être me renseigner. À moins qu'un cataclysme inconnu ait détruit les archives. Je me souviens vaguement de la rue où habitait la petite Françoise.

Très vaguement ! Cela va être plus difficile que je ne le pensais. Après quelques angoisses dues aux nouveaux sens uniques qui n'ont d'autre but que d'égarer le visiteur, je me retrouve au cœur du problème et du quartier où j'ai passé mon enfance. Là aussi, les choses ont bien changé. Cela fait plus de vingt ans que je n'ai pas remis le bout d'un orteil dans cet endroit. Ici, rien à voir avec le cœur majestueux de la cité, chargé d'histoire et encombré de touristes. Ici, c'est la banlieue banlieusarde, avec ses pavillons gris et tristounets. Avec aussi, à présent, des immeubles-clapiers qui ont poussé comme des champignons par la grâce des promoteurs.

Drôles de vacances. Ce coin ne m'inspire pas de regrets. Les pâtés de maisons ont disparu pour faire place aux tours que le soleil ne parvient pas à me rendre sympathiques. Je roule au pas. Des jeunes désœuvrés lorgnent ma voiture neuve du coin de l'œil. Que suis-je venu faire en cette galère ?

Soudain, il me semble reconnaître quelque chose. Là-bas, tout au bout de cette rue, s'étendait un terrain vague. À présent, il y a un supermarché. Un vraiment super, avec station-service et essence moins chère, et une foule de ménagères armées de caddies qui se précipitent sur les promotions et les mollets de leurs congénères en trimbalant une marmaille braillante qui tripotent tout sur les étalages. Mon humeur se dégrade.

Je poursuis mes investigations. Enfin, au bout d'une heure, je découvre, dans une ruelle rescapée de la voracité des démolisseurs, le pavillon où j'ai vécu mes premières années. Il est toujours là, beaucoup plus petit que ma mémoire ne me le représentait. Je sais qu'il y a un jardin derrière. Mon père y cultivait salades et tomates, et y élevait même quelques lapins qui mouraient de vieillesse, car il était incapable de les tuer. Mais la courette du devant a été remplacée par un garage qui défigure la façade. Les volets sont refermés sur les vacances.

Je m'approche, l'œil humide. La nostalgie est de retour, les enfants. Mais je ne reconnais plus les lézardes familières qui nourrissaient mon imagination. Tout a été ravalé, recrépi, transformé, repeint au goût des nouveaux. Des nouveaux qui ne sont peut-être même pas nos successeurs. Vingt années se sont écoulées.

Je me demande si la maison me reconnaît. J'ai fait mes premiers pas dans le jardin, derrière. J'aimerais qu'elle m'adresse un signe. Je ne sais pas, moi, un claquement de volet, le clin d'œil d'une lucarne, un grincement. Mais elle doit m'en vouloir de l'avoir quittée. Avec son garage incongru, qui, plus tard, fera pleurer d'émotion les gamins qui habitent là actuellement, elle a plutôt l'air de me dire : « Va te faire foutre, traître ! »

– Vous cherchez quelqu'un ?

Arrivée prudente d'une petite vieille dame en fichu qui considère d'un œil soupçonneux mes allures de cambrioleur mijotant un mauvais coup.

– Heu, non !

– Les propriétaires ne sont pas là, si c'est eux que vous voulez voir.

Je bredouille comme un gamin pris en faute.

– Ce n'est pas... je... enfin, voilà, je... j'ai habité ici, dans cette maison, il y a vingt ans.

– Ben ça alors !

Je ne le lui fais pas dire. Le ton se radoucit quelque peu. Mais il reste un soupçon d'inquiétude dans sa voix. Les proprios actuels n'ont aucun souci à se faire, avec un cerbère de cette espèce.

– J'ai bien connu les anciens propriétaires. C'est quoi, votre nom ?

– Dorval ! Nicolas Dorval !

Son regard s'illumine.

– Le petit Dorval ! Alors ça, pour une surprise... tu te rappelles pas de moi ?

C'est inouï ce que les vieilles personnes ont de mémoire pour les événements anciens, alors qu'elles peuvent à peine se souvenir de ce qui leur est arrivé la veille.

– Vous savez, c'est si loin...

– Mais si ! Je suis madame Larcher, ta voisine !

Je reste un instant sans réaction, puis tout remonte d'un coup à la surface : maman Larcher et ses trois filles, le catéchisme, les parties de ballon dans les rues, moins larges à l'époque. Son tutoiement me fait un bien énorme.

– C'est vrai, je me souviens de vous !

– Ah, tout de même ! Garnement ! Il faut que tu viennes boire le café à la maison.

Il est près de six heures du soir lorsque je parviens à m'extraire des griffes affectueuses de mon ex-voisine. Mais j'ai appris une foule de renseignements intéressants. Notamment concernant son ablation de la vésicule biliaire, la prostate de son mari décédé l'année précédente, la vie réjouissante et parfois scandaleuse du voisinage, et surtout, la réussite sociale de ses trois filles.

L'aînée, Rosine, a épousé un éminent préposé qui devrait, selon toute logique, terminer sa carrière comme directeur d'un bureau de poste. Elle a quatre enfants dont le petit dernier fait actuellement une superbe rougeole.

La seconde, Mireille, est mariée à un instituteur dont l'avenir de directeur d'école primaire semble tout tracé. Elle a déjà trois enfants qui ne sont pas malades en ce moment. Bravo ! Rien à redire !

La dernière élève des chats et tire de ce commerce félin de quoi subsister. Elle constitue le désespoir de sa pauvre maman. Il y a de quoi : à trente-cinq ans, elle n'est toujours pas mariée, et surtout (ne le répétez pas !), elle vit avec un homme qui n'est pas son mari… Même à notre époque, ce ne sont pas des choses qui se font dans les vieux quartiers de Dijon. Elle ne va plus à l'église, n'a pas d'enfants…

Bien entendu, c'est elle qui m'intéresse.

– Vous ne m'avez pas dit son prénom…

– Agnès !

– Agnès ?

Si je m'en réfère à Molière, je me demande si ce prénom est très indiqué pour élever des chats. Soudain, je reste muet de surprise. Bien sûr, je me souviens d'elle. J'ai de bonnes raisons pour cela.

– Tu jouais beaucoup avec elle, étant petit…

Oui, madame Larcher. Vous n'avez pas idée à quel point.

– J'aimerais beaucoup la revoir.

– Je vais te donner son adresse. Elle habite Gray.

4

Comment ai-je pu oublier Agnès ? Sans doute le vampirisme d'Élisabeth m'a-t-il lobotomisé. La mémoire me revient comme les vagues découvrent les rochers après une marée exceptionnelle. La mienne a duré douze ans. La mer s'est retirée, et je retrouve des images occultées, des coquillages étincelants sous le soleil. Le visage d'Agnès me revient avec une précision surprenante, quelques taches de rousseur autour d'un nez retroussé, des yeux espiègles, d'un vert très clair, des mains fines et agiles.

Une chaleur équivoque m'envahit à l'évocation de certaines scènes ambiguës qui nous avaient rapprochés. Nous étions amoureux l'un de l'autre. Malgré la stricte éducation catholique que tentaient de lui inculquer ses parents, Agnès n'en faisait qu'à sa tête, et avait été très tôt intriguée par les mystères de la vie. Tout a commencé à cause d'un orage de juillet qui avait éclaté alors que notre petite bande s'était égaillée en forêt. Nous avions dix ans. Il faisait si lourd que nos vêtements humides de sueur nous collaient à la peau. Cela ne nous empêchait pas de grimper aux arbres, de nous écorcher joyeusement les genoux dans les ronces et les fougères. La tempête est survenue si vite que nous ne l'avons pas vue venir. Il était trop tard pour essayer de rentrer. Tandis que les autres restaient à l'abri des frondaisons, Agnès me prit par la main et m'entraîna le long de sentes tracées par les animaux, que nous connaissions par cœur. L'orage était sur nous, des éclairs déchiraient les ténèbres liquides, aussitôt suivis par des grondements terrifiants.

– Ne regarde pas le ciel ! hurlai-je à Agnès. La foudre peut te rendre aveugle.

Ses petits doigts restaient fermement agrippés aux miens. Une odeur puissante de terre et d'eau nous emplissait les poumons. Je crois que jamais de ma vie je n'ai éprouvé une peur aussi délicieuse. Hors d'haleine, les bras et les jambes griffés par les branches, nous sommes arrivés à la lisière des bois. Là se dressait une maison en ruines datant du siècle dernier, protégée par un muret éboulé et dévoré par les mauvaises herbes.

– Papa dit qu'il ne faut jamais rester sous un arbre en cas d'orage, me déclara Agnès. On pourrait se réfugier là.

Une onde de terreur me parcourut, que je réussis à maîtriser.

– Tu sais ce qu'on dit : cette baraque est hantée.

– Tu as peur ?

– Ben… non, et toi ?

Ses yeux verts luisaient d'excitation.

– Moi, j'ai peur. Mais moins avec toi, puisque tu n'as pas peur.

Comment se dégonfler après une telle déclaration ? Un craquement épouvantable retentit, tout proche, qui acheva de me décider.

– Viens !

Nous traversâmes le jardin retourné à l'état sauvage. Partagés entre la frayeur provoquée par les grondements du tonnerre et l'exaltation d'envahir un lieu sur lequel pesaient d'inquiétantes rumeurs, nous gagnâmes la maison. Trempés comme des soupes, les cheveux dans les yeux, nous poussâmes la porte grinçante et pénétrâmes dans le hall, intimidés. À l'intérieur, le vacarme de la tempête résonnait étrangement, faisant vibrer les fondations. La demeure était très grande, chichement éclairée par des fenêtres hautes et étroites. Les papiers peints avaient depuis longtemps disparu. Des taches de moisissure dessinaient sur les murs d'étranges cartes au trésor. La petite main d'Agnès n'avait pas lâché la mienne. Elle me regarda d'un œil interrogateur, guettant ma peur ou mon courage. Stimulé par la protection tacite qu'elle exigeait de moi, je dominai mon angoisse, et je l'entraînai dans une exploration hasardeuse. Au moins, nous étions à l'abri du déluge. La maison sentait le moisi. Par endroits, le parquet vermoulu se creusait de gueules sombres s'ouvrant sur les ténèbres. Un large escalier menait vers un premier étage occupé par des chambres de tailles différentes, où subsistaient des squelettes de lits, des souvenirs d'armoires où des souris avaient fait leur niche. L'une des pièces abritait un mannequin de couturière, un inquiétant tronc sans tête qui fit hurler ma petite camarade.

– Je... j'ai cru qu'il y avait quelqu'un, se justifia-t-elle.

– C'est sûrement lui que les gens prennent pour le fantôme, dis-je.

J'étais très fier de moi, car je n'avais pas eu peur du mannequin. Ma grand-mère en possédait un. Un second escalier en colimaçon grimpait vers les mansardes. Là, nous découvrîmes une caverne d'Ali-Baba. À côté du grenier encombré par un fatras en décomposition s'ouvrait une petite pièce éclairée par un œil-de-bœuf, vraisemblablement une ancienne chambre de bonne. Un lit y trônait encore, la tête tourné vers la petite fenêtre ronde.

– Tu crois que les autres nous ont suivis ? me demanda Agnès.

Je jetai un regard par l'œil-de-bœuf.

– Non ! D'ici, on les verrait !

Ils devaient nous chercher, mais il était hors de question de signaler notre présence. Nous étions ravis de leur avoir joué un bon tour.

Nous nous allongeâmes sur le lit, serrés l'un contre l'autre, contemplant l'orage et tremblant de plaisir à chaque éclair. Le matelas confortable était recouvert de poussière et imprégné d'une bonne odeur de moisi. Tout craquait, grinçait, couinait au moindre mouvement. La fenêtre, située à une hauteur impressionnante, nous offrait une perspective extraordinaire sur la campagne environnante. Cependant, nos vêtements trempés commençaient à devenir froids. Près de moi, Agnès frissonnait.

– J'ai vu des coffres à côté, dis-je. Il y a peut-être des vêtements dedans.

Je ne m'étais pas trompé. Les malles regorgeaient d'habits de toutes sortes. Des effets d'une autre époque, et aucunement adaptés à notre taille. Mais nous adorions nous déguiser. Après avoir pillé le grenier sans vergogne, nous revînmes dans la petite chambre. Là, elle exigea que je me détourne, puis elle se déshabilla pour passer une robe défraîchie, bien trop grande pour elle. Les bruits de l'orage couvraient nos fous rires. Mais bientôt celui-ci s'éloigna et il fallut songer à rentrer.

– Il ne faudra pas leur dire que nous sommes venus ici ! déclara Agnès.

– Non, bien sûr !

– Toi, tu t'en fiches, ton père te passe tout, mais si mes parents l'apprenaient, ils me flanqueraient une sacrée correction.

– Pourquoi ?

– Ils disent que cette maison est dangereuse parce qu'elle doit servir de repaire aux vagabonds et aux voleurs. Si on en parle à mes sœurs, elles vont cafter, c'est sûr !

– On ne leur dira rien.

Cela ne risquait pas. J'étais trop heureux de partager un secret avec elle.

Lorsque nous ressortîmes, un soleil radieux avait chassé les nuées ténébreuses, et le jardin sauvage, envahi par la menthe et les herbes folles, s'était paré de milliards de gouttelettes lumineuses.

Nous avions gardé le secret. Lorsque la compagnie des autres nous ennuyait, nous prétextions de tristes occupations scolaires afin de les décourager, et nous utilisions des ruses de sioux pour nous rejoindre dans la vieille maison. Nous passions des heures, blottis l'un contre l'autre, à parler, à écouter les bruits de la demeure, les chants des oiseaux, les cris des animaux, les appels des paysans dans les champs lointains et écrasés de soleil. Très vite, une tendresse troublante nous rapprocha. Agnès était provocatrice. Elle n'avait pas de frère, et désirait savoir comment était fait un garçon. Je n'avais pas de sœur et connaissais le même problème, à l'inverse. Bravant avec délices interdits et culpabilité, nous avions… comblé nos lacunes respectives. Plusieurs fois, afin de ne pas commettre d'erreurs. Cette aventure dura près de deux ans. Nous envisagions sans sourciller de nous marier le moment venu. Agnès, qui aimait la grande et vieille maison complice, me prenait parfois par la main et me faisait faire le tour du propriétaire. Il ne faisait aucun doute que nous gagnerions un jour assez d'argent pour la remettre en état. Et elle me décrivait la couleur des murs, l'endroit où nous ferions notre chambre, celles des nombreux enfants que nous ne manquerions pas d'avoir. J'acquiesçais à tout, me prenant au jeu. Il n'y avait que la mansarde qu'elle désirait conserver intacte. Moi aussi, bien sûr.

Je devais avoir douze ou treize ans lorsque mon père avait été muté dans la région parisienne. J'avais écrit à Agnès pendant plus de trois ans. Elle me répondait. Puis nos lettres s'étaient espacées, et la correspondance avait fini par s'arrêter. Ma valise noire ne contenait aucune de ces lettres. Je suppose que je les avais détruites au moment où j'avais rencontré Élisabeth, et cette histoire s'était effacée de ma mémoire.

Je tremble un peu lorsque j'approche de la chatterie. L'endroit est ravissant. Située à mi-pente d'une colline, c'est une vieille ferme rénovée, avec trois corps de bâtiments, gardée par un portail de bois verni. Un parking accueille les clients. Une pancarte précise l'activité. Je gare ma voiture et me dirige vers la bâtisse principale d'un pas hésitant. Une silhouette féminine vêtue d'un chemisier blanc et d'un jean serré me regarde arriver en clignant des yeux à cause du soleil.

– Entrez !

Mon cœur fait un triple saut périlleux dans ma poitrine. C'est elle. Je reconnais la frimousse, les taches de rousseur et le regard vert malicieux. Contrairement à moi qui ai un peu tendance à l'embonpoint, elle a su s'entretenir. Son corps ferait pâlir de jalousie des gamines beaucoup plus jeunes. Comme je n'ai pas rendez-vous, elle me prend d'emblée pour un client potentiel, espèce plutôt rare à cette époque de l'année, et entreprend de me narrer par le détail les charmes de ses matous. Pourtant, son sourire commercial se fige quelque peu lorsque je lui annonce tout à coup :

– Agnès, tu ne me reconnais pas ?

Nous sommes dans une grande salle encombrée de cages où sévissent une multitude de chatons piauleurs en attente de bons maîtres.

– Parce que je devrais vous connaître ?

Son regard d'émeraude m'intimide. Ce n'est plus ma petite amoureuse de dix ans qui se trouve en face de moi, c'est une femme sûre d'elle, qui a certainement vécu des expériences autrement plus excitantes que les parties de cachettes coquines auxquelles nous nous livrions autrefois. Une brusque envie de me trouver ailleurs me saisit. Je rassemble mon courage et insiste :

– Agnès, c'est moi, Nicolas. Tu ne te souviens pas ?

Elle a une seconde d'ébahissement qui la rend attirante à un point que je ne saurais dire. Cette fois, je la reconnais, je reconnais son regard à la fois espiègle et étonné.

– Nicolas ? C'est toi ?

– Eh oui !

Elle ne sait plus quoi dire. Moi non plus. J'ai l'impression de voir défiler une foule d'images dans ses yeux, les mêmes que les miennes.

Nous devons rester une éternité à nous contempler ainsi, comme deux grands idiots. J'ai l'impression une fraction de seconde qu'elle a un mouvement pour se jeter dans mes bras prêts à l'accueillir. Mais la vie a anéanti notre spontanéité. Elle se reprend et s'exclame d'une voix pas très ferme :

– Nicolas ! Si je m'attendais à te voir. Mais…

Elle secoue la tête.

– D'où viens-tu ? Pourquoi es-tu là ? Comment as-tu su…

– J'ai vu ta mère hier. Elle m'a expliqué ce que tu faisais. J'ai eu envie de te revoir.

Nouveau silence, qu'elle finit par rompre.

– Moi aussi ça me fait plaisir de te voir. Mais ça fait si longtemps. Tu dois avoir beaucoup de choses à me raconter.

– Oui ! Beaucoup de choses. Si je savais par où commencer…

Elle regarde autour d'elle, se frotte les bras comme si elle avait froid, puis se tourne de nouveau vers moi.

– On a l'air bête tous les deux, hein !

Je hausse les épaules, embarrassé. Elle me prend familièrement le bras et m'entraîne vers sa maison.

– Allez, viens boire quelque chose.

Un peu mal à l'aise, j'entreprends de lui narrer ma vie. Celle-ci n'a rien de délirant. J'aimerais l'éblouir par une réussite sociale sans bavure. Mais il me faudrait mentir, fabuler, frimer. Je déteste trop ceux qui se livrent à ce genre d'imbécillité pour y souscrire moi-même. Alors tant pis, je lui raconte la vérité. Tout y passe : ma pénible adaptation de petit provincial naïf aux dures réalités de la bouillonnante capitale ; mon adolescence pleine d'espoirs au cours de laquelle j'avais envisagé de devenir grand reporter, espoirs vite réduits à néant à cause de la mort de mon père ; mes études de photo bien vite interrompues au profit d'une embauche au bas de l'échelle d'une banque ; mon mariage difficile et mon divorce. Le retour au pays n'est guère glorieux.

Mais Agnès s'en moque. Elle est réellement heureuse de me revoir. Le fait de la savoir avec un autre me provoque de curieuses douleurs dans le ventre. Bon sang ! N'ai-je donc pas mûri depuis l'adolescence ? Où pourrais-je trouver le courage de lui dire… lui dire quoi ? Que je suis revenu pour elle ? Après vingt-trois ans de silence ? Parce qu'il y a eu autrefois des caresses d'enfants entre nous, j'irais semer la perturbation dans sa vie ? Elle m'a sûrement oublié, elle aussi. Il vaut mieux que je m'en tienne au but de ma visite. J'éclate d'un rire un peu forcé pour briser le silence gênant qui s'est installé entre nous et je déclare :

– Assez parlé de moi ! Raconte-moi ce que tu fais !

J'ai droit à une visite complète de la chatterie, dont elle est très fière. Je fais ainsi la connaissance de Sultan, l'étalon persan, Yghor, le siamois, et de Benvenutto (Benny pour les intimes !), le mâle abyssin, qui ont largement contribué à eux trois à peupler la Côte-d'Or et ses environs immédiats de leurs rejetons. Agnès est passionnée par les chats et sait faire partager cette passion. En ce qui me concerne, je ne suis guère difficile à convaincre. J'ai toujours aimé les chats, mais Élisabeth les détestait. On ne manipule pas un matou aussi facilement qu'un bonhomme…

Je passe une journée merveilleuse, à évoquer des souvenirs, des anecdotes, des copains dont je revois peu à peu les visages, tous âgés de dix ans. Tout cela grâce à une photo oubliée dans une vieille valise.

Pourtant, les choses se gâtent à l'arrivée de son compagnon, qui travaille à Dijon dans une agence de publicité. C'est une espèce de gorille poilu de partout, à l'œil rigolard, qui me gratifie d'une vigoureuse poignée de main à m'en faire péter les phalanges. Agnès me propose de rester dîner.

– Je ne voudrais pas abuser, tenté-je de rétorquer.

– Mais si ! insiste King Kong. Ça nous fera une distraction.

Le repas du soir se déroule dans l'allégresse, du moins pour lui qui me dépasse d'une tête, et ne cesse de me regarder en se demandant quel intérêt sa copine Agnès peut bien me trouver. Il a la parole facile des gens qui ne doutent de rien, et surtout pas d'eux-mêmes, un esprit pas vraiment fin, mais assené avec une tranquille assurance qui me laisse pantois et incapable de réagir. Il doit deviner que j'ai été amoureux d'Agnès il y a très longtemps, et il est fier de me prouver qu'il est meilleur que moi, parce que c'est avec lui qu'elle va dormir tout à l'heure, tandis que je reprendrai la route tout seul.

Le pire, c'est qu'il a raison, l'anthropoïde velu. Je tâche de faire contre mauvaise fortune bon cœur. D'autant plus que la cuisine est délicieuse. Agnès est un fin cordon bleu. Et puis, il y a aussi ce regard trouble, ces yeux verts qui me regardent avec – à moins que mon imagination ne me joue des tours – une certaine nostalgie.

Je reprends goût à la vie lorsque l'orang-outang, estimant certainement qu'il a suffisamment affirmé sa supériorité, déclare qu'il est « crevé », et qu'il va aller se « pagnoter ». Bonne idée ! Enfin, je reste en tête-à-tête avec mon hôtesse, l'esprit embrumé par trois whiskies et deux bouteilles d'un Côte de Beaune auquel j'ai largement fait honneur.

– J'ai été vraiment très heureux de te revoir, Agnès.

– Moi aussi, Nicolas ! C'est idiot de s'être ainsi perdus de vue...

Et voilà ! Le terrain est chaud et je le sens bien. Elle n'a strictement rien à cirer de son primate publiciste. Mais cela fait bien longtemps que je n'ai pas tenté de séduire une femme. En fait, si la dénommée Valérie ne m'avait littéralement violé un jour de délire, je n'aurais jamais été capable de tromper Élisabeth autrement qu'en pensée. Alors, en face de l'émeraude du regard d'Agnès, devant son décolleté doré par le soleil de Bourgogne et la vie au grand air, je ne sais que la contempler avec un sourire embarrassé, et l'air d'un attardé mental. Par bonheur, nul miroir ne se pointe pour refléter ma détresse.

– Qu'est-ce qui t'a décidé à venir me voir ?

Je ne réponds pas immédiatement. Puis-je lui avouer que je l'avais oubliée, lui dire que je suis à la recherche d'une autre, une petite fille redécouverte sur une vieille photo datant de plus d'un quart de siècle ? Elle va me rire au nez. J'ai la tentation de m'enfuir en courant devant l'absurdité de ma démarche. Mais la bienfaisante euphorie du bourgogne m'encourage. Tant pis, je vais lui dire la vérité.

– Une idée stupide.

– Raconte-moi !

Je sors la photo de classe.

– Il y a quelques semaines, j'ai retrouvé ça dans une vieille valise. Tu te rappelles Françoise Camus ?

– Bien sûr, c'était une de mes meilleures copines. Qu'est-ce que tu lui veux ?

– J'ai eu envie de savoir ce qu'elle était devenue. Je... j'étais un peu amoureux d'elle quand j'avais quatre ans.

Elle se rembrunit imperceptiblement.

– Et tu crois qu'elle t'a attendu, depuis tout ce temps ?

– Bien sûr que non ! Mais il me fallait un motif pour… m'obliger à bouger.

– En venant à Dijon, tu n'avais pas seulement envie de me revoir ?

– Je ne sais plus où j'en suis, Agnès. J'avais tout oublié, toi… et Françoise. Sans cette photo de classe, je n'aurais jamais eu l'idée de revenir.

– Tu as tout oublié…

Un nouveau silence s'installe, que nous n'osons pas rompre. Des images se bousculent en moi. J'ai envie de lui parler, de lui dire que tout m'est revenu, la vieille maison, nos caresses, nos projets. Mais tant d'années se sont écoulées.

– Je sors d'un divorce difficile. Mon ex-femme m'a… passablement abîmé. Il faut que je me reconstruise. Rechercher Françoise n'est qu'un prétexte. Il faut que je fasse quelque chose, pour ne pas me sentir inutile.

– Je comprends.

Elle hésite, puis se décide.

– J'ai perdu sa trace il y a bien longtemps déjà. Nous sommes restées dans la même classe jusqu'au CM2, avant la sixième. Ensuite, son père a été muté à Quimper. On s'est écrit un peu, pendant quelques mois. Mais je ne l'ai jamais revue, et j'ignore totalement ce qu'elle a pu devenir.

Je soupire.

– Je suis complètement idiot, hein ?

C'est tout, je n'ai plus rien à dire. Sans doute considère-t-elle que je suis un peu fêlé. Et elle a diantrement raison. Mais les femmes sont des êtres surprenants sur lesquels j'ai décidément beaucoup à apprendre.

– Attends un instant ! dit-elle.

Quelques minutes plus tard, elle revient avec un papier griffonné d'une adresse.

– C'était là que je lui écrivais il y a vingt ans. Je doute qu'elle y soit encore. Mais ses parents y habitent peut-être toujours.

– Tu la connaissais bien…

– Françoise était une fille extraordinaire. Elle était très en avance. Au CM2, elle avait déjà un succès incroyable auprès des garçons. Parfois, j'en étais presque jalouse. Mais elle était adorable. Tellement…

je ne sais pas… loyale. Oui, je crois que c'est ça. C'était une amie solide, sur laquelle on pouvait compter. Elle apprenait tout avec une facilité incroyable. Je pense même qu'elle était surdouée. Mais question discipline, c'était autre chose. À dix ans, elle se révoltait déjà contre tout : la guerre, la pauvreté, la vivisection, l'injustice. Elle tenait tête à tout le monde. À la directrice, à la maîtresse ; et surtout à son père. Tu te souviens de lui ?

– Vaguement…

– C'était un bonhomme grincheux, qui rouspétait tout le temps. Toujours fourré à l'église, à réciter des patenôtres, ou à débiner ses contemporains. Il avait fait virer le curé, le père Deschanel, qui était un brave homme un peu porté sur les plaisirs de la table. Camus était un véritable intégriste. Françoise aurait pu subir son influence, mais elle possédait une sacrée personnalité. Elle ne cessait de se rebeller. C'est elle qui m'a amenée à prendre conscience de certaines choses.

– Lesquelles ?

– Ne pas croire tout ce que racontaient les adultes, combattre les préjugés stupides. Parfois, elle venait à l'école avec des bleus. Son père la battait parce qu'elle refusait de se confesser. Elle avait envoyé promener le nouveau curé, intégriste lui aussi. Elle n'a jamais accepté de faire sa communion. Elle ne comprenait pas que l'on puisse parler d'un dieu d'amour après tous les massacres que l'on avait commis en son nom. Aimer son prochain comme soi-même, cela ne veut pas dire l'exterminer sous prétexte qu'il prie un autre dieu que le tien. C'est un peu à cause d'elle que j'ai abandonné tout cela, moi aussi. Mais plus tard. Mes parents sont de braves gens, et je ne voulais pas leur faire de peine. Je ne me suis jamais mariée. J'en avais marre d'entendre toujours rabâcher les mêmes idioties, à savoir qu'une femme devait épouser un homme pour tenir sa maison et lui faire des enfants. Au début, ce fut dur. Ma famille m'a fait la gueule. Avec le temps, ça s'est arrangé. Les mœurs ont évolué. Et puis, mon petit commerce fonctionne bien. Je suis la plus riche, et je me débrouille très bien toute seule.

– Tu n'as jamais eu envie d'avoir d'enfants ?

Question risquée. Peut-être n'a-t-elle jamais pu en avoir. Mais elle hausse les épaules.

– Avec qui ?

– Et lui ? demandai-je en désignant la porte du menton.

– Yves ? Oh, ça fait deux ans qu'il vit avec moi. Mais il y en a eu d'autres avant. Et il ne sera pas le dernier.

Visiblement, elle n'est guère amoureuse de son gorille. J'ai envie de lui prendre la main, de l'embrasser. Mais je ne le fais pas.

– Tu sais où dormir ? demande-t-elle.

– J'ai retenu une chambre à Dijon. Je vais rentrer. Quimper, ce n'est pas la porte à côté…

Elle acquiesce d'un signe de tête.

Le ciel est constellé d'étoiles, l'air nocturne s'est empli de parfums subtils. Au loin, on aperçoit les lumières de Gray et le ruban argenté de la Saône.

– La vue est magnifique ! dis-je pour briser un silence difficile.

Elle ne répond pas. Elle me prend seulement la main pour me raccompagner jusqu'à ma voiture. Et là, elle se plante devant moi. Nous restons un long moment à nous regarder sans mot dire.

– Alors, murmuré-je enfin, tu ne trouves pas que mon idée soit idiote ?

– Non ! Je… je ne sais pas si tu retrouveras Françoise. Peut-être que tout ça ne te mènera nulle part. Elle est probablement mariée et… j'espère qu'elle est heureuse. Mais je crois que les idées les plus absurdes ne sont pas totalement innocentes. Alors, n'abandonne pas.

– Je te tiendrai au courant.

Ses yeux luisent étrangement à la lumière blafarde de la lune. Soudain, elle dit :

– Ils ont démoli la vieille maison.

Puis elle noue ses bras autour de mon cou et dépose un baiser sur ma bouche. Un attouchement léger, sensuel, fait de tendresse et de regrets, comme un viatique pour la suite de mon odyssée. Je la serre contre moi et respire longuement l'odeur de ses cheveux, heureux seulement de sentir sa chaleur. Dans mon oreille, elle chuchote :

– Tu sais, ce n'est pas de retrouver Françoise qui compte, mais tout le chemin que tu devras parcourir. À mon avis, elle n'a pas suivi la voie de tout le monde.

Elle ne croyait pas si bien dire…

5

Après la mutation de mon père à Paris, mes parents et moi avons souvent passé nos vacances dans le Finistère. Je retrouve avec plaisir la ville médiévale, la cathédrale au granit ciselé comme de la dentelle, les maisons anciennes à colombages qui s'avancent au-dessus des ruelles. J'aperçois même quelques vieilles femmes en coiffe. Malheureusement, elles se font de plus en plus rares. Le temps de retenir une chambre dans un hôtel de Saint-Guénolé dont je recommande chaleureusement la cuisine aux amateurs, et je me mets en chasse.

Camus ! Le nom, associé à une adresse, devrait me permettre de retrouver sans problème les parents de Françoise. Si toutefois ils habitent encore la ville. Ils sont arrivés en Bretagne il y a près de vingt-cinq ans. Mais les dieux sont de mon côté. Le Minitel m'indique illico les coordonnées d'un Charles Camus qui gîte bien à l'adresse indiquée par Agnès. Un coup de veine ! C'est même trop facile. Je m'empare aussitôt du téléphone et compose le numéro, redoutant que les abonnés correspondants nc soicnt partis s'ébrouer sur la Côte d'Azur.

– Allô, pourrais-je parler à Charles Camus ?

– C'est à quel sujet ?

Une voix à geler une oasis saharienne. Mais je n'ai pas traversé la moitié de la France pour me laisser impressionner.

– Pardonnez-moi de vous importuner, monsieur Camus. Je m'appelle Nicolas Dorval. J'étais un camarade de classe de votre fille, à Dijon. Ça fait un certain nombre d'années que nous ne nous sommes pas vus. Votre adresse m'a été fournie par une camarade commune, Agnès Larcher. Étant de passage à Quimper, j'aurais aimé profiter de l'occasion pour lui rendre une petite visite, si toutefois vous pouvez me confier ses coordonnées.

– Dijon, dites-vous ?

Moment de silence. Puis la voix sibérienne retentit à nouveau dans le combiné, légèrement plus amène.

– Vous avez de la chance, jeune homme. Ma fille habite toujours avec nous. Je suis persuadée qu'elle sera ravie de vous voir. Rappelez-moi votre nom.

– Nicolas Dorval !

Et voilà ! Je suis invité le soir même, à l'heure de l'apéritif. Finalement, je suis un peu déçu par la rapidité avec laquelle je suis parvenu à mes fins. Il me reste encore trois semaines de vacances à tirer, et mon enquête est déjà sur le point de s'achever. Mais au fond, c'est de ma faute. Qu'est-ce que j'attendais ? Je vais voir Françoise, lui parler. Et alors ? Pour lui raconter quoi ? Que j'ai retrouvé une photo d'elle et que j'ai eu envie de la revoir ? Tout cela me paraît bien niais, tout à coup.

À mesure que le temps passe, ma déception se transforme en inquiétude. Quelque chose ne colle pas. Si elle correspond au portrait que m'en a tracé Agnès, une fille comme Françoise ne vit plus avec ses parents à l'âge de… trente-cinq ans. Ou alors, il y a un problème. Pendant un moment, je suis tenté de reprendre la route et de m'enfuir n'importe où. Tiens, à Gray, pourquoi pas. Le sourire et les lèvres d'Agnès me manquent. Mais je pense que le sourire en question s'évanouirait si je lui racontais que je me suis dégonflé au dernier moment. Alors, tant pis, je dois aller jusqu'au bout. Et puis, un apéritif, ça ne se refuse pas.

Après avoir tué l'après-midi en flânant dans les ruelles tortueuses, je me dirige vers la demeure des Camus. C'est un pavillon bien banlieusard, sans rapport avec l'architecture bretonne, et qui devait déjà être ancien lorsqu'ils ont emménagé. Un bout de jardin devant, avec des fleurs fatiguées, deux buis qui montent la garde comme des sentinelles tristes de chaque côté de l'allée, et un petit chemin en ciment craquelé qui mène jusqu'à un perron où une balustrade de ciment imite le bois, rongée par la mousse et le lichen. Les volets auraient bien besoin d'un coup de peinture.

Le père Camus ressemble à un gros colonel anglais à moustache. Il me scrute d'un œil sévère lorsque je parcours le petit chemin.

– Monsieur Dorval, je présume.

Ce type ne me dit rien qui vaille. J'esquisse un sourire forcé en guise de réponse.

– Ma fille ne va pas tarder, poursuit-il. Je lui ai téléphoné. Elle travaille dans une banque. Mais elle rentrera plus tôt aujourd'hui. Je le lui ai demandé, à cause de vous.

– Vous lui avez annoncé ma visite !

– Non, j'ai pris un prétexte ; je voulais lui réserver la surprise. C'est une bonne idée, ne trouvez-vous pas ?

– Excellente ! J'espère seulement qu'elle va me reconnaître. Ça fait si longtemps.

– Ne vous inquiétez pas ! Elle est très physionomiste. Mais donnez-vous la peine d'entrer.

Au moins, on ne pourra pas dire que cela avait mal commencé. Et puis, elle travaille dans une banque, a-t-il dit. Nous aurons donc un sujet de conversation. Je me retrouve rapidement coincé dans un fauteuil de velours aux accoudoirs usés jusqu'à la trame, face à un verre de Porto format dé à coudre, rempli au tiers, et tenant compagnie à une soucoupe de cacahuètes rances que le couple Camus devait conserver depuis la dernière guerre pour les grandes occasions.

L'air un peu ahuri, je contemple la pièce. La déception me ronge. Cette baraque est triste, racornie, farcie d'images pieuses et mangées aux mites. Il y a des crucifix au mur, des gravures saintes, un buffet puant la vieille cire, des chaises antiques et branlantes, un vieux canapé de cuir fatigué, rongé par les taches. Une ancêtre flétrie, affalée dans un fauteuil sans âge, me contemple avec des yeux ronds tout en suçotant des bonbons à l'anis. La grand-mère Camus, m'apprend le maître de céans avec respect. Tout est feutré, étouffé. Il fait sombre. J'éprouve rapidement l'envie de me trouver ailleurs. Mais c'est moi qui suis venu me fourrer dans ce guêpier. Alors, il faut assumer, mon grand !

– Ainsi, vous avez connu ma fille à Dijon ? m'attaque Charles Camus.

– Oui, à l'école !

Je n'ose pas avouer qu'il s'agit de l'école maternelle. Il me prendrait pour un demeuré et ne serait pas éloigné de la vérité.

– Je croyais pourtant qu'à l'époque, les filles et les garçons étaient séparés.

Perdu ! Il va me falloir avouer la vérité.

– Je veux parler de l'école maternelle. Mais plus tard, nous avons suivi le catéchisme. Nous avons joué souvent ensemble. Chez madame Larcher, vous vous souvenez ?

– C'est vrai, c'est vrai ! Madame Larcher ! Une bonne personne ! Et si pieuse !

Le catéchisme lui plaît. Il a un gros sourire entendu. Je comprends qu'il me classe parmi les gens de son monde. La sensation de malaise s'accentue. L'atmosphère ne correspond pas du tout à l'image que j'ai de Françoise.

Entrée discrète d'une petite dame grise qui a pu être jolie, quelques siècles plus tôt. Mais il ne reste de son éclat passé qu'une détresse à faire pleurer les pierres. Ayant reçu une bonne éducation, je me lève et me casse en deux pour saluer l'arrivante.

– Mon épouse, m'explique le père Camus.

Il s'ensuit une succession de politesses et de lieux communs sur lesquels je ne m'étalerai pas, sinon pour dire que pas une fois n'est prononcé le nom de Françoise. Il est difficile de faire durer une heure trois centimètres cubes de Porto. C'est pourtant l'exploit que je réussis à accomplir avant l'arrivée de Françoise. Enfin, de Françoise… Une Françoise qui ne correspond pas du tout à l'image que je me suis faite d'elle. Je l'avais pressenti. Jamais je n'aurais dû entreprendre ce voyage au bout de l'inutile. Car la damoiselle qui apparaît alors dépasse mes plus affreux cauchemars. Elle est laide, grosse, attifée comme ce n'est pas permis. Une caricature de femme, qui vient à moi en rougissant comme une pivoine. Elle m'a immédiatement reconnu, malgré les années. Enfer et damnation !

– Nicolas ? Ce n'est pas possible !

– Quelle surprise, n'est-ce pas ? réussis-je à bredouiller.

Impossible d'en ajouter plus. Eh bien tant pis. Il me faut boire le calice jusqu'à la lie. Car je viens de comprendre : Françoise avait une sœur. Une sœur dont j'avais totalement perdu le souvenir, et dont le prénom un tantinet vieillot me revient aussitôt à l'esprit : Lucette. C'est elle qui se tient en face de moi. Je parviens à masquer ma stupéfaction et lui adresse un sourire jaune qui doit embaumer l'hypocrisie :

– Tu te rends compte, après toutes ces années. C'est incroyable, non !

– Incroyable, c'est le mot !

Silence ! Je ne sais plus quoi ajouter.

– Et tu es en vacances dans la région ? relance-t-elle.

– Oui, bien sûr ! Je suis déjà venu plusieurs fois en Cornouailles, avec mes parents, quand j'étais plus jeune. Si j'avais su que tu habitais Quimper…

Et les banalités reprennent, chacun forçant sur les risettes. Je leur suis royalement indifférent, c'est réciproque, et cela se sent tellement que c'en est grotesque. Mais la bienséance est l'art de préparer l'être humain à s'emmerder ferme en compagnie de ses semblables. Il y réussit si bien qu'on pourrait le croire masochiste au point de prolonger la torture par plaisir. Il y a cependant une chose que je voudrais savoir. Tout à coup, je demande :

– Mais tu avais une sœur, Lucette. Elle s'appelait Françoise, si je me souviens bien. Comment va-t-elle ?

Un silence glacial suit mes mots. J'ai fait une gaffe. J'ignore laquelle, mais la tête du père Camus semble se décomposer à vue d'œil. Mon imagination se met à travailler à la vitesse de la lumière. L'explication la plus plausible me semble être que Françoise est morte, et que je viens de réveiller un souvenir douloureux. Mais je comprends qu'il s'agit d'autre chose lorsque le père se dresse, raide comme la justice.

– Monsieur, sachez que je n'ai pas de fille de ce nom.

– Mais, père… hasarde la grosse Lucette.

La mère baisse le nez et se met à renifler discrètement. La grand-mère quant à elle réclame un nouveau paquet de bonbons. Pas de doute : ma copine Françoise a dû multiplier ses frasques à tel point qu'elle a rompu avec sa famille. Stupéfait, je me lève, un tantinet agacé.

– Écoutez, si je vous ai offensé, je vous prie de m'en excuser… J'ai parlé de Françoise parce que je me souviens également d'elle. Elle avait le même âge que moi…

Il se met à hurler comme un hystérique.

– Sortez, monsieur, avant que je ne vous flanque dehors.

– Père, insiste Lucette. Nicolas ne sait peut-être pas…

Qu'est-ce que je ne sais pas, et qu'apparemment je devrais savoir ? Françoise avait eu des mots avec son père, mais de là à me jeter comme un malpropre au seul énoncé de son nom... Ce vieux macaque commence à m'énerver. De toute façon, je n'obtiendrai rien de lui, et ses cacahuètes rances me restent sur l'estomac. Je déclare sèchement :

– Monsieur Camus, j'ignore ce qui a pu se passer entre votre fille et vous, mais je n'en suis aucunement responsable. Vous me permettrez donc d'abréger ma visite.

Sans attendre de réponse, je sors, éprouvant dès mon arrivée sur le trottoir un immense soulagement. Avec un abruti pareil en guise de paternel, il n'est pas étonnant que Françoise se soit enfuie. J'ai à peine fait quelques pas que j'entends le bruit d'une respiration essoufflée derrière moi. Lucette !

– Nicolas ! Nicolas !

Elle arrive en courant aussi vite que le lui permettent ses cent kilos. Je lui laisse le temps de récupérer son souffle égaré.

– Je suis désolée, Nicolas ! Il ne faut pas en vouloir à mon père. Mais avec la vie qu'a menée Françoise...

– La vie ? Quelle vie ?

– Tu n'es pas au courant ?

– Au courant de quoi ?

Elle a un regard stupéfait.

– Alors, tu ne sais pas ce qu'est devenue Françoise ?

– Bien sûr que non ! Comment veux-tu que je sois au courant de la vie privée d'une fille que je n'ai pas revue depuis vingt-cinq ans ? Je... c'est peut-être ridicule, mais j'ai retrouvé une vieille photo, il y a quelques jours, et j'ai eu envie de la revoir. Comme j'étais en vacances, j'ai pensé qu'il serait amusant de mener... une espèce d'enquête. Je suis passé à Dijon, où j'ai retrouvé Agnès Larcher. C'est elle qui m'a donné vos coordonnées.

– Agnès ? Ça c'est incroyable !

Je la regarde, interloqué. Si cette fille n'était pas aussi grosse, elle serait certainement très jolie. Je l'attrape par le bras.

– Qu'est-ce qui s'est passé ? Elle fait le trottoir, ta petite sœur, ou quoi ?

– Mais non ! Ce n'est pas ça...

Elle semble hésitante.

– Écoute, si tu me disais de quoi il retourne.

– Tu ne sais rien alors !

– Bon sang, je te l'ai dit !

Elle me regarde bizarrement et me demande :

– As-tu entendu parler de Nathalie Vallières ?

Nathalie Vallières ? Tu parles ! Une de nos meilleures actrices. Quelques titres de films me reviennent instantanément en mémoire : *La Chienne*, *Samarcande*, *La Fille des Landes*, *La Solitaire.* J'en passe et des meilleurs. Elle a aussi connu le succès dans la chanson, il y a quelques années. On l'a comparée aux plus grandes. Césars, Oscars et compagnie, tout y est passé. Une vraie star, l'un de ces personnages mystérieux dont on se demande s'ils existent vraiment. D'autant plus qu'en ce qui la concerne, le mystère est double, car elle a disparu sans laisser de trace depuis plus d'un an.

– Quel rapport entre Françoise et Nathalie Vallières ?

– Tu ne savais pas que Françoise était devenue Nathalie Vallières ?

6

– Qu'est-ce que c'est que cette blague ?

– La vérité !

Je suis incapable d'ajouter un mot. Évidemment, il m'était impossible d'établir un rapprochement entre une petite fille de quatre ans figée sur une vieille photo de classe et une des plus grandes stars du cinéma français. J'avais vu la plupart de ses films, mais jamais la moindre ressemblance ne m'avait intrigué. Pourtant, si je compare le visage enfantin de Françoise avec celui de Nathalie Vallières, je suis obligé de me rendre à l'évidence : Lucette ne me raconte pas d'histoires.

– Écoute, tout ça me prend un peu au dépourvu, lui dis-je.

Il faut que j'en apprenne plus. J'ajoute :

– Si ton paternel n'y voit pas outrage, je t'invite à dîner. Tu veux bien ?

– Il va encore râler, mais j'ai cessé d'avoir peur de lui.

– Bravo !

Nous sommes à Saint-Guénolé. L'hôtel-restaurant borde la baie sur laquelle un soleil magnifique n'en finit pas de se coucher. Nous regardons chacun notre verre d'apéritif. Lucette ne sait apparemment pas par où commencer. Enfin elle se décide.

– Françoise a quitté la maison dès qu'elle a eu dix-huit ans. Oh, je savais bien qu'un jour elle finirait par s'en aller. Ça a été… un enfer. Tu ne peux pas savoir.

Brave Lucette ! Je l'écoute et je l'observe, intrigué. Après mon premier mouvement de rejet, dû à la déception, elle me devient de plus en plus sympathique. Lucette vit au présent. Elle a appris à savourer chaque instant de la vie, en se disant que c'est toujours ça de pris. Ce qui me plaît chez elle, c'est qu'elle respire la bonté. Pas la bonté hypocrite et intéressée que l'on rencontre chez des gens comme son père, qui ne se montrent charitables que pour se donner bonne conscience et gagner leur part de paradis. Lucette déborde d'affection, d'amour, de tendresse. Elle a accepté son physique, et l'assume avec bonne humeur. Après deux apéritifs, elle attaque sans vergogne, et avec la ferme détermination d'un bulldozer, le pantagruélique plateau de fruits de mer que j'ai commandé.

Je me sens à l'aise avec elle. Elle assistait avec moi aux séances de catéchisme chez la maman Larcher. Je me souviens de son énorme appétit, des gâteaux et des bonbons qu'elle trimbalait par paquets dans ses poches. Des friandises dont j'ai profité, moi aussi, car elle était la générosité même. Pour cette raison, je prends plaisir à la regarder dévorer tourteaux, langoustines, homards, praires, étrilles, huîtres et amandes de mer. Elle me contemple avec des yeux pétillants. Pour elle, c'est la fête. Elle a tôt fait de me communiquer sa gaieté.

Nous avons trouvé un terrain d'entente : le vin et la bonne chère. Nous ne sommes pas encore arrivés à la moitié du plateau de fruits de mer qu'une bouteille de gewurztraminer a déjà rendu l'âme. Une deuxième s'apprête à la rejoindre au cimetière. Ce qui ne m'empêche pas de prêter une oreille attentive à ce que me raconte ma partenaire. Je n'ai d'ailleurs pas de gros efforts à accomplir pour la faire parler. Elle devait retenir tout ça depuis des siècles.

C'est étrange, la vie de quelqu'un, racontée par un proche. J'ai l'impression de me trouver en face d'un puzzle dont les pièces sont toutes mélangées, placées dans tous les sens, et éclairés chacune d'une lumière différente. Pas facile de se faire une idée claire avec tout ça. Lucette me déballe ses souvenirs à la pelle, sans les trier, sans rien construire.

– Je parie que tu ne sais pas d'où vient son nom, Vallières ?

– Non.

– Nous avions une cousine, du côté de ma mère. Fanny, qu'elle s'appelait. Fanny Vallières, justement. Elle avait eu un enfant avec un homme qui n'était pas son mari. Ça a fait toute une histoire, qu'elle ne soit pas mariée. Et son bonhomme, il ne voulait pas l'épouser. Alors, la famille a arrêté de la voir. La Fanny, elle était bien brave, quand j'y pense. Toujours le cœur sur la main. Pourtant, tout le monde lui a tourné le dos. Tout le monde, sauf Françoise, qui ne faisait jamais rien comme les autres. Je me rappelle, elle avait quinze ans à l'époque. Elle a fait un de ces trucs…

Elle prend le temps de se reverser un autre verre de vin avant de reprendre.

– Elle a pris de l'argent dans le portefeuille de mon père, tu te rends compte ?

– Pour quoi faire ?

– Pour le donner à Fanny, tiens ! La pauvre, elle avait plus rien. Son bonhomme avait foutu le camp. Tu te rends compte ? Il l'avait laissée toute seule avec son bébé. Je te dis pas le scandale que ça a fait.

– Bah, un enfant illégitime, à notre époque, ce n'est pas un drame !

– Mais non, je veux parler du pognon qui avait disparu. Tu suis pas.

– Excuse-moi !

– Mon père s'est rendu compte qu'il lui manquait des sous. Mais au lieu de se taire, ma Françoise, elle s'est vantée de son exploit. Elle a dit : « Il fallait bien que je fasse un geste, puisque tu les laissais crever de faim, elle et sa fille ! » Mon père criait : « Tu n'es qu'une voleuse ! Tu finiras en enfer ! » Il hurlait tellement que les vitres tremblaient.

La pauvre Lucette en a des frissons d'angoisse rétrospectifs.

– Je ne te raconte pas la trempe que mon père lui a flanquée ce soir-là ! Mais ma Françoise, elle se défendait. Elle le mordait, elle le griffait, elle lui donnait des coups de pied. Ma mère pleurait. Moi aussi. C'était terrible. Qu'est-ce qu'elle a pu nous en faire voir !

– C'était plutôt gentil de prendre la défense de sa cousine.

– Bien sûr ! Mais à l'époque, la pauvre Fanny, elle n'était pas bonne à jeter aux chiens. On nous rabâchait qu'elle avait commis une faute impardonnable, qu'elle était déshonorée, et qu'on ne devait plus la revoir, parce qu'elle était un mauvais exemple.

Elle soupire, prend le temps de finir les bigorneaux et se reverse une rasade de gewurzt.

– C'était tout le temps comme ça. Plusieurs fois, mon père l'a amenée chez le curé. Il disait qu'elle était habitée par le diable. Il a même fait venir un exorciste à la maison.

Elle arrête soudain de manger et soupire.
– À l'époque, elle me faisait peur. Elle était plus jeune que moi, mais elle savait déjà tellement de choses. En classe, elle était toujours première. Mon père ne pouvait pas lui reprocher de ne rien faire à l'école, mais même pour ça, il lui en voulait. Je ne m'expliquais pas pourquoi. Depuis, j'ai compris. Elle était bien plus intelligente que lui. À huit ans, elle lisait Jules Verne, Curwood, Jack London ; à douze, elle dévorait Zola, Colette, et d'autres auteurs que mon père avait en horreur. C'était la cousine Fanny qui lui prêtait ses livres. Après la primaire, mon père l'a envoyée en pension chez les sœurs.
Lucette se met à rigoler doucement.
– Ça n'a pas duré. Elle n'arrêtait pas de s'échapper. Quand elle ne s'échappait pas, elle semait la perturbation chez les pensionnaires ; elle leur racontait dans le détail comment on faisait les enfants, les incitait à la révolte. Mes parents ont été obligés de la reprendre. Mais elle leur en a fait voir bien d'autres.
– Quoi, par exemple ?
– Ah, je ne sais pas si j'ai le droit de te raconter ça !
– Tu sais, si Françoise est devenue Nathalie Vallières, je pense qu'elle n'est pas à ça près.
– Oui, mais quand même, elle avait à peine quinze ans !
– Alors ?
– Eh bien, quand mes parents n'étaient pas là, elle amenait des garçons à la maison. Elle m'avait fait jurer de me taire.
– Elle ne faisait peut-être rien de mal.
– Oh si !
Il y a comme une pointe de nostalgie dans sa voix.
– Un jour, mon père est rentré plus tôt que prévu. Il a entendu du bruit dans la chambre de Françoise. Il est monté, et il l'a trouvée, toute nue, avec deux garçons.
Je manque d'éclater de rire, car les clients de la table d'à côté ne perdent pas une miette de notre conversation. Il faut dire que la voix de ma confortable camarade a de fâcheuses tendances à enfler par moments.
– J'imagine la scène.
– Oh non, tu ne peux pas imaginer. Ça a été terrible. J'ai cru qu'il allait la tuer. Il a commencé par flanquer les gars dehors, sans leur rendre leurs vêtements. Ils ont dû sortir à poil dans la rue. Je ne te

raconte pas la tête des passants. Mon père a frappé Françoise. Elle lui a répondu d'une manière ! Oh là là !

On devait bien rigoler, chez les Camus. Surtout les voisins.

– Elle lui a dit : « Ce que je fais de mon corps ne te regarde pas ! Tu ferais mieux d'en faire autant ! Ça t'enlèverait ton air constipé ! » Elle lui a dit comme ça. J'invente rien. Jamais il n'a cogné aussi fort. J'en avais mal pour elle.

Lucette se tait, à bout de souffle. Ou je me trompe, ou la véhémence qu'elle a mise dans les dernières insultes n'est pas tout à fait innocente. Je la soupçonne fortement d'avoir eu envie, elle aussi, d'envoyer tout ça dans les dents de son paternel. Mais voilà, elle n'a jamais osé. Sans doute parce qu'elle a préféré son confort aux conflits. Cela ne l'empêche pas d'envier la volonté de sa charmante petite sœur. Il y a de grosses larmes dans ses yeux lorsqu'elle ajoute :

– La nuit suivante, je suis allé la rejoindre dans sa chambre. Elle pleurait. Elle avait mal partout. Comme souvent. Mais ça n'avait pas diminué sa haine.

Elle laisse passer un silence, puis reprend :

– Après cette histoire, elle n'a pas cessé de fuguer. Une fois, on l'a retrouvée à Biarritz. Je ne te dis pas les assistantes sociales, les psychiatres, les gendarmes qui ont défilé à la maison. Nous étions la risée du quartier.

Je commence à mieux comprendre la réaction du père Camus lorsque j'ai prononcé le nom de Françoise tout à l'heure.

– Il s'était juré de la mater, de la ramener dans le droit chemin, de gré ou de force. Quand je pense à tout ce qu'elle a enduré.

Elle soupire et ajoute :

– Pauvre Françoise ! Personne ne l'aimait, dans la famille. Sauf la cousine Fanny. Combien de fois on a retrouvé Françoise chez elle ! À tel point qu'une fois, Fanny a proposé à mon père de la prendre avec elle. Mais il a refusé, bien sûr. Pour lui, Fanny était une fille des rues, une prostituée vouée aux flammes de l'Enfer. Moi aussi, j'ai reçu des coups. Mais moins qu'elle, bien sûr. Mon père ne nous embrassait jamais. Il estimait que les contacts physiques étaient impurs.

– C'est pas vrai ! Ça existe encore, des individus pareils ?

– Tu sais, avec le temps, je me suis habituée.

Je joue avec un pince de crabe vide, histoire de digérer tout ce que je viens d'entendre. Ma mère aussi allait à l'église. Mais jamais il n'a régné une telle ambiance à la maison. Au contraire, il y avait dans sa manière de croire quelque chose de beau et de rassurant, comme une protection bienfaisante. Même si je n'y crois plus aujourd'hui, j'en conserve un souvenir ému.

– Mais j'y pense, dis-je soudain, cette cousine Fanny, elle sait peut-être où se trouve Françoise ! Je pourrais le lui demander...

Lucette ne répond pas immédiatement.

– Ça sera difficile !

– Pourquoi ?

– Après la naissance de sa fille, la pauvre Fanny a eu beaucoup de problèmes. Elle habitait une petite ville où l'on ne plaisantait pas avec la religion. Là-bas, une école a renvoyé une institutrice simplement parce qu'elle était divorcée. Alors, une fille mère, tu penses ! Les portes se fermaient devant elle. Personne ne lui adressait la parole, elle ne trouvait pas de travail. Certains commerçants refusaient même de la servir. Elle vivait de petits boulots que lui confiaient quelques bonnes âmes. Elle a eu droit à des aides jusqu'à ce que sa fille ait trois ans. Mais ça s'est arrêté après. Alors, elle a fini par se prostituer, pour pouvoir nourrir la petite. Le plus dégueulasse, dans cette histoire, c'est qu'elle a eu comme clients ceux-là même qui la persécutaient.

Je m'insurge.

– Quelle mentalité écœurante ! Je ne peux pas croire que ça existe encore à notre époque !

Mais force m'est d'admettre que l'intégrisme a encore de belles années devant lui. Aux États-Unis, des médecins sont assassinés simplement parce qu'ils pratiquent l'avortement. Et en France, des commandos d'hurluberlus s'enchaînent dans les hôpitaux pour protester contre cette pratique. Je demande :

– Pourquoi n'a-t-elle pas déménagé ?

– Avec quel argent ? Ses propres parents l'avaient rejetée. Seule Françoise essayait de l'aider. Mais elle était trop jeune. Et puis, nous n'habitions pas à côté. Alors, un soir, Fanny a déposé sa fille, Honorine, devant la porte de la mairie. Elle lui avait fait prendre un somnifère pour qu'elle ne pleure pas. Elle s'est rendue près de la rivière, et là, elle s'est noyée, comme le faisaient autrefois les femmes de Bretagne accablées par la misère.

Une bouffée de révolte et de dégoût m'envahit.
– Elle s'est suicidée ? Mais c'est monstrueux !
– Et encore, tu ne sais pas tout. Honorine avait trois ans. Dans la famille, personne ne voulait s'en charger. C'était l'enfant du péché, elle n'avait pas de père. Alors, elle a été recueillie par la DASS.
– De mieux en mieux !
– Par la suite, lorsque Françoise est devenue Nathalie, elle a récupéré Honorine, et elle l'a adoptée. Son nom d'artiste était celui de Fanny. Ça lui a facilité les choses.
Je pousse un énorme soupir.
– Dis donc, ta famille, ce ne sont pas des gens très fréquentables ! Tu te rends compte qu'ils sont responsables de la mort de cette pauvre fille !
Lucette baisse la tête.
– C'est vrai. Moi, à cette époque, je ne comprenais pas, évidemment. Après la naissance d'Honorine, on me répétait sans cesse que la cousine Fanny avait commis une faute grave, et que Dieu la punirait. Alors, quand elle s'est suicidée, tu parles… Ça aussi, c'était un péché mortel, pour l'Église. On a eu du mal à trouver un prêtre qui accepte de l'enterrer. D'ailleurs, personne ne s'est déplacé. Sauf Françoise, qui s'était échappée.
– Il ne craint pas d'avoir à lui rendre des comptes, ton père, au bon Dieu, après toutes les saloperies qu'il a commises ?
– Non ! Il est persuadé d'agir pour Sa gloire.
– Mais toi, tu as changé d'avis…
Elle se met à jouer avec les coquilles vides.
– Je ne suis pas fière de ma famille. Ce qu'elle a fait à cette pauvre Fanny, c'était vraiment abject. Le jour des obsèques, Françoise a séché les cours. Mon père avait prévenu la gendarmerie de sa fugue. Elle m'a dit plus tard qu'ils l'avaient laissée assister à l'enterrement, puis ils l'ont ramenée dans le fourgon. Nous étions à table. Lorsque les gendarmes sont partis, il y a eu une scène terrible. Elle a dit qu'elle nous haïssait tous, qu'elle nous méprisait. Elle a parlé à mon père d'une manière horrible. Elle l'a traité d'assassin, elle lui a dit qu'elle en avait marre se supporter sa connerie. Il l'a giflée. Mais elle lui a rendu sa gifle, de toutes ses forces. C'était… effrayant. Mon père est tombé par terre, il saignait du nez. Quand il s'est relevé, j'ai cru qu'il allait la tuer. Mais elle avait attrapé le bâton avec lequel il

la battait et elle le maintenait à distance, prête à frapper. Elle a dit qu'elle l'assommerait s'il s'approchait. Il l'a insultée, mais il a fini par reculer. Lorsqu'elle est montée dans sa chambre, il n'a pas osé la suivre. Il m'a seulement dit : « Lucette, ta sœur profite de notre douleur pour nous accabler. C'est très mal. Dieu la punira ! »

« J'ai compris alors qu'il avait peur d'elle. Elle a fait sa valise, puis elle est partie sans dire un mot. Elle allait avoir dix-huit ans quelques jours plus tard. Mon père n'a rien fait pour essayer de la retenir. Je ne l'ai jamais revue. Seulement dans les films, et à la télévision.

– Elle ne t'a jamais écrit ?

Elle baisse la tête.

– Si, quelquefois, il y a longtemps. Mais à cette époque-là, je lui en voulais. Elle avait fait souffrir mes parents. Alors, je lui ai répondu par des lettres méchantes, dans lesquelles je lui disais qu'elle avait mal agi. Quelle imbécile j'étais !

Elle a un bref sanglot.

– Le temps m'a ouvert les yeux. Mais j'aime ma mère. Et puis, je n'ai jamais trouvé d'homme qui veuille de moi. Alors, je me suis résignée. Je suis restée. Cependant, c'est de ce soir-là que j'ai commencé à ne plus avoir peur de mon père. Oh, ça ne s'est pas fait tout seul, il m'a fallu quand même quelques années. Je n'ai malheureusement pas la force de caractère de Françoise. Mais c'est elle qui avait raison : même si je l'aime malgré tout, mon père est vraiment un vieux con !

La nuit est claire, parsemée d'étoiles et parfumée. Un vent léger et frais nous apporte les embruns de l'océan que nous respirons à pleins poumons afin de dissiper les brumes qui nous engourdissent l'esprit. Lucette a passé son bras sous le mien. Elle n'a pas lâché un mot depuis notre départ du restaurant. Je dois encore la ramener à Quimper, mais il est plus prudent d'attendre un peu.

Nous arrivons jusqu'aux fameux rochers, situés face à l'océan. Là, un panneau raconte comment le préfet du Finistère et sa famille ont été enlevés par un lame de fond au siècle dernier. Soudain, Lucette se tourne vers moi.

– Il faut que tu la retrouves, Nicolas.

Il y a une sorte de désespoir dans sa voix.

– Ça ne va pas être facile. Nombre de journalistes s'y sont déjà cassé les dents.

– Je sais, rétorque-t-elle sans sourciller. Certains ont même prétendu qu'elle était morte. Mais je ne peux pas le croire. Je suis sûre qu'elle vit encore quelque part. Et tu es le seul qui sois capable de la retrouver !

Nous restons un long moment silencieux. Elle semble attendre de moi un miracle. Sa confiance me flatte et m'embarrasse. Je serais le dernier des ringards si je lui annonçais que je me dégonfle.

– C'est entendu, je vais essayer. Mais je me demande par quel bout commencer. Je ne connais rien de Nathalie Vallières, moi !

– Je peux peut-être t'aider.

– Comment ?

– C'est peu de chose. Je sais qu'au début, elle a travaillé pour les magazines, comme… mannequin. Des photos toute nue, tu vois le genre !

– Je vois ! Elle était cover-girl ?

– Oui, quelque chose de dégoûtant, en tout cas.

Elle doit confondre avec call-girl.

– Elle travaillait pour un photographe. C'est chez lui que je lui écrivais au début, parce qu'elle ne voulait pas me donner son adresse personnelle. À cause de mon père. Elle savait qu'il lisait mon courrier.

– Ben voyons !

– Oh, il faisait surtout ça pour me protéger.

– Tu as toujours l'adresse de ce photographe ?

– Pas sur moi, mais je peux te la communiquer dès demain.

7

Il n'est pas loin de trois heures du matin lorsque je suis de retour à Saint-Guénolé. Lorsque je l'ai déposée devant sa porte, ma copine Lucette était plutôt remontée contre l'auteur de ses jours. S'il a pris fantaisie au père Camus de rester éveillé pour l'attendre et la gratifier d'un sermon, il a dû tomber sur un os.

Mais ce n'est pas mon problème. Il me semble que je vais m'écrouler comme une masse dès que j'aurais posé la tête sur l'oreiller. Pourtant, sitôt couché, une foule de pensées m'envahissent. Ce que je viens d'apprendre sur Françoise-Nathalie me perturbe. L'aventure a pris un tour que je n'avais pas du tout imaginé. Retrouver une petite camarade de classe que l'on a perdue de vue depuis des décennies n'est pas forcément évident. Cependant, on reste entre gens du même monde. Mais Nathalie Vallières est une vedette. Pourquoi l'obscur Nicolas Dorval irait-il s'introduire dans sa vie privée ? J'ai toujours eu l'impression que les grandes stars vivaient sur une autre planète où le commun des mortels n'avait pas droit de cité.

L'esprit embrumé par la chaleur des vins, je tente de faire le point sur ce que je sais d'elle. Comme me l'a dit sa sœur, elle a commencé par faire des photos de charme pour des revues masculines qui la montraient dans le plus simple appareil. De quoi faire attraper une syncope au père Camus. N'étant pas enclin à m'intéresser à la vie privée des vedettes, je ne connais pas très bien cette période. Mais cela n'a pas duré. Elle a débuté très rapidement au cinéma. Elle devait avoir à peu près une vingtaine d'années. Son premier film s'intitulait *La Chienne*. Tout un programme. Je l'avais vu, attiré par la publicité scabreuse qu'on avait faite autour d'elle, qui affirmait que Nathalie ne simulait pas les scènes d'amour. Or, ce n'était pas un film pornographique. Son partenaire avait été le premier surpris. Le premier ravi aussi, parce qu'il me revenait à présent qu'il était devenu son amant. La presse en avait suffisamment parlé à l'époque. Nathalie avait été tour à tour encensée par la critique et vouée aux gémonies par les instances bien-pensantes et moralisatrices. Mais le scandale avait porté ses fruits. On avait parlé d'elle. On se souvenait de ses interviews à la radio et à la télé. Une femme énergique, vibrante, qui ne laissait à personne le droit de juger ses actes. Elle avait condamné ses détracteurs avec la dernière férocité. On avait applaudi sa verve, sa vivacité d'esprit, son humour caustique. Les contrats avaient afflué. Elle avait alors tourné d'autres films, comme *Samarcande*, *Une minute pour mourir*, *Les Dernières Étoiles*, *La Fille tatouée*, *Amère victoire*, et bien d'autres. Les Américains eux-mêmes l'avaient réclamée. En moins de cinq ans, elle était devenue une vedette internationale. Tout le monde s'accordait à dire qu'elle était une très grande actrice, capable de jouer aussi bien la comédie que le drame.

Plus tard, elle avait fait du théâtre, enregistré des disques. Elle offrait l'image d'une artiste complète et passionnée, qui croquait la vie à belles dents et s'intéressait à une foule de domaines. Elle avait défrayé la chronique par le nombre de ses amants réels ou supposés. Sa générosité et sa force de caractère lui avaient attiré la sympathie des foules. Très vite, elle avait utilisé sa notoriété pour défendre certaines causes. Elle avait ainsi milité pour la protection des enfants maltraités, des animaux victimes de la vivisection, en faveur des prisonniers politiques, de la liberté d'expression et de pensée. Elle s'était dressée contre les multinationales qui faisaient des profits monstrueux en polluant la planète, contre les marchands d'armes et les pays qui les protégeaient. Elle ne se contentait pas de belles déclarations, elle agissait, organisait des manifestations, se rendait dans les pays où les droits de l'homme étaient copieusement bafoués. Usant de charme et de persuasion, elle avait obtenu la libération de nombreux détenus ; elle se rendait souvent aussi dans un petit village de l'Ouest africain qu'elle approvisionnait en matériel et aidait à se développer. J'avais vu un reportage sur ce village, où, grâce à ses efforts, on avait aujourd'hui oublié la famine. Nathalie Vallières était plus qu'une vedette, c'était un véritable phénomène médiatique. Les journalistes attendaient ses interviews avec gourmandise, parce qu'elle n'avait pas pour habitude de mâcher ses mots. On ne savait jamais comment allaient tourner les débats. Un jour, en direct, elle avait sauté à la gorge d'un partisan de la chasse à la baleine. Un autre, elle avait giflé un homme politique impliqué dans un détournement de fonds au détriment d'une association caritative.

C'était à côté de ce bulldozer féminin que j'avais usé mes fonds de culotte trente ans plus tôt. En vérité, ma quête était achevée. J'avais voulu savoir ce qu'était devenue Françoise Camus. C'est chose faite.

Je finis par m'endormir.

Le lendemain, lorsque je m'éveille, le soleil a fait place à un temps maussade. De la fenêtre de ma chambre, j'aperçois l'océan, balayé par une houle féroce qui annonce une tempête. Des vagues sombres se frangent d'écume très loin vers le large, et des rouleaux puissants viennent s'écraser sur les rochers. Les cris stridents des mouettes et des cormorans déchirent le grondement des flots. Je reste une bonne heure à contempler leurs évolutions, tant pour le plaisir que pour achever de chasser la migraine qui me tient encore. Ma copine Lucette et moi n'y sommes pas allés de mainmorte hier soir.

Mes pensées reviennent vers Nathalie Vallières. J'estimais cette nuit que ma quête était terminée, mais ce n'est pas tout à fait vrai. Depuis plus d'un an, personne n'a de ses nouvelles. De temps à autre, un journaliste pense avoir découvert un indice, et raconte alors n'importe quoi. On l'a prétendue atteinte du sida, certains ont affirmé qu'elle s'était retirée dans un couvent – hypothèse complètement absurde lorsque l'on connaît son enfance –, on a dit aussi qu'elle avait été enlevée par un riche émir qui la séquestrait dans son harem. D'autres ont cru, à tort, la retrouver dans son petit village du Sahel.

En vérité, on ne sait rien. Il est à craindre qu'elle ait été victime d'un accident dont personne n'a entendu parler, car elle n'avait aucune raison de disparaître ainsi, sans laisser d'adresse. Jamais sa popularité n'avait été aussi grande. Autant que je m'en souvienne, elle vivait à l'époque avec un éminent chirurgien, dont le nom me revient tout à coup : Alexandre Duplessis. C'était un play-boy renommé, adulé par la jet-set, qui avait réussi quelques opérations spectaculaires dans sa clinique privée de Sologne. Il vivait entouré de jolies femmes. Tout au moins jusqu'au moment où il s'était lié avec Nathalie. Leur couple avait attiré les papparazzis comme le miel attire les mouches. Je me souviens avoir lu un article sur lui. Après la disparition de sa compagne, il avait dû répondre aux questions de la police, mais n'avait pas été inquiété. D'ailleurs, il ne s'expliquait pas cette disparition et semblait très inquiet. Les journalistes à scandale l'avaient harcelé, sans jamais rien pouvoir tirer de lui. Tout cela est plutôt décourageant. Je me vois mal rencontrer cet individu à mon tour. La logique voudrait que j'abandonne.

La radio fonctionne en sourdine. Les informations m'apportent leur lot quotidien de nouvelles bien graves qui, si nous n'étions pas déjà blasés, nous pousseraient irrésistiblement au suicide. Tout à coup, l'une d'elles attire mon attention. Une fois encore, on parle du meurtre de Marolles.

« Un nouvel indice relance l'affaire, explique le journaliste. Il est à peu près certain que la mort remonterait environ à une année. »

Je reste un long moment songeur. Cette histoire m'obsède sans que je puisse en connaître la raison. Soudain, une idée horrible m'envahit : une année, cela correspond à l'époque de la disparition de Nathalie ! Et le lien se fait instantanément : si cette morte et elle ne faisaient qu'une ?

Un grand froid m'envahit. Cette hypothèse n'est pas aussi absurde qu'elle le paraît. Marolles est situé en Sologne, où l'on a vu Nathalie pour la dernière fois. D'après Alexandre Duplessis, elle a quitté sa demeure sans laisser d'adresse, pour une raison inconnue. Tout est possible : elle a pu prendre un criminel en stop. Celui-ci l'a tuée après avoir abusé d'elle, puis il a découpé et brûlé le corps afin de le rendre méconnaissable, avant de le jeter dans l'étang, enfermé dans des sacs en plastique. Cela expliquerait ce silence incompréhensible.

Je tente de combattre cette idée effrayante, sans vraiment y parvenir. Les experts vont poursuivre leur travail, et ils découvriront l'horrible fin de ma petite camarade. Une bouffée de tristesse me noue l'estomac. Je la chasse par un violent effort de volonté. Rien ne prouve que Nathalie soit morte. Tout cela n'est qu'une coïncidence. Je suis sûr… tout au moins je veux me persuader qu'elle vit encore quelque part. Peut-être ma quête n'est-elle pas achevée. Je dois poursuivre mes recherches, à cause du doute que cette sinistre hypothèse a insinué en moi.

Mais comment ?

Lucette a promis de me rappeler pour me confier le numéro du photographe avec lequel Nathalie a débuté. Pour patienter, je décide d'écrire à Agnès.

Saint-Guénolé, le 21 juillet.

Ma chère Agnès,

Comme promis, je t'écris pour te tenir au courant de mes dernières aventures. Miracle, ton adresse était bonne. Un coup de téléphone, et me voilà invité pour l'apéritif. Petite erreur de ma part toutefois, j'avais omis de préciser que je désirais voir Françoise. Or, je me suis retrouvé face à une demoiselle qui devait flirter avec les deux cents livres. Je suppose que tu te souviens de Lucette et de ses kilos de bonbons. Elle n'a pas maigri depuis, loin s'en faut. Elle a été ravie de me revoir, mais ma déception devait se voir comme le nez au milieu de la figure. Lorsque j'ai demandé au papa Camus ce qu'était devenue son autre fille, Françoise, il est entré dans une rogne noire, avec naseaux écumants et dents qui poussent. Avant de comprendre, je me suis retrouvé sur le trottoir, en me disant que j'avais dû louper un épisode quelque part.

Heureusement, Lucette est une brave fille. Elle m'a donné la solution du problème. Ne cherche pas, tu ne trouveras pas. Je suppose que tu as entendu parler de Nathalie Vallières. Eh bien, notre petite Françoise, c'est elle. Oui, tu as bien lu ! Étonnant, n'est-ce pas ?

J'ai invité Lucette au restaurant. Elle m'a raconté des trucs incroyables. Je te dirai tout ça dans le détail quand je reviendrai te voir. Pour l'instant, je suis dans le flou. Nathalie Vallières a disparu de la circulation il y a un an. J'ai envie de continuer mes recherches, mais je ne vois pas pourquoi je réussirais là où des journalistes hargneux et motivés par un scoop ont échoué. J'aimerais que tu me dises ce que tu penses de tout ça. Je suis installé dans un hôtel de Saint-Guénolé. Je compte y rester quelques jours, et j'aurais plaisir à recevoir une lettre de toi.

Réponds-moi vite. Je t'embrasse.

Nicolas

Le téléphone sonne au moment où je repose mon stylo. Lucette. Elle me raconte son retour en fanfare à la maison dans la nuit. Je ne me suis pas trompé, il y a eu du rififi chez les Camus. Mais elle ne s'est pas laissé faire. Apparemment, le gros Charles a dû baisser pavillon devant la grogne de sa fille. Elle n'est pas peu fière de me narrer les détails, ma brave Lucette. Elle me confie ensuite l'adresse promise, celle d'un certain Max Herrmann, photographe. Je le connais de réputation, mais cette adresse remonte à plus de quinze ans.

Au dehors, le vent est tombé. Il pleut. Un petit crachin minable, persistant, entêtant, qui pénètre et détrempe les vêtements, la peau, le moral. Mais j'ai besoin de prendre l'air. De toute manière, il faut que je poste ma lettre.

Depuis huit jours, je traîne le long des côtes de Cornouailles, de Penmarc'h à Audierne. La réponse d'Agnès se fait attendre. Le temps s'est vaguement amélioré. Chaque jour apporte ses brèves éclaircies, ses périodes de pluie fine. Hier, le temps s'est mis au beau, mais il a fait très vite une chaleur lourde, qui a provoqué un orage épouvantable vers le soir.

Afin de tromper ma solitude, j'ai acheté un nouvel appareil photo, dernier modèle, avec une foule d'accessoires, filtres et objectifs. L'un d'eux, destiné à photographier les oiseaux, ressemble à une lunette d'astronomie. Par beau temps, je peux détailler leurs plumes à plus d'un kilomètre. Le vendeur en pleurait presque d'émotion. Il a fait son chiffre d'affaires de la semaine rien qu'avec moi. Je passe mon temps à l'affût dans les rochers afin de surprendre mouettes et goélands, cormorans et aigles de mer. Les vieux granits bretons, rongés par le lichen, constituent également des sujets de choix. Et l'éclairage est idéal.

Au matin du neuvième jour, après le passage du facteur, une bouffée de désespoir m'envahit. Toujours aucune réponse. Je comprends que je me suis fait des illusions. Agnès nous a déjà oubliés, moi et ma quête stupide.

Le temps est pourri. De gros nuages lourds traversent le ciel en troupeaux monstrueux, pressés de déverser leur saloperie de flotte sur des vacanciers qui grognent et menacent de quitter un pays où il pleut tout le temps. Mais si ces râleurs avaient pris la peine de regarder la météo, ils auraient constaté qu'il pleut partout. Et puis, ils n'ont qu'à rentrer chez eux ! J'arpente la plage grise à pas nerveux. Et merde ! J'en ai marre ! Marre de tout ! Je balance un coup de pied furieux dans le sable, ce qui a pour conséquence d'en faire rentrer une pleine brouette dans ma chaussure.

En fin d'après-midi, un soleil timide m'incite à une nouvelle balade. Le hasard m'amène à Bénodet, où il me réserve une rencontre inattendue. Alors que je trimbale mon ennui dans les rues encombrées de touristes multicolores, j'aperçois devant moi une silhouette vaguement familière, vêtue d'une robe légère et largement décolletée : Valérie, la sirène responsable de ma dépravation et de mon divorce. Décidément, le monde est bien petit. Mais cette présence inattendue réveille en moi des souvenirs très précis. Si elle est libre, peut-être ne serait-elle pas opposée à renouer pour un soir notre trop brève relation. Après un instant d'hésitation, je me décide à l'aborder.

– Bonjour, Valérie !

– Nicolas, quelle bonne surprise !

Je jette un bref coup d'œil autour d'elle, redoutant de découvrir un mâle possessif à la musculature hypertrophiée. Mais la demoiselle semble seule, et son sourire m'incite à penser qu'elle est sincèrement heureuse de me revoir. Tout ça me paraît s'annoncer plutôt bien. Une terrasse se propose, je l'invite à prendre un verre. Je lui parle de choses et d'autres, lui raconte mon divorce en y ajoutant quelques notes d'humour, histoire de la distraire. J'évite toutefois d'évoquer la quête insensée qui m'a amené en pays breton. Elle m'écoute avec beaucoup d'attention, rit à mes sorties, accepte une invitation pour le dîner.

Nouveau restaurant, avec vue sur la mer. Elle me narre par le menu les petits potins croustillants concernant la direction de l'UBPIC. Nous rions comme des collégiens. Peu à peu, la chaleur des vins aidant, je me montre plus entreprenant.

Nous sortons du restaurant. Nos pas nous ont guidés vers la plage. La nuit est tombée, mais au loin, vers le couchant, traînent encore quelques lueurs rougeâtres. Valérie a passé une bonne soirée. Elle a beaucoup ri. Elle rit encore beaucoup lorsque je lui propose de passer une nouvelle nuit ensemble. Puis elle secoue la tête avec l'air de me prendre pour un demeuré.

– Tu es bien gentil, Nicolas, mais c'est hors de question !

– Excuse-moi, j'ignorais que tu n'étais pas libre.

– Mais détrompe-toi ! Je suis libre ! Je pourrais accepter, mais je n'en ai pas envie, c'est tout !

Un pénible sentiment de frustration s'empare de moi. Je soupire :

– Si je comprends bien, notre petite aventure ne t'a pas laissé un souvenir impérissable.

– Bah !

– Bien ! Je vais mettre ça dans ma poche et mon mouchoir par-dessus ! Personnellement, j'en conserve un souvenir plutôt agréable. J'aurais eu plaisir à recommencer. Après tout, c'est tout de même à cause de ça que j'ai divorcé.

Valérie se tourne vers moi et me contemple avec moquerie.

– Tu n'as rien compris, mon pauvre Nicolas. Bien sûr que c'est pour cette raison que tu as divorcé. Tu n'y pouvais rien, tout était programmé.

– Comment ça ?

– Tu te prends pour qui ? Tu n'es qu'un petit employé ! Tu t'imagines que j'aurais passé la nuit avec toi si on ne me l'avait pas demandé ?

– Qu'est-ce que tu veux dire ?

– Tu n'as pas encore compris que tout cela était un coup monté ? Malaterre avait flashé sur ta femme. Il la voulait, ton Élisabeth a craqué, et tous deux se sont arrangés pour t'attirer dans un traquenard. Pourquoi crois-tu qu'elle a prétexté une visite chez ses parents ce soir-là ?

Une brusque sensation de malaise m'envahit. Didier Malaterre est le directeur régional de l'UBPIC. Un loup aux dents longues, prêt à écraser n'importe qui pour parvenir à ses fins. Le genre de personnage que je préfère éviter, mais que je suis obligé de supporter lors des réunions. Je me souviens à présent lui avoir présenté Élisabeth lors d'un cocktail de fin d'année, il y a deux ans. Valérie éclate de son rire clair.

– Ça s'est passé sous ton nez, et tu n'as rien vu !

– Non ! Je n'ai pas l'esprit aussi tordu que le tien.

– Élisabeth te trompait avec lui depuis plusieurs mois. Cela amusait beaucoup Malaterre de piquer la femme d'un de ses employés. Mais, si ça peut te consoler, ça a l'air sérieux. Depuis votre divorce, ils vivent ensemble. D'après ce qu'on dit, il envisage même de l'épouser.

– Tiens donc ? Et toi, dans cette histoire ?

– Tu étais un obstacle. Il fallait qu'Élisabeth divorce, mais elle ne voulait pas prendre les torts à sa charge. J'ai donc accepté de passer une nuit avec toi, afin de te faire porter la responsabilité.

Je reste abasourdi. Une soudaine envie de meurtre me noue les tripes. Cette traînée prend un malin plaisir à se vanter de son sordide exploit. Elle suinte la méchanceté par tous les pores. J'ai envie de l'étrangler, mais je me contente de demander :

– Pourquoi as-tu fait ça ?

– Parce que Malaterre me fait progresser dans ma carrière, tout simplement.

Je la regarde, écœuré.

– Tout cela est répugnant. Tu t'es foutu de ma gueule depuis le début, et je viens en plus de t'offrir le restaurant.

– C'est cocasse, non ? Qu'est-ce que tu veux ? Tu es un looser ! Aussi, quand tu me demandes de passer une nouvelle nuit avec toi… excuse-moi, mais ça me fait plutôt rire.

Que dois-je faire ? Je la frappe tout de suite ou j'attends un peu ? Cette fille est la dernière des salopes. Elle m'a eu jusqu'au trognon, et elle se réjouit de me le faire savoir, après avoir profité de mes largesses. La main me démange. Mais je n'ai jamais frappé une femme, même pas cette chienne d'Élisabeth, qui pourtant ne l'aurait pas volé. Peut-être est-ce de la lâcheté. Je préfère me dire que c'est du mépris.

Je ravale les insultes qui me montent aux lèvres et je respire profondément. Peu à peu, un calme étrange me pénètre, que j'ai peine à comprendre au début. Puis la vérité m'apparaît. Depuis cette fameuse nuit, une obscure culpabilité n'a cessé de me tarauder. Jamais je n'avais soupçonné Élisabeth de m'avoir trompé, et je me considérais comme entièrement responsable de notre divorce. Valérie vient de m'ôter, tout à fait involontairement, le poids de cette responsabilité. Elle a voulu me faire du mal par pure méchanceté ; en réalité, elle m'a soulagé. J'éclate de rire à mon tour. Peut-être sonne-t-il un peu faux, mais cela lui échappe, car elle ne s'attendait pas à une telle réaction.

– Et ça te fait rire !

– Oui, mais tu es trop conne pour comprendre !

Furieuse de l'insulte, elle me gifle. Mal lui en prend. Je réponds d'une autre gifle, à la mesure de la colère qui gronde malgré tout au fond de moi. Elle s'écroule sur le sable, la joue écarlate, et me jette un regard de haine.

– Tu n'aurais pas dû faire ça ! crache-t-elle, des larmes plein les yeux. Tu me le paieras très cher.

Tournant les talons, je l'abandonne à sa rage. Je ne suis pas vraiment fier de moi, mais je ne parviens pas à regretter mon geste.

Malheureusement, même si ma culpabilité s'est envolée, même si la gifle m'a consolé de bien des choses, cette bourrique est parvenue à ses fins : le doute s'est de nouveau insinué en moi. Je me suis fait rouler dans les grandes largeurs. J'ai été cocu sans m'en rendre compte, et j'ai récolté tous les torts du divorce parce que j'ai été manipulé. Mon orgueil vient de prendre une nouvelle claque. De plus, Malaterre étant un grand directeur, je n'ose même pas imaginer d'aller lui casser la gueule. Quoi qu'on en dise, la hiérarchie ne s'arrête pas dès que l'on a franchi la porte de la société qui vous emploie. Même tout nu, le patron reste le patron.

Je rentre à Saint-Guénolé avec le moral dans les chaussettes.

La lettre d'Agnès arrive le lendemain de cette soirée mémorable.

Gray, le 29 juillet.

Cher Nicolas,

Pardonne-moi de n'avoir pas répondu plus tôt à ta lettre, mais j'ai pris quelques jours de congés en Auvergne et ne suis rentrée que ce matin. Ces vacances ne resteront pas dans les annales ; temps pourri et Yves de plus en plus pénible. Macho et fier de l'être. Enfin, personne n'est parfait, dit-on.

En revanche, ta découverte m'a totalement surprise. Ainsi, Françoise serait devenue Nathalie Vallières. Je suis certaine à présent que tu n'as pas entrepris cette recherche pour rien. Nathalie a disparu depuis plus d'un an. Il faut croire aux signes. Sans doute t'a-t-elle lancé un appel à travers l'éther pour que tu lui viennes en aide.

Je sais que tu n'abandonneras pas. Quand tu étais petit, il n'y avait pas plus têtu que toi. Alors, mes vœux t'accompagnent, et j'espère que tu viendras me raconter en personne le résultat de tes investigations. Mais pas dans vingt ans !

Je t'embrasse très fort.

Agnès

Je reste un long moment immobile, la lettre dans les mains. Agnès garde confiance. Je répugne à lui faire part de ma terrible hypothèse. D'ailleurs, je n'ai aucune preuve que la morte de l'étang de Marolles soit Nathalie. Pas encore. Mais les experts connaissent leur travail. Ils auront tôt fait de découvrir la vérité. Il est donc inutile de poursuivre mes recherches avant d'être sûr de quoi que ce soit. Je ne vais pas répondre à Agnès immédiatement.

Le temps ayant de nouveau tourné à la pluie, je reprends la route de Paris. Mû par un sursaut de curiosité, je gagne directement la capitale. Nous sommes au début du mois d'août, Paris est déserté par une bonne partie de ses autochtones. Peut-être l'adresse donnée par Lucette correspond-elle toujours à quelque chose.

Pas de problèmes, l'adresse était bonne... quelques années plus tôt, comme me le confirme une brave petite dame frisottée qui se souvient qu'autrefois, un photographe avait installé son studio ici. Son nom ? Max quelque chose, elle ne se rappelle plus. Mais ça fait bien dix ans qu'il est parti, monsieur Max. Un homme bien gentil, d'ailleurs. Elle en a vu défiler du beau monde, ici. Des vedettes de cinéma et tout. Des filles aussi. Pas toujours bon genre, vous savez ! Des starlettes, comme on dit ! Des filles prêtes à coucher avec n'importe qui pour tourner un film. Enfin, vous voyez le genre !

Je vois. Je vois que je ne vois plus rien, sinon une façade bouffée par la poussière, collée de deux panneaux délavés qui racontent que l'endroit reste à louer. Certainement depuis pas mal de temps. Il est paraît-il question qu'on démolisse pour bâtir des bureaux. Je pénétrerais bien l'endroit, si j'avais plus de culot. Pour rechercher un indice, quelque chose. Mais non ! Je suis trop déprimé. Je n'aurais jamais dû me lancer dans cette aventure stupide. Il ne m'en restera qu'un point positif, avoir renoué avec Agnès. Mais je n'ai même pas envie de la revoir pour l'instant. L'hypothèse de la mort de Nathalie, ajoutée à la révélation destructrice de cette salope de Valérie, me mine.

Il n'est pas huit heures lorsque je rentre chez moi. Je n'ai pas eu le courage de rester dîner à Paris. Tout seul avec ma détresse, c'eût été lugubre.

Ce soir plus que les autres, j'ai vraiment l'impression que cette mante religieuse d'Élisabeth avait raison : je suis un raté. Je n'ai pas senti le vent venir, je me suis retrouvé cocu et éjecté de ma vie familiale. Une vie infecte que je n'avais même pas le courage de changer. Je suis déçu, fatigué, écœuré. Comme si j'avais espéré saisir un mirage, comme si mes doigts l'avaient perçu, effleuré, et qu'ils s'étaient refermés sur le néant. Nathalie est un mythe inaccessible, et Françoise est morte depuis longtemps. Sans doute depuis l'époque où je l'ai connue. D'ailleurs, peut-on affirmer que les gens existent encore après qu'ils se sont effacés de notre espace vital ?

Je regarde les informations. On parle encore de l'inconnue de Marolles. Les experts sont parvenus à déterminer approximativement son âge : entre trente et quarante ans. La tranche d'âge de Nathalie. Une sournoise envie de vomir m'envahit, que je décide de combattre au scotch.

Il est tard, et je viens de vider la bouteille de whisky. J'ai très mal à la tête, et je pense que je vais aller me coucher. C'est ce que j'ai de mieux à faire.

8

Octobre s'est installé sur Paris, avec ses petits matins frais et ses feuilles mourantes qui tapissent les squares et les jardins. J'ai déménagé. Cette idiote de Valérie a tenu sa promesse. Elle est allée se plaindre à Malaterre, qui m'a fait savoir par lettre recommandée qu'il n'était plus désireux de me compter dans ses effectifs. Comme il était délicat de me virer, on m'a muté à Paris, dans une agence située tout près du siège. Le nouveau directeur, Trumeaux, est une peau de vache agacée par son gros côlon, dont je supporte les ires fielleuses avec une totale indifférence. Cet individu est mauvais, raciste, pétri d'idées préconçues sur tous les sujets, et accomplit des efforts remarquables afin qu'on le sache. Tout est prétexte à ce petit chefaillon pitoyable pour asseoir son autorité. J'ai très vite compris qu'il avait pour mission de m'écœurer afin de m'inciter à démissionner. Mais dépasser le but, ce n'est pas l'atteindre. Trumeaux a trop l'air d'une caricature pour qu'on le prenne au sérieux. Ses crises d'hystérie m'amusent et j'éprouve même un plaisir pervers à les provoquer. Malaterre espérait sans doute me punir en m'exilant à Paris. Il escomptait que je ne résisterais pas, mais il s'est fourré le doigt dans l'œil : je n'ai trouvé que des avantages à vivre dans la capitale.

Je me suis installé dans un confortable trois pièces situé près du Jardin des plantes, non loin de la Grande Mosquée, dont j'ai appris à apprécier le hammam et le thé à la menthe. Mon appartement est ancien, et j'ai dû refaire quelques peintures. Mais il est plus grand que celui de Vélizy, et mes meubles y ont trouvé leur place. Pour la première fois depuis longtemps, je me sens chez moi. J'ai découvert, tout près, un club de boxe française, sport que j'ai pratiqué lorsque j'étais adolescent. J'avais même atteint le grade honorable de « gant d'argent premier degré », ce qui faisait de moi un petit champion local. J'aurais aimé pousser plus loin, mais Élisabeth avait manœuvré adroitement pour que j'abandonne lorsque je l'avais épousée. À ses yeux, un sport que l'on surnommait la « savate » n'était pas assez noble. Comme un imbécile, j'avais obéi. Malgré un manque de souplesse dû à l'âge, les gestes sont très vite revenus. Cette vigoureuse dépense physique m'a permis d'évacuer la hargne accumulée depuis mon retour de vacances.

Désormais, la page Élisabeth est bien tournée, et je trouve à la vie un goût délicieux. Je passe mes week-ends à photographier les statues oubliées de Paris, sur lesquelles j'envisage même d'écrire un livre. Pour les dénicher, il faut se livrer à un véritable jeu de piste qui commence dans les bouquins et se poursuit sur le terrain, dans les ruelles, au fond des squares, à l'angle de vieux immeubles, dans des jardins privés. C'est inouï ce que Paris regorge de trésors lorsque l'on se donne la peine de les chercher.

Il m'arrive parfois de penser à Nathalie. J'ai suivi avec attention le développement de l'affaire de Marolles, mais les experts ne sont pas parvenus à déterminer l'identité de la morte. Certains journalistes ont établi le même rapprochement que moi. Mais rien n'est venu confirmer cette hypothèse. Jusqu'à présent, l'inconnue de Sologne garde tout son mystère, un mystère dont on parle d'ailleurs de moins en moins. J'ai fini par répondre à la lettre d'Agnès, lui expliquant que j'avais abandonné mes recherches, faute d'indices.

Je me suis adapté à la solitude, et ne m'en porte pas plus mal. Je sors de temps en temps, le soir, avec des copains du club de boxe. Ces soirées se terminent généralement en boîte. Je n'aime pas trop cette ambiance superficielle et bruyante, mais cela leur fait plaisir. Deux ou trois fois, des demoiselles rencontrées au hasard sont venues terminer la nuit entre mes draps. Mais ces rencontres sans lendemain ne m'apportent guère de satisfaction. Je me retrouve encore plus seul lorsque vient le matin et que le désir s'est évanoui. Nous nous sommes mutuellement dérobé un peu d'affection, de tendresse et de plaisir, mais, lorsque nous échangeons nos numéros de téléphone, nous savons pertinemment que nous ne rappellerons pas. Je n'aime pas les boîtes de nuit.

Je préfère les boîtes de jazz. Il y en a une près de chez moi, une cave où l'on joue du New Orleans, mon préféré. Depuis mon arrivée, j'y passe au moins un soir par semaine. L'endroit s'appelle Le Mississippi. Les piliers et les voûtes datent sans doute du Moyen Âge. Des générations se sont succédé dans ces lieux qui ont dû connaître des usages divers. Les fantômes qui les hantent doivent s'étonner de celui que l'on en fait aujourd'hui. L'air est épais, chargé de tabac et d'alcool. Des touristes de passage côtoient des habitués, dont, au bout de deux mois, je fais déjà partie. Le barman, Jacky, me tutoie.

Il m'adresse un clin d'œil amical en me voyant arriver, et me désigne la table à laquelle j'ai pris l'habitude de m'installer, et d'où on a une vue imprenable sur la petite scène sans en être trop proche. C'est un petit détail qui me fait plaisir. D'autorité, il m'apporte un Bushmills, car il connaît mes goûts.

– Il y a un groupe super, ce soir, me glisse-t-il. Tu vas en rester sur le cul.

Certains spectateurs bavardent à voix basse. La plupart dégustent en connaisseurs les phrases virtuoses du saxophoniste accompagné par une basse, une batterie, un xylophone et un piano. Dans un coin de la scène, un guitariste fume une cigarette. On pense généralement que le blues est une musique triste, reflétant le désespoir d'un peuple enchaîné. C'est peut-être vrai. En ce qui me concerne, je trouve le blues apaisant, et chargé d'un extraordinaire hymne à la vie. Il lui suffit de peu de chose, de la complicité des musiciens, d'une envie commune de délirer et il se métamorphose en une explosion de gaieté. Ceux qui connaissent Kid Ory et son *Blues for J. Noone* comprendront ce que je veux dire.

Et surtout, cette musique m'évite de penser à l'atmosphère écœurante de l'UBPIC et à la tronche de Trumeaux. Élisabeth, Valérie et leur Malaterre sont loin, sans doute sur une autre planète où l'on ignore que le jazz existe. Mon pote Jacky, à qui j'ai raconté ma vie l'un des premiers soirs, s'arrange toujours pour guider des filles en goguette vers la table voisine.

– Toi, t'es pas un type à rester seul, m'a-t-il affirmé d'un ton péremptoire. T'es pas un dragueur, les frangines de passage t'apportent que dalle, mais t'as pas envie de t'emmerder avec une nana.

– T'as tout compris.

– Alors, fais-moi confiance, je vais te trouver ce qu'il te faut ! Je te les dépose à côté, et tu fais ton choix.

C'est ainsi qu'une certaine Brigitte a fini la nuit dans mon lit il y a deux semaines. À moins que ce ne soit Isabelle. Me rappelle plus.

Ce soir encore, le gars Jacky ne manque pas à sa parole. Il est un peu plus de minuit lorsque deux filles prennent place à mes côtés, convoyées par mon copain qui me balance un regard égrillard et complice. Je jette un coup d'œil discret. Elles sont aussi mignonnes l'une que l'autre. Cependant, à ses difficultés d'élocution, je constate que l'une d'elles n'a pas dû boire que de la verveine. Elle parle d'une voix quelque peu pâteuse, mais vibrante d'indignation, laissant entendre que tous les hommes sont de fieffés salauds. L'autre l'écoute avec attention. Visiblement, la première vient de se faire plaquer par son légitime, et elle a tenu à en faire profiter sa copine, dont j'apprends qu'elle a vécu un drame similaire quelques mois auparavant. Cette dernière est terriblement jolie. Je ne peux m'empêcher de la regarder. Son visage de poupée est encadré d'une chevelure blonde coupée court, avec une frange qui met en valeur des yeux magnifiques, d'un bleu étonnant, tirant sur le turquoise.

Elle a tôt fait de repérer mon manège et me jette un regard agacé. L'espace d'un instant, j'ai l'impression de la reconnaître. Mais aucun nom ne me vient à l'esprit. Je lui adresse un sourire d'excuse, auquel elle ne répond pas. Il m'est avis que la demoiselle n'a pas envie de se laisser enquiquiner par un séducteur de passage. N'ayant aucun désir de, comme on dit, me « ramasser un râteau », je n'insiste pas et me retourne vers la scène. Mais elles parlent assez fort pour que je ne perde pas une miette de leur bavardage, même involontairement. Au bout d'une heure, j'ai appris pas mal de choses concernant leur vie privée. Celle qui s'est fait larguer s'appelle Camille. Extravertie, très parisienne, elle semble avoir envie de partager ses malheurs avec tout le monde. L'autre au contraire, prénommée Laurence, reste très calme, et l'incite à la discrétion lorsqu'elle élève un peu trop la voix. Elle semble s'ennuyer ferme, et se demander ce qui lui a pris d'accepter de soutenir ainsi le moral défaillant de sa copine. Pourtant, elle ne la laissera pas tomber. C'est une fille loyale, cela se voit dans ses yeux. L'impression de la connaître se confirme. Mais j'ai beau chercher, rien à faire pour me souvenir d'une Laurence à un moment quelconque de ma vie.

Soudain, un type qui vient d'entrer leur adresse un signe de loin, auquel la dénommée Camille répond avec exubérance. Le nouveau venu vient s'asseoir d'autorité à leur table. Camille explique alors à sa copine qu'elle l'a rencontré quelques jours plus tôt, et qu'elle lui a filé rancard sans être vraiment sûre qu'il viendrait. C'est pour cette raison qu'elle a demandé à Laurence de l'accompagner. À mon avis, celle-ci risque de se retrouver seule dans un peu moins de pas longtemps.

Gagné ! Il ne faut pas une demi-heure à Camille-la-lâcheuse pour s'esquiver en crabe avec son boy-friend, un sourire réjoui aux lèvres. Laurence lui adresse un signe d'encouragement, puis une grimace dès qu'elle a le dos tourné. Elle se rencogne sur sa chaise d'un air maussade. Visiblement, elle n'apprécie guère de se trouver ainsi larguée, ce que je comprends fort bien. Profitant d'une pause des musiciens, je m'approche d'elle.

– Me permettrez-vous de vous offrir un verre ?

– Oh vous, foutez-moi la paix, hein !

Douché par la réplique cinglante, je recule et réponds sèchement :

– Ne le prenez pas comme ça ! Je n'y suis pour rien, moi !

Je reprends ma place, un peu énervé. C'est vrai quoi ! Ce n'est pas parce que sa copine vient de la plaquer comme une malpropre qu'elle doit passer ses nerfs sur moi. L'orchestre reprend. Cette fois, le guitariste les accompagne. Le groupe attaque le *Concerto d'Aranjuez* à la manière du Modern Jazz Quartet. Le résultat est stupéfiant. Emporté par la douceur du rythme, je ferme les yeux. C'est tellement beau que les larmes m'en viennent. Il y a ainsi des moments qui appartiennent à l'infini. On a envie de retenir chaque instant, chaque note, de s'imprégner de chaque accord. Les conversations se sont tues. Il règne sous les voûtes séculaires un silence merveilleux, empli seulement par la musique.

Lorsque enfin elle s'évanouit, on a l'impression de s'éveiller d'un rêve. Il me faut plusieurs instants pour remarquer que la fille d'à côté me contemple avec curiosité. Je lui souris d'un air un peu gêné. À son tour, elle vient vers moi.

– Excusez-moi pour tout à l'heure. J'étais un peu agacée. Votre invitation tient-elle toujours ?

– Oui, bien sûr !

Une heure plus tard, nous sommes devenus les meilleurs copains du monde. Comme moi, elle adore le jazz, et ma manière d'écouter *Aranjuez* lui a plu. Je m'aperçois qu'elle s'y connaît plutôt bien.

Nous échangeons des noms, des titres, parlons de nos vies. Elle aussi sort d'un divorce traumatisant, ce qui explique sa méfiance vis-à-vis des hommes.

– Mais un type qui pleure en écoutant du jazz, il mérite qu'on s'intéresse à lui !

Nous échangeons nos points de vue sur nos ex respectifs, sur les avocats qui sont tous de satanées crapules, sur les juges qui ne valent pas mieux. Je lui raconte la manière dont je me suis fait piéger. Comme je présente l'affaire avec humour, nous nous payons une franche partie de rigolade. J'ai de plus en plus la sensation de l'avoir vue. Soudain, la mémoire me revient.

– Pardonnez-moi, mais vous ressemblez étonnamment à l'actrice Loreen Murray.

Elle éclate de rire.

– Ça n'a rien d'étonnant. Je suis Loreen Murray.

– Sans blague ?

– Vous voulez voir mes papiers ?

– Non, bien sûr ! J'ai vu pas mal de vos films, mais votre coiffure m'a trompé.

– C'est mon nouveau look. Vous aimez ?

– Plutôt ! J'adore la frange.

Il me revient tout à coup qu'elle a tourné avec Nathalie Vallières. Je lui explique que je l'ai connue sur les bancs de la maternelle. L'histoire plaît beaucoup à ma nouvelle copine.

– Je sais qu'elle s'appelait Françoise ; elle me l'avait dit.

– Vous n'avez aucune idée de ce qu'elle a pu devenir ?

Elle hausse les épaules.

– Aucune. Elle a disparu sans laisser la moindre indication, même à ses plus proches amis, dont je faisais partie. Je n'ai rien compris.

Nous restons un long moment silencieux. Après une hésitation, je décide de lui raconter mon odyssée de l'été dernier. Tant pis si elle se moque de moi. À mon grand étonnement, l'idée la séduit.

– C'est génial, ça ! Où en êtes-vous ?

– Nulle part, hélas ! J'ai abandonné.

– Mais pourquoi ?

Je lui explique mon échec devant le magasin vide du photographe Max Herrmann, et surtout mes conclusions en rapport avec l'inconnue de Marolles.

– J'avais simplement envie de retrouver une petite camarade de classe, pas de découvrir son cadavre. Or, tout correspond. Je redoute l'instant où les experts rendront leurs conclusions.

– Parce que vous êtes sûr d'avoir raison ? Et s'ils découvraient que cette morte n'a aucun rapport avec Nathalie, que feriez-vous ?

– Je ne sais pas !

– Rien ne prouve qu'elle soit morte. Moi, à votre place, je continuerais.

– J'ignore par quel bout commencer !

– Je peux vous aider ! Je connais la nouvelle adresse de Max. Moi aussi, j'ai fait des photos avec lui. C'est un type génial.

Un peu plus tard, nous sommes dehors, saouls de fumée, de bavardages et de musique. Nous marchons lentement. Laurence m'a pris le bras.

– Elle me plaît bien ton idée, Nicolas.

Nous restons un long moment sans parler. Insensiblement, elle a passé son bras autour de ma taille. Ma main enserre son épaule. Je me sens tout drôle. Est-ce l'effet de la musique dont des bribes me trottent encore par la tête, de son parfum, de sa chaleur douce contre mon flanc, sous mes doigts ? Je n'ai pas envie que cela se termine ainsi. Il va pourtant bien falloir que je la raccompagne chez elle. J'aimerais lui proposer d'aller plus loin, mais je n'ose pas. Qu'est-ce qu'une actrice comme Loreen Murray ferait avec un type comme moi ? Nombre d'acteurs, et non des moindres, l'ont tenue dans leurs bras. Je ne me sens pas de taille à rivaliser avec eux. Il vaut mieux que nous restions copains.

– Je... j'ai une voiture. Je peux te raccompagner si tu veux... Tu... habites loin ?

– Dans les Yvelines. Je suis venue en voiture avec ma copine. Maintenant, je suis à pied.

– Si tu ne veux pas rentrer à cette heure-ci, je peux aussi te proposer de rester dormir chez moi.

Je rajoute très vite :

– En tout bien tout honneur, bien sûr ! J'ai une chambre d'amis.

– Eh bien, merci, j'accepte. Je suis crevée.

Un peu plus tard, nous sommes attablés devant un dernier whisky. Je la sens à la fois nerveuse et ravie d'être là. La décoration lui plaît.

Elle me le dit. Je me sens maladroit. Avec une autre, je saurais quoi dire pour l'amener dans mon lit. Avec elle, c'est différent. Je me fais l'effet d'un adolescent face à sa première lycéenne. Une éternité que je n'avais pas éprouvé cela. Tout à coup, elle bâille.

– Tu es fatiguée. Je vais te montrer la chambre d'amis.

Alors, elle se lève et se blottit contre moi.

– Il n'y a pas besoin de chambre d'amis, murmure-t-elle. Ça t'ennuie de me faire une petite place dans ton lit ?

Ma tension doit soudain pulvériser tous les records connus.

9

Laurence dort. Les femmes endormies m'ont toujours ému. Même cette garce d'Élisabeth retrouvait dans le sommeil une sorte d'innocence, qui s'effaçait dès qu'elle s'éveillait. Laurence, elle, a un léger sourire, enfantin, émouvant. Elle a le comportement de quelqu'un qui dort souvent seul, sans la contrainte d'un voisin de lit. Elle s'est entortillée autour du drap, une jambe passée par-dessus, me dévoilant ainsi, involontairement, dans la lueur pâle du petit jour, un corps désirable, dessiné en alternance d'ombre et de lumière, des formes rondes, pleines et harmonieuses, soutenues par un grain de peau délicat, dont je sais à présent la douceur.

Elle serre jalousement l'oreiller, mais sa main reste glissée dans la mienne. Je ne le lui dirai pas, mais j'ai bien peur d'être tombé amoureux. Laurence aime la vie, elle respire la tendresse et la bonté. Tout lui est prétexte à rire, et je viens de passer avec elle des moments magiques. J'avais oublié que l'amour est une fête, un repas de gala. Pendant des années, je me suis contenté de McDonald's avec Élisabeth alors qu'une nuit d'amour doit être un festin à la Tour d'Argent. Nous avons aussi beaucoup parlé, à voix basse, comme si quelqu'un pouvait nous entendre. Murmures de chats dans mon grand lit tout neuf. Silence feutré, troublé seulement par des rires et des gémissements.

Et cela me fait peur. Je ne dois rien attendre d'elle. Je ne suis qu'un accident de parcours, un amant de passage. Je n'ai pas le droit d'être jaloux des hommes qu'elle a aimés. Elle ne m'appartient pas. Et je ne lui appartiens pas. Je ne veux plus souffrir à cause d'une femme. Aussi, je préfère prendre les devants, me conditionner. Laurence n'est qu'une copine qui fait l'amour avec moi. Rien de plus…

Une voix ensommeillée me tire de ma méditation de collégien.

– Tu ne dors pas ?

– Non !

Elle se love contre moi comme une chatte, pour un gros câlin tendresse, et pousse un soupir d'aise. Oh non ! Comment voulez-vous que je résiste ?

Vers neuf heures, je descends chercher des croissants chauds et croustillants. Lorsque je reviens, elle est réveillée. Elle s'est assise en tailleur sur le lit et ne porte rien d'autre qu'une discrète chaînette dont le médaillon égyptien se perd entre ses seins. La radio marche en sourdine. Laurence me dévisage avec un air de triomphe et déclare :

– Tu avais tort, Nicolas !

– Tort ? Comment ça ?

– Je viens d'écouter les infos. Les experts ont rendu leur verdict : la morte de Marolles est d'origine sud-américaine. Il ne peut donc pas s'agir de Nathalie.

Une bouffée de bien-être m'envahit. Il y a donc un espoir de retrouver Nathalie vivante. Je crois qu'au fond, je l'ai toujours su. En réalité, le fait de croire qu'elle avait été tuée en Sologne représentait une sorte de confort sordide, une conclusion qui me permettait d'abandonner mon enquête parce que celle-ci me semblait hors de portée. Laurence avait bouleversé tout cela. En une nuit, elle avait su me redonner confiance.

– Tu es allé chercher des croissants ? Tu es mignon !

Elle se lève et vient m'embrasser sur la bouche sans prendre le temps d'enfiler quoi que ce soit. Je la viole tout de suite ou j'attends qu'on ait pris le petit déjeuner ? En fait, c'est elle qui me viole. Heureusement que je ne travaille pas ce matin.

Il près de onze heures lorsque nous sommes enfin attablés devant les croissants. Laurence dévore avec un appétit féroce. Au moins, elle ne fait pas partie de ces maniaques de la balance qui chipote sur tout par crainte de ne plus avoir la ligne tringle à rideau.

Plus tard, lorsque je ressors de la salle de bains, je la retrouve confortablement installée dans mon canapé, un album de photos sur les genoux. Il s'agit de celles que j'ai prises pendant mon voyage en Bretagne.

– C'est toi qui fais ça ?

– Oui !

– C'est pas mal du tout.

Soudain, elle me regarde avec l'air de quelqu'un qui en a une bien bonne à raconter :

– J'ai une idée ! Si on allait voir Max tous les deux ?

– Max ?

– Max Herrmann, le photographe. À cette époque, il est sûrement chez lui, à Ramatuelle. Je n'ai rien à faire en ce moment. J'attends un contrat pour tourner un film en Indonésie. Ça me ferait plaisir de le revoir. Peut-être a-t-il des informations sur Nathalie. Ils étaient amis.

– Mais je ne suis pas en vacances…

– Tu ne peux pas t'arranger ?

– Il me reste trois semaines en magasin. Je vais prendre quelques jours.

Laurence a téléphoné à Max Herrmann. Il nous attend. Bien mieux, il nous a invités à passer quelques jours chez lui. Nous n'aurons même pas besoin de retenir une chambre d'hôtel. J'ai l'impression de rêver. Car Max Herrmann n'est pas n'importe qui. Les journaux s'arrachent ses œuvres. On lui consacre des expositions un peu partout dans le monde. Il a également réalisé quelques films, dont l'un avec Nathalie Vallières.

L'avant-veille du départ, Laurence a amené ses valises chez moi. Elle s'est installée avec discrétion, mais avec un tel naturel que j'ai l'impression, le lendemain, qu'elle a toujours été là. Même si cela ne fait que quelques jours que nous nous connaissons, je me sens à l'aise avec elle. Laurence ne porte pas de jugement, elle prend la vie comme elle vient et les gens comme ils sont.

Le samedi, premier jour de vacances et veille du départ, nous écumons les grands magasins comme deux gamins pour acheter des fringues et préparer le voyage. Dans la rue, plusieurs personnes la reconnaissent. Elle doit même signer un autographe à une admiratrice un peu fofolle. On me regarde avec curiosité, ce qui fait beaucoup rire Laurence.

Il est un peu plus de six heures du soir lorsque nous arrivons à Ramatuelle. Un coucher de soleil doré inonde le paysage. Laurence n'a pas oublié l'endroit où vit Max Herrmann et nous y mène sans la moindre hésitation. Dès que nous pénétrons dans le parc, je reste ébahi. C'est un petit palais que dévoilent les vastes portes qui s'ouvrent devant nous après que nous nous sommes annoncés à l'interphone. Au pas, je remonte l'allée et je gare ma voiture sur le parking où stationnent trois décapotables et une luxueuse berline allemande. Un homme aux cheveux blancs nous attend. Laurence lui saute dans les bras. Puis il se tourne vers moi.

– Soyez le bienvenu, monsieur Dorval.

Max Herrmann parle avec un accent bizarre, à la fois rocailleux et chantant. Rocailleux, parce qu'il doit être d'origine allemande, et chantant, parce que le Midi a déteint sur son langage. Cela donne un curieux mélange. Herrmann est un robuste gaillard, taillé dans la masse. Ses vêtements blancs soulignent son teint basané. Il émane de lui une impression de force colossale dissimulée sous une attitude débonnaire. Sa poignée de main est solide, dure comme du bois. Je m'attendais à être impressionné, et, en vérité, je le suis. Mais il y a autre chose : il passe d'emblée un vif courant de sympathie entre nous.

Il nous invite à faire le tour du propriétaire. La demeure est somptueuse. Elle a été aménagée à partir d'un mas de grandes dimensions. De multiples dépendances, parfois recouvertes de vigne vierge et reliées entre elles par des galeries, s'étagent sur plusieurs niveaux. Les pièces sont claires, vastes, meublées avec recherche. Des tapisseries ornent les murs blancs. Des bassins agrémentent les jardins où se dressent des statues de femmes et d'enfants nus. Je suis émerveillé. Cézanne n'aurait certainement pas pu s'empêcher de coucher cette maison sur sa toile.

Max Herrmann nous entraîne vers une vaste véranda orientée au sud, sous laquelle s'étend une piscine couleur turquoise. Tout autour explosent plantes vertes et arbustes tropicaux aux fleurs éblouissantes. Là, je suis obligé de me pincer pour me prouver que je ne rêve pas : une demi-douzaine de filles nues s'ébattent dans l'eau, ou bavardent sur le bord. À notre arrivée, elles nous adressent des signes de la main.

– Ce sont mes modèles, explique Herrmann. J'espère que vous parlez l'anglais. Elles sont danoises, norvégiennes, ou suédoises. Ah, il y a Britt, la petite Allemande, qui parle français.

– Je parle un peu l'anglais.

Laurence me flanque un coup de coude dans les côtes :
– Ne monte pas en mayonnaise, mon coco ! Tu peux regarder, mais pas question de toucher !
Max Herrmann m'évite de répondre.
– Allons, venez, nous allons prendre l'apéritif, et vous allez m'expliquer votre… quête.
Nous prenons place sur la terrasse qui borde le bassin, d'où l'on peut admirer les évolutions des filles. Un domestique hindou vient prendre les ordres. Je reste un long moment sans parler. Laurence et Max ont beaucoup de choses à se raconter. J'ai peine à détacher mon regard des filles. Celles-ci ne nous prêtent aucune attention. Il n'y a aucune provocation dans leur nudité. Elle leur est naturelle.
Lorsque Laurence a fini de narrer ses aventures à notre hôte, elle ne peut résister à l'attrait de la piscine. Elle se défait de ses vêtements et rejoint les autres qui l'accueillent avec des cris de joie. Max Herrmann m'observe, amusé.
– Quel joli spectacle, n'est-ce pas ? dit-il, me tirant de ma contemplation. Il n'y a rien de plus subtilement beau que le corps d'une femme. Lorsqu'on l'admire, on se rend compte à quel point le Créateur a le sens de l'harmonie. La photo constitue ma manière à moi de Lui rendre hommage. Ces courbes pleines, ces rondeurs suaves, ces couleurs si douces, ces mouvements, cette grâce. On dirait des biches, des gazelles. Elles sont légères, aériennes. Je ne me lasse jamais de les contempler. J'espère que je ne vous choque pas.
– Bien au contraire.
– Des esprits tordus affirmeront que nous ne sommes en ce moment que de sinistres voyeurs. Mais ces imbéciles ne sauront jamais voir plus loin que le bout de leurs principes. Ils ne voient que le Mal là où il faut voir simplement la Beauté. Asservis à leurs tristes désirs bestiaux, ils en oublient d'admirer l'œuvre de Dieu.
Il me regarde avec un sourire espiègle. J'ai la sensation que ce spectacle est une sorte de test qu'il s'amuse à faire subir à ses invités masculins. Et il sait que je l'ai compris. Il attaque soudain :
– Mais vous n'êtes pas venu pour m'écouter philosopher, Nicolas. Alors dites-moi, qui était Nathalie pour vous ?
– Ce n'est pas facile à expliquer.
– Laurence m'a dit que vous l'aviez connue sur les bancs de l'école.

– C'est vrai.

Je sors la photo.

– Voilà ! C'est ceci qui m'a amené à la rechercher.

Il la prend, l'examine.

– Je comprends, dit-il enfin. L'âme d'une femme est dans son regard. Regardez bien ses yeux. Ils témoignent d'une telle force déjà, malgré son jeune âge.

Le serviteur hindou apporte les boissons. Herrmann le laisse servir avant de poursuivre. Sa voix s'est un peu troublée. Il parle lentement, comme pour accentuer le poids de chacune de ses paroles.

– Nathalie Vallières a été le plus merveilleux de mes modèles. Ça remonte à plus de quinze ans, peut-être dix-sept. À cette époque, je possédais un studio à Paris. Je n'étais pas aussi célèbre que maintenant. Mais j'avais déjà un certain succès en Angleterre et aux États-Unis.

« Un soir, j'étais seul. Je classais différentes épreuves lorsque l'on sonna. J'étais surpris, je n'attendais personne. J'allai ouvrir. Et je me trouvai en face de ce regard, un regard comme on n'en rencontre qu'une seule fois dans sa vie. Il y brillait une vie, une flamme extraordinaire… Je n'ai pas su quoi dire sur le moment. J'étais subjugué. Je l'invitai à entrer. Elle s'installa sur le canapé, m'expliqua qu'elle arrivait de sa province et qu'elle souhaitait travailler avec moi comme modèle. Elle tenait dans ses mains un magazine pour lequel j'avais effectué quelques travaux le mois précédent. Elle avait aimé mes photos, et s'était débrouillée pour obtenir mon nom et mon adresse. Elle s'était présentée comme ça, sans rendez-vous. Il était difficile de lui résister. Il émanait d'elle une sorte d'autorité naturelle, comme une aura. J'ai immédiatement accepté sa proposition, de peur qu'un confrère ne me la souffle.

Il se tait un instant, sirote une gorgée de whisky avant de poursuivre :

– Nous avons fait de l'excellent travail ensemble. Je crois bien que moi aussi, j'étais un peu amoureux d'elle. Qui ne l'aurait été ? Mais je me suis toujours refusé à entretenir une relation autre que professionnelle avec mes modèles. Ça dénature le travail. Nathalie avait un sens inné de l'esthétique, de la beauté, de l'équilibre. Nous nous sommes immédiatement entendus. Si vous aviez pu voir la grâce avec laquelle elle bougeait, le délié de ses gestes. On aurait dit une chatte. Et surtout, elle adorait ce qu'elle faisait. C'était une passionnée. Elle distillait une bonne humeur communicative. Elle était pleine d'humour, et toujours prête à remonter le moral de ses camarades. Et pourtant…

– Pourtant ?

– On sentait, tout au fond d'elle-même, une blessure terrible, qu'elle combattait avec une étrange forme de désespoir, comme si elle savait la lutte perdue d'avance. J'ai imaginé qu'elle avait vécu une enfance difficile, mais jamais elle ne l'a évoquée. Cette manière de vivre pleinement, de se jeter à corps perdu dans ce qu'elle faisait, c'était peut-être pour tenter d'oublier cette déchirure.

– Son père la battait lorsqu'elle était petite. Elle s'est enfuie à sa majorité.

– Il est probable que ses troubles venaient de là, en effet. C'était une écorchée vive. À l'inverse de la plupart des gens, qui bâtissent autour d'eux une carapace pour se protéger, elle refusait de s'abriter derrière le moindre bouclier. Elle se donnait totalement, telle qu'elle était. On l'acceptait, ou on la rejetait. Mais elle ne faisait jamais la moindre concession à la médiocrité. Et lorsqu'on l'aimait, on ne pouvait plus se passer d'elle.

Il s'arrête un moment de parler. Je respecte son silence. Des images défilent dans sa mémoire. Je les devine. Il hoche la tête par moments, et ses lèvres s'étirent sur un sourire.

– Je comprends que vous ayez été amoureux d'elle lorsqu'elle avait quatre ans, Nicolas. Mais vous-même, pourquoi vous être lancé à sa recherche après toutes ces années ?

– J'ai divorcé il y a quelques mois. J'ai retrouvé cette photo tout à fait par hasard. La petite fille qui y figure s'appelait Françoise. Jamais je n'ai fait le rapprochement avec Nathalie Vallières. Lorsque je me suis retrouvé seul, j'ai eu envie de savoir ce qu'était devenue cette petite fille. C'était une lubie, parce que j'avais besoin de me changer les idées.

Il me pose la main sur le bras.

– Nous avons tous nos fantasmes. Une morale stupide voudrait nous contraindre à les étouffer, mais il faut les laisser s'exprimer, au contraire. Ils correspondent à des aspirations profondes et constituent l'un des moyens de se connaître soi-même, d'exprimer ce que le Créateur a déposé en nous. Car chaque individu est unique, il est un canal par lequel Dieu s'exprime. Dieu n'est pas notre maître absolu, comme tentent de nous le faire croire les religions. Nous faisons partie de Lui. Il nous montre la voie au travers de nos rêves, de nos désirs. Briser ses rêves, les refuser, c'est se détourner de Dieu, s'isoler de Lui. Alors commencent l'amertume et le dégoût de soi. De là vient la source de tous les maux de l'humanité.

J'acquiesce d'un signe de tête. J'ai l'impression que cet homme lit en moi comme en un livre. En acceptant de mener ma vie insipide, je me suis détourné de ce que j'étais au fond de moi. Je n'ai rien à foutre dans une banque. Je n'avais rien à foutre avec une garce comme Élisabeth. Mais j'ai obéi aux conventions, aux traditions, et je me suis laissé piéger.

Max Herrmann respecte mon silence. Puis il me demande :

– Laurence m'a dit que vous faisiez vous aussi de la photo.

– En... en amateur, seulement. Je rêvais d'en faire mon métier, mais la vie en a décidé autrement.

– Peut-être n'avez-vous pas su voir où se trouvait votre vraie voie, Nicolas. Quelquefois, le chemin pour y parvenir est semé d'embûches, mais, si vous savez le mériter, la vie vous ramène toujours vers cette voie. Avez-vous apporté quelques épreuves ?

– Sur le conseil de Laurence. Mais je ne veux pas vous ennuyer avec ça !

– Au contraire, j'aurai plaisir à les voir.

Intimidé, je lui présente les deux albums dans lesquels j'ai rassemblé ce que je considère comme mes meilleurs clichés. Après tout, ce n'est pas tous les jours que l'on peut bénéficier des conseils d'un professionnel comme Max Herrmann. Il étudie le tout attentivement, hoche la tête. Un malaise étrange m'envahit. J'ai la sensation de passer un examen. De temps en temps, il fait une moue de rejet. À d'autres moments, il tape lentement sur certaines photos. Enfin, il se tourne vers moi.

– N'avez-vous jamais pris de cours avec un professionnel, Nicolas ?

– Non ! J'ai lu de nombreux ouvrages techniques, mais je travaille beaucoup d'instinct.

Il me rend mes albums avec des gestes précautionneux.

– Alors, vous devriez poursuivre. Il y a beaucoup de bonnes choses dans ce que je viens de voir.

– Merci, monsieur.
– Appelez-moi Max, ça sera moins protocolaire.
Il reste un instant silencieux, puis ajoute :
– Je crois que vous comptez rester à Ramatuelle une petite semaine. Cela vous plairait-il de travailler avec moi pendant ces quelques jours ?
Je le contemple avec des yeux effarés.
– J'en serai ravi. Je ne sais comment vous remercier.
À ce moment, Laurence et les filles remontent vers nous. Le soleil s'est couché sur la campagne, et des lumières indirectes ont été allumées sous les feuillages tropicaux. Une vraie féerie. Les gamines chuchotent, chahutent, se bousculent, pouffent de rire en me regardant. La plus âgée ne doit pas avoir vingt ans. Laurence vient s'asseoir près de moi et me prend la main, afin de bien montrer que je suis chasse gardée.

Ainsi démarrent les vacances. Des vacances hors du temps, avec la sensation d'être sur une autre planète. La réalité diffère parfois bien étrangement des apparences. Vu de l'extérieur, cet homme aux cheveux blancs qui vit entouré d'un essaim de jolies filles a de quoi faire jaser. Et pourtant, même si elles vivent nues la plupart du temps, les filles sont soumises à une discipline rigoureuse. Pas de sorties, pas de boy-friend, un régime draconien pour conserver leur silhouette. Pour elles, avoir travaillé avec Max Herrmann constitue une superbe carte de visite. Mais cela correspond aussi à quelques sacrifices. Levées tôt, elles doivent entretenir leur ligne grâce à une gymnastique rigoureuse. Herrmann participe aux séances en compagnie de sa femme, Mona, une Norvégienne de trente ans sa cadette. Laurence et moi nous joignons à eux.
Et cela dure cinq jours. Cinq jours à brûler de la pellicule, à fixer des corps de rêve, des peaux idéalement dorées, des mouvements subtils, dans un décor lumineux, celui de la Provence en automne.
Cinq soirées également à bavarder jusqu'à ce que les yeux se ferment de sommeil. Bavarder… de la photo bien sûr, mais aussi de pays lointains que je ne connais pas, mais sur lesquels j'ai accumulé quantité de souvenirs par revues interposées. Des pays que Herrmann, lui, connaît. J'aime l'écouter raconter ses voyages. S'il n'avait été photographe, il aurait pu être conteur. Au travers de ses souvenirs

s'animent des images fantastiques, inondées de soleil, peuplées de gens issus d'un autre monde, aux mœurs différentes, des ruelles de sable bordées de bâtisses blanches, les forêts profondes de l'Amazonie où il a passé quatre années, les déserts sauvages de l'Australie où il a vécu avec les aborigènes, les étendues glaciales de l'Antarctique où il a participé à de nombreuses expéditions scientifiques en tant que photographe officiel. Il possède l'art de l'anecdote, du détail qui donne vie au récit. C'est un vrai régal de l'écouter narrer ses aventures.

Le dernier jour, Herrmann développe lui-même mes épreuves. Il étudie mes photos, faisant parfois une petite moue que j'ai appris à connaître. À la fin, il se tourne vers moi.

– Il faut continuer, Nicolas. Ces photos sont très prometteuses. Vous devriez... mettre en forme tout ça, vous structurer, étudier les éclairages, approfondir l'utilisation des objectifs. Mais l'inspiration est excellente. Vous avez le sens de l'image. C'est une chose rare.

– Je vous remercie.

– C'est le ciel qu'il faut remercier lorsque l'on possède un don. À vous de le faire fructifier. Il faut le laisser s'exprimer, sous peine de gaspiller ce que Dieu a déposé en nous. Et c'est très triste.

– La vie nous égare parfois sur des voies qui ne sont pas les nôtres.

– Ce qui explique qu'il y ait beaucoup de gens malheureux et aigris. Mais vous êtes encore jeune, Nicolas. Il n'est pas trop tard pour... suivre votre vraie voie. Venez !

Il m'entraîne dans sa bibliothèque, saisit un livre sur une pile. Le sien, écrit quelques années plus tôt. Un ouvrage destiné aux professionnels. Il annote la première page, me le tend.

– Permettez-moi de vous l'offrir. En espérant que vous avez passé ici un séjour agréable. Et que vous reviendrez nous voir si votre route vous ramène dans ce pays.

– Je reviendrai, Max, je vous le promets. Et je veux vous remercier pour tout, pour m'avoir permis de travailler avec vous, mais surtout pour m'avoir redonné confiance en moi.

Il me prend par l'épaule et m'amène sur la terrasse qui domine le parc. Un peu plus bas, Laurence et Mona bavardent, allongées sur des transats.

– Rien n'est jamais dû au hasard, Nicolas, ajoute Max. Vous n'avez pas entrepris la recherche de Nathalie sans raison. Elle vous a déjà permis de vous arracher à votre ancienne existence, qui ne vous menait nulle part. Elle vous apportera d'autres choses. Personnellement, je ne pourrai pas beaucoup vous aider. J'ignore complètement ce qu'elle est devenue. Lorsqu'elle m'a quitté, Nathalie suivait des cours de danse et de comédie. Je vais vous donner l'adresse de mon vieil ami Christophe Leclerc, le directeur des cours Mathieu. C'est lui qui a fait d'elle ce qu'elle est devenue : une star.

10

Durant le retour, l'enthousiasme ne me quitte pas. Je ne cesse de tirer des plans sur la comète. La perspective de retourner à la banque dès lundi ne me réjouit guère. Max Herrmann m'a ouvert les yeux. Il m'a fait comprendre que je dois plutôt m'orienter vers la photo. Ses encouragements m'ont fait un bien énorme. Je dois finir par saouler Laurence avec mes bavardages. Je lui raconte que j'envisage de donner ma démission pour me consacrer enfin à la photo. Elle répond de manière évasive. J'ai l'impression qu'elle me fait un peu la gueule.

– Ça t'ennuie que Max m'ait laissé photographier ses modèles ?

– Mais non !

– Tu ne me dis plus rien.

Elle m'adresse un sourire qui ressemble à une grimace.

– Écoute ! Laisse-moi tranquille !

Surpris par son ton agressif, je me replie sur moi-même. J'ai dû faire quelque chose qui l'a contrariée. Mais quoi ? Si je lui ai fait de la peine, qu'elle me dise pourquoi, au moins. L'instant d'après, elle me pose la main sur le bras.

– Excuse-moi ! Je ne voulais pas te faire de mal. Je… je suis inquiète à propos de ce film en Indonésie, c'est tout. Ce pays me fait peur.

– Tu peux toujours refuser.

– Non ! J'ai envie de ce rôle.

Mon intuition me souffle que l'Indonésie n'est qu'un prétexte. Il y a autre chose. Mais je sais que je n'obtiendrai rien de plus. Elle s'est refermée comme une huître.

Dès notre arrivée à Paris, elle me demande de la reconduire directement chez elle. J'ai l'impression qu'elle cherche à se débarrasser de moi. Elle n'a pourtant pas un caractère lunatique. Son attitude est tellement inattendue que je n'ose même pas lui demander de me rappeler. Décidément, j'ai bien du mal à comprendre les femmes.

Je me retrouve donc seul, un peu perdu. Vers sept heures, elle m'appelle pour me dire qu'elle a reçu une réponse positive pour l'Indonésie. Elle doit partir mardi, et m'explique que nous n'aurons pas le temps de nous revoir avant son départ. Et voilà, il fallait s'y attendre. Je savais pourtant que je n'étais qu'une passade pour elle. Je ferais mieux de l'oublier, même si ça fait mal.

Le soir, je me couche avec une solide migraine, due au Bushmills que j'ai avalé afin de ne pas trop penser à tout ça. S'il n'y avait la perspective de rencontrer Christophe Leclerc, la vie me paraîtrait tout à coup un peu saumâtre.

La semaine suivante, je téléphone aux cours Mathieu et obtient immédiatement un rendez-vous avec son directeur.

– Max m'a téléphoné, répond-il. J'attendais votre appel.

Je n'en crois pas mes oreilles. Herrmann est vraiment un type en or.

Les cours Mathieu. Ainsi nommés en hommage à leur fondateur, aujourd'hui disparu. Leclerc les dirige depuis plus de vingt ans ; il aurait pu leur donner son nom. Mais Max m'a expliqué qu'il respectait trop son « maître », comme il l'appelait, pour oser se comparer à lui.

Les cours ont lieu dans une espèce de hangar aménagé d'où s'échappent des cris, des interjections, des bribes de textes parfois incompréhensibles. J'entre. Une douzaine d'adolescents s'essayent à prononcer des phrases sans queue ni tête, ou à faire passer sur leur visage de multiples expressions. Je reste un long moment à les regarder, amusé au début, puis intrigué. Au mur trône un tableau représentant un acteur vêtu d'une cape, figé dans une expression douloureuse. C'est lui, Victor Mathieu. Sans doute dans un drame de Shakespeare. Un grand parmi les grands.

Leclerc est là. C'est un homme de taille moyenne, vêtu d'un body de couleur noire. Même sans l'avoir jamais vu, il est impossible de se tromper. Un charisme étonnant se dégage de sa personne. Ses mouvements sont souples, déliés. On dirait une sorte de danse. Au début, j'ai même l'impression de m'être trompé d'endroit. Les jeunes mêlent à leurs mots sans signification des mouvements de corps, parfois imperceptibles. Tout leur être semble participer. Petit à petit, je comprends pourquoi : en réalité, la communication ne passe pas seulement par le truchement des mots. Les gestes, les mouvements du corps eux aussi expriment les sentiments, les états d'âme. Ils soulignent la force d'une phrase.

Soudain, Leclerc m'aperçoit et vient à moi.

– Vous êtes Nicolas Dorval ?

J'acquiesce. Il a un grand sourire plein de chaleur.

– Ravi de vous rencontrer. Je crois que nous avons au moins deux amis communs.

– L'un que j'ai quitté il y a quelques jours, et l'autre que je n'ai pas revue depuis vingt-cinq ans.

– Le temps de terminer mon cours, et nous parlerons de Nathalie.

Quelques instants plus tard, il me reçoit dans son bureau, une pièce au confort spartiate et au mobilier sommaire. Des dossiers traînent en désordre sur une table en bois, en compagnie d'un stylo avec lequel il se met à jouer. Apparemment, il se moque totalement du décorum.

– J'ai accepté de vous recevoir, Nicolas, mais autant vous le dire tout de suite, j'ignore complètement ce qu'a pu devenir Nathalie, hélas !

– Toute information peut être précieuse.

Christophe Leclerc m'impressionne. Son regard semble capable de voir au travers de ses interlocuteurs, de deviner leurs pensées. Pourtant, cela ne me met pas mal à l'aise. Il m'apparaît très vite comme un homme résolument ouvert aux autres, attentif à ce qu'ils sont, à leur personnalité, leurs désirs. Un homme respectueux de l'aura de chacun. Mais ce respect doit être indispensable pour exercer son métier.

– Max m'a dit que vous possédiez une photo de Nathalie enfant.

Je lui montre le cliché. Il l'étudie, le scrute, puis secoue la tête. Ou je me trompe, ou ses yeux se mettent à briller. Il se racle la gorge, et ajoute d'une voix un peu voilée :

– Quelle femme exceptionnelle !

Il laisse passer un long silence.

– C'est Max qui lui a recommandé de s'inscrire à des cours de comédie. Comme il me connaissait, il me l'a adressée. En fait, elle est restée très peu de temps avec nous, à peine un an. Nathalie était une actrice-née. Un de ces êtres capables de tout jouer, depuis la comédie la plus délirante jusqu'à la tragédie. Max l'avait pressenti. Certaines filles sont faites pour la photo. Mais si vous les placez devant une caméra, même si elles sont plastiquement très belles, elles deviennent grotesques, ridicules, parce qu'elles ne savent pas bouger. Aucune grâce, aucune finesse, pas d'harmonie. Nathalie, au contraire, savait se mouvoir devant l'objectif. Tous ses gestes étaient précis, subtils. Dès les premiers instants, elle m'a séduit. Bien sûr, elle avait besoin de suivre des cours, pour apprendre à placer son souffle, à équilibrer son jeu, mais il y avait en elle les germes d'une très grande comédienne. Et la suite de sa carrière a confirmé mon intuition.

Nouveau silence.

– Voyez-vous, Nicolas, parmi la foule des comédiens qui hantent les studios, certains se détachent très nettement des autres. Je ne parle pas des stars. Une star, on peut en fabriquer à coup de pub. Mais c'est inconsistant, de la fumée, un mirage. À moins qu'il n'y ait un réel talent derrière, cela ne dure pas. Non, je parle des très grands, de ceux qui marquent leur génération au fer rouge. Parmi eux, il y avait Nathalie Vallières. Elle possédait d'instinct l'art de se glisser instantanément dans la peau d'un personnage, d'adopter ses sentiments, sa personnalité. Elle pénétrait tellement ses rôles qu'on lui a reproché plusieurs fois d'être réellement tombée amoureuse de ses partenaires.

– C'est vrai ! Que pensez-vous du scandale que l'on a fait autour de son premier film ?

– *La Chienne* ? Ah, *La Chienne* ! C'était un coup de publicité. Une vaste opération de mercantilisme. L'exploitation financière d'un sublime accident de tournage. Nathalie n'a jamais eu l'intention de jouer « pour de vrai » cette fameuse scène d'amour. Mais il s'est produit quelque chose d'extraordinaire. Comme elle sortait à peine de mes cours, j'étais présent. Le script prévoyait plusieurs scènes d'amour, puisque c'était un film à connotation érotique. Mais la plupart de ces séquences étaient aussi assez violentes. Le personnage l'exigeait. Toutes, sauf une. Une scène où le personnage féminin était cette fois vraiment amoureux. C'était une scène assez longue, très sensuelle, et très tendre. *La Chienne* a été une véritable réussite sur le plan esthétique.

– Ça, je m'en souviens.

– Nathalie a fait ce qu'on lui demandait de faire. Mais, comme à chaque fois, elle ne jouait pas un rôle, elle « était » le personnage. Comme elle, elle s'est donnée totalement. C'était hallucinant. Nous autres, spectateurs, cameramen, ingénieurs du son, metteur en scène, assistants et autres, nous étions fascinés. Ce n'était plus du cinéma. C'était la vie. C'était beau. C'était sublime. Un hymne à l'amour. Son partenaire a été étonné au début. Puis il s'est laissé entraîner. Il était impossible de résister à Nathalie. Il régnait un silence d'une qualité extraordinaire. On n'entendait plus que le bruit de la caméra, les chuchotements du metteur en scène qui disait de continuer à filmer. À aucun moment nous n'avons éprouvé l'impression de n'être que de sordides voyeurs. Oubliés le décor, la pellicule, les perches. Le réalisateur en a oublié aussi de dire « coupez ». La scène n'a été tournée qu'une seule fois. Une autre prise aurait brisé la magie. Les deux acteurs semblaient nous ignorer. Enfin, Nathalie a semblé s'apercevoir de notre existence, et nous a souri. Ah, son sourire ! C'était quelque chose d'inoubliable. Nous étions tous amoureux d'elle à cet instant. Nous avions tous fait l'amour avec elle. Les femmes comme les hommes. Nous n'enviions même pas son partenaire. Parce qu'il avait existé un instant de grâce où nous avions tous été à sa place.

Il laisse planer un long silence.

– Voilà exactement ce qu'a été le tournage de *La Chienne*, Nicolas. Un moment magnifique. Cela aurait pu demeurer un étrange secret entre tous les participants. Un instant de magie. Les spectateurs ne se seraient aperçus de rien. Mais par malheur, il y avait là un intrus, un agent de la production qui a décidé d'exploiter l'incident. Et il a tout sali. Il n'avait rien ressenti. Il n'avait vu que le côté sexuel de l'aventure, et l'aspect financier qu'il pouvait en tirer. Et cela a donné… le scandale que vous connaissez.

– Elle n'a donc pas provoqué sciemment cette campagne de presse ?

– Jamais ! Nathalie n'était pas une provocatrice, contrairement à tout ce que l'on a pu écrire sur elle à l'époque. Mais les journalistes ont tôt fait de travestir la vérité. Nathalie s'est vue immédiatement gratifiée de l'étiquette d'actrice à sensation. Elle a été censurée par l'Église, bien sûr. Elle a reçu des propositions de tournage pour une foule de films à caractère érotique, ou même carrément pornographique. J'ai eu mal pour elle. Elle ne méritait pas ça. Heureusement, elle a su repousser toute cette saloperie. Elle a brisé son image en tournant, immédiatement après, *La Fille des Landes*, un drame sans la moindre scène équivoque. Stupéfaction de la critique, car le film était très bon. Et elle a enchaîné avec *L'Amant étranger*, où l'érotisme était de retour, mais sur le ton de la comédie. On a découvert qu'elle savait également faire rire. Stupeur chez les journalistes. Qu'est-ce qu'elle nous réservait pour la suite ?

L'image de Laurence s'impose immédiatement à moi. Elle a tourné dans ce film. Leclerc continue :

– J'ai suivi Nathalie pendant quelques années. Nous étions restés très amis. Puis son métier l'a entraînée hors de France, en Espagne, aux États-Unis, en Australie. Elle faisait partie de cette élite de comédiens français qui parviennent à se faire connaître à l'étranger, et même aux États-Unis. Nous nous sommes perdus de vue. Nous nous rencontrions au moment des festivals, des réunions du métier. Voilà, c'est tout ce que je peux vous dire sur elle. Quant à savoir pourquoi elle a disparu il y a un an, mystère. Ça s'est fait d'un seul coup.

Il médite un moment puis ajoute :

– Mais il y a peut-être un élément que vous ignorez : ce n'est pas la première fois qu'elle disparaît ainsi.

– Comment ça ?

– Il y a quelques années, personne n'a eu de ses nouvelles pendant plusieurs mois.

– Que s'est-il passé ?

– Aucune idée. Même son agent ignorait ce qu'elle faisait. Des bruits invraisemblables ont couru. On l'a prétendue alcoolique, atteinte par le sida, poursuivie par le fisc, arrêtée pour trafic de drogue. Mais, à ma connaissance, Nathalie n'a jamais touché à la drogue. Et puis, elle est revenue, encore plus belle qu'avant. Les journalistes l'ont harcelée, mais ils en ont été pour leurs frais. Elle n'a jamais révélé à personne ce qu'elle a fait pendant cette période. Pourtant, à son retour, elle m'a semblé plus mûre, plus responsable. Comme si une épreuve l'avait marquée. Elle a tourné de nouveau, avec le succès que vous connaissez.

Nous restons un moment silencieux. Puis il ajoute :

– Vous devriez rencontrer Francis Frasnel. Il pourra peut-être vous donner quelques indications.

Je reste un instant abasourdi. Francis Frasnel est lui aussi un monstre sacré. Leclerc poursuit :

– Ils ont eu une liaison avant qu'elle ne s'amourache de ce chirurgien, là, Alexandre Duplessis. Frasnel n'est pas un bonhomme facile à aborder, et pas toujours très fréquentable. Mais je vais vous donner son téléphone personnel et celui de son agent, Marie-France Lafontaine. Elle est aussi l'agent de Nathalie, d'ailleurs.

Il me raccompagne. Avant de partir, il me prend par les épaules.

– Votre démarche est très louable, Nicolas, et vous avez mon soutien. Mais…

Ses mains se serrent sur moi.

– Soyez prudent ! Je crains que cette seconde disparition n'ait pas de rapport avec la première. Les gens qu'elle fréquentait les derniers temps étaient plutôt… inquiétants.

– Je vous remercie pour tout. Je vous tiendrai au courant.

Le temps est resté doux pour la saison. Pourtant, j'ai un peu froid quand je me retrouve sur le trottoir. Je suis sûr que son avertissement n'est pas fortuit.

11

Dès le lendemain, j'appelle le numéro donné par Christophe Leclerc. Une voix grincheuse me répond que Francis Frasnel est absent.

– Savez-vous où il se trouve ?

– Non, il me prête son appart, c'est tout.

– Il ne vous a pas laissé une adresse, un numéro de téléphone...

– Fait chier, ce mec ! T'es qui, d'abord ?

Je raccroche. Je n'obtiendrai rien de plus. Heureusement, Christophe m'a aussi donné le numéro de l'agent de Frasnel.

Une voix de femme me répond.

– Vous jouez de malchance. Francis est actuellement en tournage aux États-Unis. Il ne sera de retour qu'au début de l'année prochaine.

– Ça ne fait rien, j'attendrai.

– Pourquoi vouliez-vous le rencontrer ?

J'hésite un peu. Le ton n'est guère aimable.

– Je... je suis un ami de Nathalie Vallières. Je voulais rencontrer monsieur Frasnel à son sujet.

La femme marque un silence à l'autre bout. Enfin, elle se décide, sur un ton quelque peu agressif.

– Je suis également l'agent de Nathalie. Que lui voulez-vous ?

– Je m'appelle Nicolas Dorval. J'aimerais... la revoir.

– La revoir ? Vous devez savoir qu'elle a disparu depuis plus d'un an.

– Je le sais. Justement, je pensais que monsieur Frasnel aurait des informations.

– Plus personne n'a de nouvelles de Nathalie. Même moi.

– Alors, que dois-je faire ?

Nouveau silence.

– Laissez-moi vos coordonnées. Si j'apprends quelque chose, je vous ferai signe.

– Bien, je vous remercie.

Je transmets mon adresse et mon numéro de téléphone. L'instant d'après, un malaise inexplicable m'envahit. Je n'aurais pas dû communiquer mes coordonnées aussi facilement. Après tout, je ne sais rien de cette bonne femme.

Les jours qui suivent achèvent de me flanquer le moral en carafe. Il pleut. Une petite pluie fine et grasse, chargée de pollution, qui s'infiltre partout, sous les vêtements, et jusque dans mon esprit morose. L'atmosphère de la banque me déprime de plus en plus. Un élément me déplaît souverainement dans cette agence, baptisée pilote par la direction, ce sont les caméras de surveillance installées dans les bureaux, destinées à vérifier l'assiduité de chacun. Officiellement, d'après les hautes sphères, il s'agit d'un système de sécurité. Dans la réalité, je sais que des cerbères sont chargés d'espionner les employés. Cela permet de faire des études sur le comportement humain afin de l'optimiser, de repérer et d'éliminer sournoisement les moins productifs et les perturbateurs, et d'accroître ainsi rendement et bénéfices. Les syndicats ont protesté, cassé quelques caméras, mais les instances dirigeantes ont tenu bon, se retranchant derrière leur objectif de protection. La méthode venait des États-Unis et aucune législation ne la contrôlait. Les syndicats ont dû baisser pavillon et les caméras sont restées, provoquant déjà une évolution de mentalité. L'impression d'être surveillé renforce le zèle de certains. Cette mentalité me donne envie de gerber, mais je me contrôle. Chaque jour, l'UBPIC me débecte un peu plus. Pendant mon absence, mes dossiers ont subi un épluchage en règle. Je doute qu'on ait pu y découvrir la plus petite erreur. J'avais senti le vent venir avant mon départ et j'avais tout vérifié. Ce crétin de Trumeaux a tout de même déterré quelques peccadilles qui me valent d'aigres remontrances, auxquelles je réponds par une attitude indifférente. Je connais son but et je refuse de tomber dans son piège.

Les autres me battent froid également, calquant leur attitude sur celle du directeur. Je suis le dernier arrivé, j'occupe un poste de cadre, et l'un d'eux a aperçu ma voiture. Il n'en a pas fallu plus pour déclencher un phénomène de jalousie inexprimée qui m'isole chaque jour un peu plus. Les imbéciles. Tant de mesquinerie m'écœure. Souvent, je suis sur le point de balancer ma démission. Mes moyens financiers, dus à mon héritage, me le permettraient. Mais cela réjouirait trop Trumeaux, et surtout, je refuse d'entrer dans le jeu de Malaterre. Je partirai lorsque je l'aurai décidé moi-même, et pas avant. Mais parfois, je me dis que tout cela n'a aucune importance et que mon obstination n'est que l'expression de mon orgueil. Un orgueil stupide, qui n'a pas lieu d'être. Après tout, Trumeaux, Malaterre et les autres sont de fieffés cons, et rien ni personne ne me retient dans cette foutue banque. Personne, sinon monsieur Fabre, que je ne veux pas abandonner. En réalité, c'est à cause de lui que je résiste.

Monsieur Fabre est un petit entrepreneur qui fabrique des meubles de bureau en bois. Il a repris l'atelier de son père, un artisan ébéniste, qu'il a développé pendant les années fastes. Il dirige aujourd'hui une vingtaine d'ouvriers aussi passionnés que lui. Parce que je m'occupe de ses comptes, il m'a invité à visiter son entreprise. Ses meubles n'ont aucun rapport avec le mobilier moderne. Ils fleurent bon la résine et la cire. Monsieur Fabre, à près de soixante ans, témoigne encore de l'enthousiasme d'un adolescent. Il parle de son métier avec amour, et partage sa passion avec son épouse qui tient le secrétariat. Malheureusement, la récession économique a mis sa société en difficulté. Les clients se font plus rares et ses comptes sont dans le rouge.

– Mais j'attends une grosse commande d'un ministère. L'acheteur est un vieil ami. Il m'a promis de m'envoyer le bon avant un mois.

Monsieur Fabre est de plus en plus souvent obligé de prendre sa mallette pour relancer ses clients. Il le déplore, mais les temps sont durs. L'UBPIC lui crée des problèmes, que j'essaye tant bien que mal de limiter. Malheureusement, ce n'est pas moi qui décide. Il devrait licencier une partie de son personnel, mais il se refuse à le faire. Ses ouvriers, il les connaît depuis plus de trente ans pour certains, et il ne peut envisager de se séparer d'eux. Il préfère se priver de salaire. Tout cela ne l'empêche pas d'afficher une humeur toujours joyeuse et un optimisme sans faille.

Il est un peu plus de sept heures lorsque je rentre chez moi ce soir-là. J'ai à peine le temps d'ôter mes chaussures que l'on sonne. Quatre hommes sont là, inquiétants. L'un d'eux, leur chef, visiblement, s'adresse à moi d'un ton sec. C'est un individu de haute stature, au regard gris et froid.

– Vous êtes bien Nicolas Dorval ?

– C'est moi…

– Commissaire Marceau. Nous désirons vous parler.

– Heu… entrez !

Une douleur désagréable me broie les tripes. Je me demande ce que j'ai bien pu faire pour attirer ainsi l'attention des flics et surtout déclencher une opération qui nécessite le déplacement d'un gradé et de trois gorilles. Je soupçonne aussitôt un piège ignoble tendu par la banque pour me faire virer. Tout de même, ils n'oseraient pas…

Mais mes soupçons ne sont pas fondés, comme je m'en aperçois très vite. Marceau m'invite à m'asseoir dans mon canapé et prend place devant moi. Pendant ce temps, les trois autres entreprennent une fouille efficace et silencieuse de mon appartement. Je m'insurge.

– Que faites-vous ? Vous n'avez pas le droit…

Marceau me fixe de son œil glacé.

– Calmez-vous, monsieur Dorval. Nous appartenons aux R.G. Ça nous confère tous les droits.

Ce type ne plaisante pas, et je le sens prêt à n'importe quoi pour parvenir à ses fins. Je deviens blême. Je n'ai jamais croisé ce genre d'individu que dans les films, moi, pas dans la réalité. Je bredouille :

– Les R.G. ? Mais qu'est-ce qui se passe ? Qu'est-ce que vous me reprochez ?

– Pour quelle raison recherchez-vous Nathalie Vallières ?

Je tombe des nues.

– Quoi ? C'est pour ça que vous foutez le bordel dans mon appartement ?

– Répondez à ma question !

Il n'a pas élevé le ton, mais celui-ci figerait une armée en marche. Cependant, nous sommes dans un pays libre, si je ne m'abuse. Et je ne suis pas parvenu à m'extraire des griffes de la mère Élisabeth pour me laisser dominer par le premier policier venu. Mon papa, un peu anar à ses heures, m'a appris à ne redouter ni flic, ni militaire, ni curé. Si ce type s'imagine que je vais me mettre à trembler devant lui, il se fourre le doigt dans l'œil.

– Je suis libre de faire ce que je veux, non ?

– J'attends une réponse, monsieur Dorval.

Je réprime ma colère. Si, même en France, on n'est plus à l'abri de ce genre d'inquisiteur, où va le monde ? Je grommelle :

– Vous permettez ?

De mauvaise grâce, je vais chercher la photo et la lui tends.

– C'est à cause de ça que je recherche Nathalie.

Il contemple ma photo d'un air incrédule.

– Qu'est-ce que c'est, ça ?

– Vous le voyez : une photo de classe. J'ai connu Nathalie toute petite, à l'époque où elle s'appelait encore Françoise. Françoise Camus. J'ai eu envie de la retrouver. Ça ne constitue pas un délit, que je sache.

Il ne répond pas. Je poursuis, agacé :

– Seulement, je ne savais pas qu'elle était devenue Nathalie Vallières.

– C'est tout ?

– Bien sûr, c'est tout ! J'ignorais que j'avais soulevé une affaire d'État. De toute façon, je vais abandonner. J'ai pris contact avec quelques-uns de ses amis, mais tous ignorent ce qu'elle a pu devenir. Que pourrais-je faire de plus ?

Il reste silencieux. De temps à autre, il jette un regard au travail de ses collègues, qui poursuivent leur exploration méthodique. La colère ne me quitte pas, mais, sur l'ordre de Marceau, ils remettent tout en place. Ils vont même jusqu'à démonter la plaque de ma baignoire. Enfin, le plus grand, une sombre brute noire de poils, déclare :

– Nous n'avons rien trouvé, chef. Ce type paraît *clean*.

Je me lève et j'éclate.

– Mais bien sûr que je suis *clean*, Qu'est-ce que vous cherchiez ? de la drogue ? des microfilms ? Et puis d'abord, comment avez-vous su que je recherchais Nathalie ? Et qui me prouve que vous êtes des flics ?

Marceau se dresse, et, d'une poigne énergique, me force à me rasseoir. Je chasse l'envie que j'ai de lui envoyer un coup de pied dans le nez, mais je me maîtrise. Ses complices n'ont pas l'air de rigolos. Et lui-même est de taille à se défendre. Il sort sa carte et me la montre. Il n'a pas menti.

– Calmez-vous, monsieur Dorval, dit-il sur un ton radouci. Pour répondre à votre question, Marie-France Lafontaine, l'agent de Nathalie Vallières, a pour consigne de nous signaler toute personne s'intéressant à elle. Bien sûr, vous avez parfaitement le droit de la rechercher. Cependant, je vous déconseille de le faire.

– Pourquoi ?

– Cette histoire vous dépasse. En vous obstinant, vous courez au-devant de graves ennuis. Croyez-moi, il vaudrait mieux renoncer.

– C'est donc si grave ?

– Moins vous en saurez, mieux ça vaudra.

Il me tend une carte de visite.

– Ce sont mes coordonnées, y compris mon numéro de portable. S'il se produit autour de vous le moindre événement insolite, prévenez-moi, à n'importe quelle heure du jour ou de la nuit. Bien entendu, il est hors de question d'aller raconter notre entrevue à un quelconque journaliste.

– Je n'en ai pas l'intention.

Quelques instants plus tard, les quatre flics ont disparu, me laissant seul face à un régiment de questions. D'innombrables hypothèses s'échafaudent dans mon esprit abasourdi, dont aucune n'est vraiment satisfaisante. La seule conclusion que je puisse tirer de cette histoire est celle-ci : la disparition de Nathalie est suffisamment importante pour déclencher l'intervention des R.G. en personne, et avec du personnel en suffisance. Ce soir-là, je me couche sans parvenir à trouver le sommeil.

Mais je ne suis pas au bout de mes surprises. Deux jours plus tard, alors que je commence à devenir quelque peu paranoïaque, je repère une silhouette assise sur les marches, devant la porte de mon appartement. Une onde glaciale me parcourt l'échine. Instinctivement, je me mets en garde. La silhouette, noyée dans l'ombre, se dresse et vient à moi d'une démarche mal assurée. Là, ma frayeur se mue en stupéfaction :

– Élisabeth ?

12

J'en crois d'autant moins mes yeux qu'elle ne ressemble pas à la Élisabeth que j'ai connue. Elle paraît totalement paniquée. Ses yeux sont écarquillés et rouges, marqués par des cernes. Ses cheveux décoiffés lui donnent l'air pathétique. La brusque bouffée de rancœur qui m'a envahi à sa seule vue s'estompe un peu.

– Qu'est-ce que tu fous ici ?

Mon ton est tout de même agressif. Elle hésite, puis se jette dans mes bras en éclatant en sanglots. Ma parole, elle tremble comme une feuille. Je n'y comprends plus rien. Où sont passées son arrogance et sa rouerie ? Qu'est-ce qui a pu la mettre dans un état pareil ?

– Ils vont me tuer, Nicolas !

– Qui veut te tuer ?

– Malaterre et les autres !

– Tu te fous de moi ?

– Laisse-moi entrer, supplie-t-elle. Je ne sais plus où aller. Ils sont derrière moi.

– Je te rappelle que nous avons divorcé ! Tu as fait tout de ce qu'il fallait pour ça, non ?

Elle a alors une réaction incroyable : elle se jette à mes genoux.

– Je te demande pardon, Nicolas !

Et elle redouble de pleurs. Désemparé, je lui ouvre. Déjà un voisin curieux pointe son nez.

Quelques instants plus tard, elle est assise d'une fesse sur le canapé. Cela non plus ne lui ressemble pas. Je lui prépare un whisky. Elle observe mon intérieur d'un œil affolé, mais, contrairement à son habitude, ne fait aucun commentaire perfide.

– Tu es tout de même gonflée de te présenter ici après ce que tu m'as fait. Valérie m'a tout raconté.

– Valérie ? Elle aussi, elle me tuera si elle me retrouve. Elle était avec eux.

À mon avis, elle nage en pleine crise de paranoïa. Jamais elle n'avait été sujette à cette maladie auparavant. Mais peut-on jamais savoir, avec les manipulateurs ? Sans doute me joue-t-elle une comédie dont j'aimerais deviner le but. Je la rabroue sèchement.

– Tu es malade ! Pourquoi voudrait-on te tuer ? Malaterre est un type infâme, mais de là à...

Elle se met presque à hurler.

– C'est la vérité, Nicolas ! Tu ne peux pas savoir...

Elle se calme par un violent effort de volonté et poursuit, plus bas :

– D'ailleurs, lorsque je t'aurai raconté, tu ne me croiras pas.

– Je t'écoute quand même.

Elle se mord les doigts, ses yeux m'adressent une supplique de désespoir, puis elle commence.

– Voilà. Malaterre pensait que j'étais ambitieuse, et il avait raison. Tu refusais de gravir les échelons de la hiérarchie, de devenir quelqu'un d'important. Je t'en ai voulu pour ça. C'est même pour cette raison que j'ai provoqué notre divorce de la manière que tu sais. Crois-moi, aujourd'hui, je n'en suis pas fière.

Je la regarde, ébahi. Pas une seule fois en douze ans de vie commune elle n'a accepté de reconnaître ses torts. Et là, elle s'excuse de sa conduite sans que je lui demande rien. Je voudrais flairer un piège, mais elle semble tout à fait sincère. De temps à autre, elle jette des coups d'œil paniqués vers la porte, comme si le diable en personne risquait de se pointer.

– Continue.

– Lorsqu'il m'a draguée, j'ai été flattée, et intéressée. Il correspondait plus à ce que j'attendais d'un homme. Je crois qu'il est vraiment tombé amoureux de moi. Depuis que nous nous sommes séparés, je vis chez lui, dans le XVIe. J'ai rencontré des gens importants. Il me présentait comme sa future épouse, et j'en étais très fière. Il m'a chargée d'organiser des réceptions pour recevoir ses amis. Il y avait des personnalités, des vedettes, des hommes politiques. J'étais entrée dans le monde de la société qui compte. Mon rêve depuis toujours :

une grande demeure, fréquenter le grand monde. Malaterre est très riche, et j'allais le devenir aussi.

– Ne te fais pas d'illusions. Je suppose qu'il y aurait eu un contrat de mariage.

– Oui, sans doute. Mais je ne veux plus l'épouser. C'est un monstre, Nicolas. Tu ne peux pas savoir. Ce que j'ai découvert est tellement… abominable.

– À ce point-là ?

Elle ignore ma moquerie.

– Ça s'est passé il y a trois jours. Malaterre m'a emmenée en week-end en Sologne.

Le nom me fait réagir. C'est là-bas que Nathalie a disparu. Élisabeth poursuit :

– Nous devions passer deux jours chez l'un de ses amis, Gaétan de Saint-Méhon. Il possède une propriété au sud de Blois, je ne sais plus le nom du village. La soirée a commencé normalement. Il y avait une vingtaine de personnes, hommes et femmes, tous très riches. Il suffisait de voir les voitures : Rolls, Bentley et autres. J'avais l'impression d'être Cendrillon avec son prince. Tous les hommes étaient accompagnés, soit par leur femme, soit par leur maîtresse. Saint-Méhon était seul. J'aurais dû me méfier. Il m'a fait une drôle d'impression. Son regard est noir, perçant. Chacun lui parlait avec déférence. Malaterre avait l'air d'un petit garçon devant lui. En contrepartie, tous méprisaient le genre humain. Jamais je n'ai rencontré un tel cynisme. Ce n'était que propos racistes, xénophobes, dédain envers tout ce qui n'appartenait pas à leur milieu. Et moi, à ce moment-là encore, j'étais dévorée d'ambition, et j'avoue m'être montrée aussi conne que ces salauds. Pour faire comme eux, me hisser à leur niveau. Quelle imbécile !

Je la regarde avec stupéfaction. Pour qu'elle parle ainsi d'elle-même, il a dû se produire quelque chose d'extraordinaire. Elle poursuit :

– Des domestiques en livrée ont servi un repas dans une salle immense, aux murs couverts de tapisseries. Je me serais crue revenue au Moyen Âge ou quelque chose comme ça. Nous avons beaucoup bu. Puis ça a dégénéré. Certains avaient apporté de la cocaïne. J'ai déjà fumé du hasch, tu le sais, comme ça, pour goûter, mais je n'avais touché à ça. J'ai voulu refuser, mais Malaterre a insisté pour que j'en prenne.

Je commence à sourire intérieurement. J'imagine ce qui a pu se passer ensuite.

– Tout le monde en prenait. Après, Malaterre m'a demandé de me déshabiller. Je… je ne savais plus trop ce que je faisais, et j'étais excitée. J'ai obéi. Les autres femmes en ont fait autant, puis les hommes. Seul Saint-Méhon est resté à l'écart. Il avait pris place dans un grand fauteuil et il nous contemplait, avec son regard de feu, sans rien dire. Malaterre m'a obligée à faire l'amour avec d'autres hommes, et avec des femmes, tous mélangés. Avec plusieurs en même temps. Je ne sais pas si c'est la drogue, mais jamais je n'avais éprouvé un tel plaisir.

J'éclate de rire.

– Tu t'es simplement retrouvée dans une partouze de richards, ma cocotte. Au moins, ça t'a ouvert les yeux sur la mentalité de ton futur. Il ne va pas te tuer à cause de ça, tu sais ! Surtout que c'est lui qui t'a amenée. Tout ça n'est pas très grave.

– Ça non ! Je le sais. Mais le week-end ne s'est pas terminé comme ça. Il y a eu autre chose de bien plus terrible.

Je ris de nouveau. Je ne la plains pas. Peut-être suis-je un peu méchant, mais son aventure me réjouit beaucoup. Elle me venge de toutes les vexations qu'elle m'a fait subir.

– Et quoi donc, il t'a contrainte à faire l'amour avec un âne ?

Elle se met de nouveau à pleurer.

– Ne te moque pas de moi. Tu n'as aucune idée de ce qui est arrivé ensuite.

Elle fait un effort violent pour se calmer. Ses yeux reflètent l'effroi. Malgré tout, cela m'inquiète un peu. Je ne l'ai jamais vue dans cet état. Est-ce l'effet de la drogue ? Avec elle, je n'ai jamais su démêler le bon grain de l'ivraie. Elle sait diablement bien jouer la comédie lorsqu'elle s'y met. Je reste méfiant. Tout cela fait peut-être partie d'un plan destiné à me reconquérir, à cause des mauvais traitements que lui a fait subir Malaterre. Je ne suis pas éloigné de le croire. Mais la suite de son discours devient de plus en plus invraisemblable.

– J'avais perdu la notion du temps. À un moment, Saint-Méhon nous a entraînés dans une salle différente. Je ne sais pas comment nous y sommes parvenus. Cela ressemblait à une arène romaine. Il y avait du sable au fond, des gradins. Le plus étrange, c'était que les fenêtres avaient disparu. On aurait dit, je ne sais pas, une espèce de caverne de grandes dimensions. J'avais pris le temps de remettre ma robe, mais d'autres femmes étaient restées entièrement nues. Saint-Méhon nous a ordonné de prendre place sur les gradins de pierre, que des serviteurs avaient recouverts de couvertures épaisses. Je me suis demandé ce qu'on venait faire là. Et puis, une grille s'est ouverte dans le fond de l'arène, et deux types sont apparus, un grand Noir et un métis aux yeux bridés. Ils ne portaient aucun vêtement, eux non plus. J'ai pensé un instant qu'ils allaient participer à l'orgie que certains poursuivaient déjà, mais ils étaient là pour autre chose. Saint-Méhon nous a alors expliqué que ces deux hommes allaient se battre, et que nous pouvions parier sur le résultat du combat.

Je grommelle :

– C'est bien leur genre d'organiser des tournois clandestins, à ces crétins !

– Oui, mais dans le cas présent, il s'agissait d'un combat à mort.

– Quoi ?

– Je te jure que c'est la vérité ! Saint-Méhon a précisé que la joute ne prendrait fin qu'avec la mort de l'un des deux combattants. Le vainqueur recevrait une prime de cinquante mille francs. J'avais l'impression de vivre un cauchemar. J'aurais voulu hurler, mais les autres ne semblaient pas du tout étonnés. Au contraire, ils étaient excités. J'ai compris que ce n'était pas la première fois qu'ils participaient à ce genre d'abomination. Je me suis mise à trembler comme une feuille. Malaterre s'en est rendu compte. Il a ricané :

« – Ne te tracasse donc pas pour ces gens. Ils viennent de pays sous-développés. Ils étaient condamnés à crever de faim. On ne les a pas forcés à venir. Ils savaient ce qui les attendait en acceptant ce jeu. La somme remportée par le gagnant fera de lui un homme riche dans son pays.

« – Je ne suis pas sûre que tout ça soit très... très...

« Il m'a saisie violemment par le bras.

« –Écoute-moi bien ! Le monde des hommes est partagé en deux, celui des forts, qui dominent, et celui des faibles, qui sont faits pour être asservis. Ça fonctionne ainsi depuis que le monde existe. Nous ne faisons que respecter la loi de la nature. Ici encore, la nature va parler, en déterminant le plus fort.

« J'étais effrayée. Les serviteurs de Saint-Méhon ont apporté des équipements et des armes. L'un d'eux avait un filet et une fourche.

– Une fourche à trois dents ?

– Oui, c'est ça !

– Ça s'appelle un rétiaire. C'était un gladiateur romain.

– L'autre avait un bouclier et une épée.

– C'est incroyable. Ton Saint-Méhon organiserait des combats de gladiateurs….

– Certains sont descendus dans l'arène afin d'examiner les deux hommes, des femmes tâtaient leur musculature, leur sexe. Un serviteur a pris les paris, et le combat a commencé. Tu ne peux pas imaginer la boucherie qui a suivi. On avait fait boire quelque chose aux deux hommes. Malaterre m'a expliqué qu'il s'agissait d'un excitant qui les rendrait encore plus hargneux, mélangé avec un antalgique afin d'atténuer la douleur. Par moments, je pensais que j'allais me réveiller, que tout ça n'était qu'un cauchemar. Mais c'était la réalité. Autour de moi, les autres hurlaient, encourageaient les combattants à la moindre blessure. Il y avait du sang partout sur le sable. J'ai regardé Saint-Méhon. Il n'y avait que lui qui ne criait pas. Il restait de marbre, le visage indifférent. Cet individu est terrifiant, Nicolas. Et les autres… on aurait dit des chiens enragés. Enfin, l'un des adversaires, je ne sais plus lequel, a réussi à prendre l'autre dans son filet. Il s'est tourné vers Saint-Méhon, et celui-ci nous a regardés. Malaterre le premier a tendu son poing, le pouce vers le bas. Et ils se sont tous mis à hurler : « À mort ! À mort ! » Alors, Saint-Méhon, à son tour, a brandi le pouce vers le bas. Le vainqueur a levé son trident, puis il l'a enfoncé d'un coup sec dans le ventre du vaincu. C'était épouvantable. J'entends encore le hurlement d'agonie de ce malheureux. Mais le survivant n'a pas eu beaucoup de chance non plus. Il avait reçu de sérieuses blessures. L'instant d'après, il s'est écroulé, et des hommes sont venus le chercher sur un brancard. Je ne sais pas ce qu'il est devenu.

Je secoue la tête. Je ne sais pas si je dois la croire ou non. Tout cela est invraisemblable. J'ai l'impression qu'elle n'a plus toute sa raison. Mais elle n'a pas terminé.

– Ce n'était que le premier combat, poursuit-elle.

– Il y en a eu d'autres ?

– Un deuxième. Mais cette fois, c'étaient des femmes qui combattaient.

Elle reste un moment silencieuse, puis ajoute :

– Ce fut encore pire. Leurs bras et leurs mains étaient couvertes de pointes et de lames. Ce fut un véritable carnage. Il n'y a pas eu de vainqueur. Les deux filles se sont entre-tuées. Alors, la nuit a tourné à la démence. Des hommes, des femmes sont descendus dans l'arène, et ils ont trempé leurs mains dans le sang des victimes. Et ils s'en sont badigeonné le corps. Malaterre m'a obligée à les imiter. Je ne voulais pas, j'ai hurlé. Alors, il m'a frappée. Et il a enduit mon corps de sang. C'était poisseux, collant et chaud. Je sens encore son odeur âcre. J'ai cru devenir folle.

Elle se remet à trembler. Ses yeux sont exorbités, son corps secoué de spasmes. Son regard est rouge, halluciné. Les larmes seules ne peuvent justifier les cernes larges et bleus qui lui dévorent les joues. En revanche, la drogue expliquerait son délire. Je soupire :

– Et tu penses que je vais avaler ça ?

– Je savais que tu ne me croirais pas. Mais c'est la vérité, Nicolas, sur tout ce que j'ai de plus cher.

– Tu n'as rien de cher. Tu ne crois à rien, tu n'aimes que toi-même. Et tu es droguée jusqu'à la moelle.

– Non ! Ce soir-là, c'était accidentel. On m'a obligée à en prendre.

Elle se tait, l'air terrifié, puis se recroqueville sur le canapé, resserre nerveusement ses bras autour d'elle. Je ne sais que penser de tout ceci. Peut-être a-t-elle vu dernièrement un film où se déroulait une scène similaire et l'a-t-elle associée à la réalité. Comment croire à une telle abomination ? Nous ne sommes pas dans un film d'horreur.

– Tu as prévenu la police ?

– Non ! Comment veux-tu qu'ils me croient ? Le lendemain, tous ces gens étaient redevenus normaux ; ils riaient et plaisantaient comme si rien ne s'était passé. J'ai même cru un moment avoir rêvé. Mais tout ça était bien réel. Je suis revenue à Paris avec Malaterre. Il m'a fait une scène épouvantable, m'a frappée de nouveau, parce que, selon lui, je lui avais fait honte. Il a dit que désormais, je faisais partie de leur caste, que j'étais liée à eux par le sang. Il a ajouté que les traîtres étaient mis à mort dans l'arène, d'une manière abominable. Je n'avais donc pas intérêt à parler de ce que j'avais vu à qui que ce soit.

De toute façon, personne jamais ne croirait une histoire aussi invraisemblable : des combats de gladiateurs à la fin du XXe siècle.

« J'étais écœurée. Il pensait que je me tairais, mais j'avais eu trop peur. Je n'avais qu'une idée : m'enfuir. Il était hors de question que j'assiste une nouvelle fois à cette horreur. Le lendemain de notre retour à Paris, je me suis échappée. Je me suis rendue à mon ancien appartement et j'ai pris quelques affaires. Mais je savais qu'il viendrait mc chercher dès qu'il se serait aperçu de mon départ. Et j'avais raison. À peine une heure plus tard, j'ai entendu un vacarme infernal dans la rue. Des motards. Ils étaient vêtus de cuir noir et de casques intégraux. Ils étaient là pour moi. Je me suis sauvée par-derrière. J'ai abandonné ma voiture et je me suis précipitée dans le métro, là où ils ne pouvaient pas me suivre. Je voulais me réfugier chez mes parents, en Vendée, mais je savais que Malaterre s'en douterait. Alors, je suis venue chez toi.

– Parce que tu crois que Malaterre n'y pensera pas ? Si tu as dit vrai, tu as bien conscience que tu me mets en danger à mon tour ?

– Je ne sais plus où aller, Nicolas. Que veux-tu que je fasse ?

Elle se remet à pleurer. Je médite un long moment sans mot dire. Cette pauvre fille est devenue complètement folle. Je songe à Marceau. Il m'a demandé de l'avertir au cas où il se passerait quelque chose d'insolite. Cette histoire devrait l'intéresser. Si elle n'est pas qu'un tissu de mensonges, ce qui est très probable. Je me lève.

– Bien, nous aviserons demain. Je vais prévenir quelqu'un que je connais aux R.G. Il saura ce qu'il faut faire.

– Aux R.G…

– Oui, ce sont les seuls à pouvoir agir contre Saint-Méhon. Enfin, je l'espère.

Un peu plus tard, après un repas rapide auquel elle a à peine touché, je lui propose d'aller dormir. Elle acquiesce. Je passe dans ma chambre pour y chercher des draps. Lorsque je reviens dans le salon, j'ai l'impression que son nez est couvert de farine. Mais ce n'est pas de la farine.

– Qu'est-ce que tu fais ?

Elle me regarde d'un air affolé.

– Je… ce n'est pas…

J'explose :

– Tu te fous de moi, ou quoi ? Je ne veux pas de cette saloperie chez moi ! Si ça amuse tes petits copains de s'envoyer en l'air avec cette merde, moi pas. Tu vas me jeter ça tout de suite.

– Mais… avec ça, j'ai moins peur.

– Tu m'as dit que tu en avais pris pour la première fois il y a trois jours. En réalité, tu es déjà accro.

Elle répond, agressive :

– Oui, c'est vrai. Malaterre m'y a fait goûter presque aussitôt. Et ça me fait du bien. Mais pour les combats, je t'ai dit la vérité !

– Nous verrons ça demain. Tu vas dormir dans la chambre d'amis. Voilà des draps. Tu es encore capable de faire un lit, alors, débrouille-toi !

Elle s'approche de moi.

– Nicolas, je… j'aimerais dormir avec toi. J'ai trop peur toute seule.

– C'est hors de question !

– Je ne veux pas faire l'amour avec toi, supplie-t-elle. Je veux seulement que tu me protèges.

– Contre qui ? Tu penses encore que je vais te croire après que tu m'as menti au sujet de la cocaïne ? D'ailleurs, tu as passé ta vie à mentir. Oh, et puis merde, je n'ai pas envie de discuter. Ou tu dors dans la chambre d'amis, ou tu fiches le camp. Il y a de très bons hôtels dans le coin.

– Tu me détestes tant que ça ?

– Oui ! Je n'ai plus envie de te revoir. Je ne veux plus avoir aucun rapport avec toi. C'est clair, ça ?

– Je t'ai donc fait si mal ?

– Merde, Élisabeth !

Je m'attends à un sursaut de colère de sa part. D'ordinaire, après ce genre de réplique, elle sort ses griffes et taillade là où ça fait bien mal. Mais elle ne réagit même pas. Elle se remet à sangloter et se dirige vers une porte, ses draps sous le bras. Je suis stupéfait. Elle ne m'a pas habitué à capituler ainsi. S'agit-il d'une manœuvre sournoise pour m'attendrir ? Ou bien a-t-elle réellement vécu quelque chose de grave ? Peut-être la coke y est-elle aussi pour quelque chose…

– Heu, la salle de bains est là !

Elle allait rentrer dans un placard.

Un peu plus tard, seul dans ma chambre, je repense à tout ce qu'elle m'a raconté. Tout cela n'a aucun sens. Elle a toujours été fabulatrice, mais de là à inventer une histoire de combat à mort... Un détail m'intrigue cependant. Elle a parlé de la Sologne. Et c'est là que Nathalie a disparu. Puis je me traite de paranoïaque. Comment pourrait-il y avoir un lien entre les démêlés de mon ex avec son amant et la disparition d'une star, un an plus tôt ? J'ai l'impression que je commence moi aussi à débloquer. Sans doute les vapeurs de coke.

J'ai craint un moment que, sous l'emprise de la drogue, Élisabeth ne vienne me rejoindre pendant la nuit. Mais elle est restée sagement à côté. Avant de partir pour la banque, j'appelle Marceau. Je lui raconte tout, y compris l'anecdote de la cocaïne. Contrairement à moi, il n'a pas vraiment l'air étonné.

– Surtout, qu'elle ne sorte pas ! dit-il. Je suis coincé dans la journée, mais je passerai vous voir ce soir. Je dois absolument lui parler.

– Bien !

Je répète les consignes à mon ex, qui acquiesce.

– Il y a ce qu'il faut dans le frigo, et il reste du pain. Tu t'expliqueras avec lui. Je pense qu'il pourra t'aider.

– Dépêche-toi de revenir. Je ne suis pas rassurée.

– Que veux-tu qu'il t'arrive ?

Il est six heures lorsque je reviens chez moi, remâchant ma haine contre l'UBPIC en général, et contre Trumeaux en particulier. Ce sinistre crétin n'a cessé de me harceler pour des détails sordides. J'ai failli lui balancer ma démission, mais j'ai tenu bon. S'il existe une chance pour qu'Élisabeth ait lâché une parcelle de vérité et si je peux faire plonger Malaterre, je veux être là.

Mais il y a quelque chose de bizarre dès que j'ouvre la porte de mon appartement. Une odeur inhabituelle.

– Élisabeth ?

J'espère que cette idiote n'a pas fait une ânerie...

Je me précipite dans le salon. Elle est là, le visage saupoudré de cocaïne, figé sur une expression de douleur et de terreur.

Morte...

13

Pendant un long moment, je reste pétrifié, l'estomac prêt à se retourner. Un étrange mélange de pitié et de colère me saisit. Cette petite idiote a abusé de la cocaïne et elle est morte d'une overdose. Mais quelque chose ne colle pas dans tout ça. Élisabeth n'était pas du genre à se suicider. C'était au contraire une battante, même si elle n'employait pas toujours des armes très loyales. Cela ne lui ressemble pas de s'être supprimée ainsi. Je la contemple, ne sachant trop quoi faire. Elle semble s'être débattue contre un ennemi invisible. On dirait qu'on l'a forcée à absorber cette drogue. Alors, dois-je prendre au sérieux les menaces dont elle a parlé ? Y a-t-il une parcelle de vérité dans l'histoire invraisemblable qu'elle m'a servie ? Cela voudrait dire qu'elle était réellement en danger, et que ses assassins sont venus la tuer chez moi. Dans ce cas, je suis en danger, moi aussi. Je devrais avoir peur, mais je ressens au contraire une violente colère. Si Malaterre est responsable de la mort d'Élisabeth, je lui ferai cracher ses dents. Ça fait longtemps que l'envie m'en démange. Mais je ne peux agir seul. Avant toute chose, je rappelle Marceau sur son portable et le met au courant de la situation.

– Ne touchez à rien ! J'arrive immédiatement.

Je me réfugie dans la cuisine et me verse un solide whisky afin de tenir le choc. Lorsque l'on voit une scène similaire à la télévision, on y prête à peine attention. La violence est devenue si banale, si quotidienne, que l'on finit par être blasé. Mais lorsqu'elle nous touche de près dans la réalité, c'est complètement différent. Mes jambes me portent à peine et je dois m'asseoir. L'esprit en déroute, je tente de trouver une explication cohérente à tout cela, sans y parvenir. Et puis, sans savoir pourquoi, je me mets à pleurer comme un gamin. Je n'aimais plus Élisabeth. Je peux même dire que je la détestais cordialement, mais sa mort a effacé tout ça. Au fond, ce n'était qu'une gamine ambitieuse qui a voulu s'approcher trop près d'un monde qui n'était pas le sien. Et elle y a laissé la vie. Mais un étrange remords me ronge, parce que j'ai la sensation qu'elle est morte à cause de moi. Je n'ai pas pris son histoire au sérieux, et je l'ai repoussée. Cette nuit encore, elle aurait pu dormir avec moi. Nous n'étions pas forcés de faire l'amour. Mais je l'ai obligée à dormir seule avec ses angoisses. Elle n'a pas dû beaucoup fermer l'œil de la nuit. Et quelqu'un est venu la tuer dans la journée. Chez moi. Je me reproche de l'avoir quittée, de ne pas l'avoir emmenée avec moi, pour la protéger.

Mais aussi, comment lui faire confiance ? Je ne peux oublier que je l'ai vue se farcir le nez de coke, alors qu'elle m'avait affirmé quelques instants plus tôt n'y avoir jamais touché avant la soirée de l'orgie.

Une demi-heure plus tard, on sonne. Ce doit être Marceau. J'ouvre et me trouve face à trois individus aux mines patibulaires qui me bousculent sans ménagement.

– Mais qu'est-ce que...

– Toi, tu la boucles ! me crache un type au visage taillé à coups de serpe.

Il est bâti comme une armoire à glace, et son regard rappelle celui des officiers SS dans les films. Je me tais, imaginant avoir affaire aux tueurs. Mais le type me brandit une carte sous le nez.

– Police !

– Comment...

Pour toute réponse, il me chope par le bras et m'amène brutalement dans le salon. Il me serait facile de me dégager et de le frapper, et ce n'est pas l'envie qui m'en manque, mais ce con a dégainé un pistolet version adulte et le braque sur moi. Je devine qu'il est prêt à s'en servir. Désemparé, je décide de ne pas tenter de jouer les héros, malgré la fureur qui me dévore les tripes.

– Eh bien, on dirait que ce coup de fil anonyme n'était pas un mauvais tuyau, déclare le gorille en contemplant le cadavre d'Élisabeth.

– C'est de la coke, patron ! ajoute l'un de ses sbires en passant un doigt connaisseur sur les lèvres de mon ex.

– Tiens, tiens, monsieur fait dans le trafic de drogue ? m'agresse l'officier SS.

– Mais c'est faux !

L'instant d'après, j'ai l'impression que mon nez éclate. Ce salaud vient de me frapper avec le côté de son flingue. Je hurle.

– Vous êtes fou ou quoi ?

– Ta gueule ! Qui est cette nana ?

– Élisabeth, mon ex-femme.

– Ton ex. Tu l'as tuée parce que tu ne voulais plus lui payer de pension alimentaire ? Tu aurais pu faire ça plus discrètement.

– Je l'ai trouvée comme ça il y a moins d'une heure. Hier, elle est venue se réfugier chez moi parce qu'elle se sentait menacée.

– Ah oui ?

– Elle m'a raconté une histoire invraisemblable, à laquelle je n'ai pas accordé de crédit. Elle disait qu'on voulait la tuer. Je lui ai dit de rester ici. Je pensais qu'elle serait en sécurité. Mais, quand je suis rentré de mon bureau, elle était là, comme ça.

– Nous vérifierons. J'aimerais bien savoir d'où vient cette came ! Fouillez-moi cette piaule de fond en comble, vous autres.

D'où sortent ces gugusses ? Est-ce Marceau qui les envoie ? Pourquoi n'est-il pas venu lui-même ?

– Qui êtes-vous ? demandé-je.

Nouveau coup. Cette fois, il a cogné dans l'oreille.

– Je t'ai dit de la boucler.

Je ravale la bouffée de haine qui m'envahit. Ce type ne perd rien pour attendre. Comme je n'ai rien à me reprocher, je vais prendre un avocat qui va se faire un plaisir de lui faire cracher ses dents, à ce pourri ! Je remâche de sombres images où je le coince dans un coin sombre et lui démolis méthodiquement le portrait. Il a beau être costaud, je ne suis pas une demi-portion non plus, pour peu que l'on ne s'abrite pas lâchement derrière un pistolet.

Arrivée triomphale de l'un des deux orangs-outans.

– Regardez ce que j'ai trouvé, patron !

– Tiens donc !

Il brandit un sac de plastique contenant une poudre blanche dont je n'ai aucune peine à deviner qu'il s'agit de coke. Je soupçonne aussitôt Élisabeth d'avoir caché ce paquet ici sans m'en avertir. L'imbécile !

– C'était dans la salle de bains, planqué sous la baignoire, derrière une plaque amovible.

– Eh, il y en a pour du pognon ! s'esclaffe le gorille. Tu vas nous dire qui t'a fourni tout ça.

– Comment voulez-vous que je le sache ? Je ne savais pas que c'était là. Ce doit être elle qui l'a cachée.

– Tu te fous de ma gueule, et j'aime pas ça ! Tu as beau jeu d'accuser cette pauvre fille maintenant qu'elle est clamsée, ordure ! Écoute-moi bien ! Moi, voilà comment je vois les choses : tu lui fournissais de la coke, elle est venue pour en redemander, mais elle n'avait pas de fric pour payer, et en plus, elle t'en devait. Alors, tu l'as butée.

– Non mais je rêve !

Sa main armée s'abat de nouveau. Le coup m'assomme à demi. J'ignore pourquoi, mais je sens que ce type est prêt à me tuer. Je commence à avoir sérieusement peur. Ces zozos n'ont pas vraiment l'air d'appartenir à la police. Les flics n'emploient pas des méthodes aussi brutales. Enfin, je crois... L'un des deux singes rigole en soupesant le paquet de came.

– Sous la baignoire... Ce crétin manque vraiment d'imagination.

Soudain, une nouvelle voix se fait entendre, en provenance de l'entrée.

– Moi, j'ai l'impression que c'est vous qui en manquez !

Je reconnais immédiatement la voix de Marceau. Un immense soulagement s'empare de moi. Jamais je n'ai été aussi heureux de voir un flic. Il est flanqué de ses trois collègues de l'autre fois. Le gorille noir de poil l'apostrophe vertement.

– Qu'est-ce que vous foutez ici, vous ? Qui vous a permis d'entrer ?

Marceau sort sa plaque.

– Commissaire divisionnaire Marceau. Et vous ?

L'autre s'avance, écumant de colère.

– Barioz ! Un coup de fil anonyme m'a prévenu qu'un trafiquant de drogue se cachait à cette adresse. On reçoit pas mal de dénonciations bidons, vous savez ; des mecs qui veulent attirer des ennuis à leurs voisins ou à leur famille. Par acquit de conscience, je suis venu.

Et voilà ce que j'ai découvert : un cadavre, et un paquet de coke planqué sous la baignoire. Donc, j'arrête cet individu pour meurtre et trafic de drogue.

– Eh bien non, vous n'allez arrêter personne.

– Ah oui ? Et pourquoi ça ?

– Les services secrets sont déjà sur cette affaire. Vous n'avez donc pas à vous en mêler. C'est moi qui prends le relais dès cet instant. Monsieur Dorval n'est ni un assassin ni un trafiquant. J'ai fouillé personnellement cet appartement il y a quelques jours. Quelqu'un a dissimulé de la drogue afin d'attirer l'attention sur lui.

Je déguste le « monsieur » à la petite cuiller. Marceau poursuit sans élever la voix, mais d'un ton sans réplique :

– Je dis bien que l'on a caché la drogue. Il y a trois explications. Ou elle a été apportée par la victime elle-même, ou elle a été placée par les assassins, ou encore… c'est vous qui venez de le faire.

– Quoi ? Vous m'accusez ? explose l'autre.

– Disons que je vous classe parmi les suspects. Votre appel anonyme invérifiable ne me satisfait pas. Aussi, vous allez dégager immédiatement le terrain et me laisser faire mon travail. Ne soyez pas surpris non plus si vous faites d'ici peu l'objet d'une enquête de l'IGS.

– L'IGS ? Mais vous êtes parano…

– Je vous soupçonne d'appartenir à une organisation d'extrême droite très dangereuse. Croyez-moi, je ne vais pas vous lâcher.

– J'ai parfaitement le droit d'avoir des opinions personnelles.

– Tout à fait, mais vos méthodes m'écœurent. Vous n'aviez aucun besoin de frapper monsieur Dorval de cette manière. À présent, remettez-moi ce paquet et foutez-moi le camp.

Barioz semble sur le point d'exploser. Il serre les poings, mais finit par courber l'échine et fait signe à ses acolytes de quitter les lieux, ce qu'ils font en traînant les savates, et après avoir rendu le paquet de coke. Au moment où il va franchir la porte, Marceau le hèle :

– Barioz !

– Qu'est-ce que vous voulez encore ?

– Monsieur Dorval va désormais faire l'objet d'une protection rapprochée. S'il lui arrivait malheur, je vous en tiendrais pour personnellement responsable. Suis-je assez clair ?

L'autre hésite, puis crache :

– S'il est innocent, il n'a rien à craindre de moi.

– Je l'espère bien.

Je doute un peu de ce que je viens d'entendre. Dans le concret, ça veut dire quoi, une protection rapprochée ? Marceau s'assoit près de moi.

– Je doute que ce soit vous qui ayez prévenu ces rigolos ?

– Bien sûr que non ! Je vous attendais.

– Bien, vous allez me raconter tout ce qui s'est passé depuis l'arrivée de votre ex-femme.

– Volontiers, mais je ne sais pas si vous allez me croire.

Tandis que ses équipiers examinent le corps d'Élisabeth, prennent des photos et font des relevés, j'entreprends de lui narrer toute l'aventure par le détail, et lui retransmets, aussi fidèlement que possible, son récit abracadabrant.

Une heure plus tard, je n'ai pas encore terminé. D'autres hommes se présentent à l'appartement. Ils appartiennent à un service spécialisé, chargé d'emporter les morts. Élisabeth va être conduite à la morgue pour une autopsie. Dans le couloir, des voisins curieux tentent d'apercevoir ce qui se passe chez moi. L'un des hommes de Marceau va leur claquer la porte au nez.

Je contemple d'un œil terne le corps de mon ex. J'ai de la peine à refouler les larmes qui me brûlent les yeux. Je dois pleurer un peu sur elle, un peu sur moi, sur la cruauté de la vie. Élisabeth avait des côtés plutôt pénibles, mais elle ne méritait pas de finir comme ça. Deux types aussi guillerets qu'un cimetière un soir sans lune l'enveloppent dans un grand sac à fermeture Éclair et l'emmènent sur un brancard.

D'une voix morne, je poursuis mon récit. À la fin, je reste un long moment silencieux. Marceau respecte mon mutisme. Je lui propose un whisky, qu'il accepte. L'alcool fort me fait du bien. Enfin, je déclare :

– J'ignore si tout ça est vrai, commissaire. Je vous ai rapporté exactement ce qu'elle m'a dit, même si je ne peux y croire moi-même. Un combat de gladiateurs à notre époque, c'est impensable !

Il hoche la tête.

– Évidemment.

– Pensez-vous que Malaterre et ce Saint-Méhon soient responsables de sa mort ?

Il a une moue sceptique.

– J'en doute. D'ailleurs, il n'est pas certain qu'elle ait été tuée. D'après les premières constatations, il est plus vraisemblable qu'elle soit devenue esclave de la drogue.
– Son expression était bizarre, tout de même…
– On la retrouve chez tous ceux qui meurent d'une overdose, lorsque l'extase fait place à la douleur. Vous m'avez dit vous-même qu'elle avait tendance à fabuler. Il est probable qu'elle s'était violemment accrochée avec son amant. Elle a voulu lui nuire par tous les moyens. Et elle a inventé n'importe quoi.
– Alors, vous ne croyez pas qu'elle a été assassinée.
– Je ne crois rien. Je m'en tiens aux faits. Nous allons tout éplucher minutieusement.
– Mais cette cocaïne, d'où sort-elle ?
– À première vue, elle devait la transporter dans son sac. Elle a fait un coup de déprime, et elle a pris une dose un peu trop forte.
– Tout de même, il y en avait au moins cinq cents grammes. Une simple consommatrice ne se promène pas avec une telle quantité sur elle.
Je secoue la tête.
– Tout ça n'est pas très clair, commissaire. Élisabeth n'a jamais touché à la drogue lorsque nous étions mariés. Pourquoi en prendrait-elle depuis qu'elle vit avec Malaterre ? Qui la lui fournissait ? Vous avez beau dire, je ne suis pas sûr, moi, qu'elle se soit suicidée, ou qu'elle ait été victime d'une overdose. Et puis, qui a envoyé ce prétendu coup de fil anonyme ? Ce Barioz, d'où sort-il ? Vous le soupçonnez d'appartenir à une organisation d'extrême droite. Or, si ce qu'a raconté Élisabeth contient une once de vérité, ce Saint-Méhon n'est sans doute pas trotskiste. De là à imaginer qu'il y a un rapport entre lui et Barioz…
Marceau lève la main pour m'interrompre.
– Calmez-vous, monsieur Dorval. Nos services connaissent ce Saint-Méhon. C'est un théoricien néonazi qui se démarque de l'extrême droite politique, qu'il considère comme tiède et démagogue. Il vaut mieux que vous vous teniez à l'écart de ce genre d'individu.
– Ces gens-là ne font pas vraiment partie de mes amis, vous savez !
J'hésite un instant, puis demande :
– Pensez-vous qu'il puisse y avoir un rapport entre la mort d'Élisabeth et la disparition de Nathalie ?

Il me regarde intensément, puis répond :

– Bien sûr que non ! Pourquoi voulez-vous qu'il y ait un rapport ?

– Nathalie a disparu en Sologne. Et la demeure de Saint-Méhon, d'après Élisabeth, est située en Sologne.

– Pas exactement. Elle est proche de la Touraine, à l'est de Montrichard. Ce n'est plus tout à fait la Sologne.

– Vous devriez malgré tout interroger Malaterre.

– C'est bien mon intention. Mais vous, promettez-moi de rester tranquille, et de ne pas chercher à lui casser la figure.

– Je vous le promets.

Il se lève.

– Je vais partir. Je sais bien que vous étiez divorcé, mais je vous présente mes condoléances pour la mort de votre ex-épouse.

– Merci.

– Essayez de vous changer les idées. Prenez quelques jours de vacances.

– Ne vous inquiétez pas pour moi. Ça va aller. Et... merci pour votre intervention.

Tous quatre quittent les lieux, me laissant un appartement en désordre et un esprit en déroute. Je me rassois, me sers un autre whisky. Marceau n'a pas réussi à me convaincre. Je suis sûr qu'Élisabeth n'est pas morte d'une overdose ; elle a été assassinée. Mais par qui ? et pourquoi ? Serait-il possible que son récit contienne une part de vérité ?

J'aimerais bien savoir ce que Malaterre va dire pour sa défense.

14

Le surlendemain, je rappelle Marceau. Il me répond d'un ton rogue. Il a interrogé Didier Malaterre. Celui-ci n'a apparemment rien compris à ce qui se passait. Élisabeth s'était enfuie de chez lui sans prévenir et ne lui avait donné aucune nouvelle ensuite. Sommé de s'expliquer sur le récit de mon ex, il est entré dans une colère noire, arguant que ses relations avec Élisabeth s'étaient dégradées depuis quelque temps parce qu'il avait constaté qu'elle se droguait, et qu'il ne pouvait tolérer cette pratique. Quant à l'histoire des combats à mort, elle ne pouvait être que le fruit de l'imagination d'une toxicomane, ou encore la manifestation du désir de vengeance de l'époux abandonné, c'est-à-dire moi. Il n'allait pas jusqu'à affirmer que je lui fournissais de la drogue, mais d'après lui, c'était envisageable. En tant qu'employé, j'étais très mal noté. À tel point qu'il avait été obligé de se séparer de moi. D'après lui, j'avais été muté dans une agence pilote de Paris où je devais refaire mes preuves. Mais il serait intéressant de savoir avec quel argent j'avais pu acheter une voiture aussi luxueuse...

J'ai l'impression que je vais exploser.

– Mais tout cela est complètement faux ! Malaterre m'a viré de son équipe parce qu'il redoutait un scandale. C'est lui qui m'a tendu un piège pour provoquer mon divorce. Quant à l'argent, il me vient de mes parents : c'est facile à vérifier !

– Calmez-vous, Dorval ! Pour votre petite fortune personnelle, nous avons déjà pris nos renseignements. Pour le reste, je me fous de vos démêlés sentimentaux.

– Alors, qu'allez-vous faire ?

– Sans doute classer l'affaire.

– Quoi ?

– Les conclusions du médecin légiste confirment que votre ex-femme était bien toxicomane, et qu'elle est morte d'une overdose. Si je n'avais pas effectué moi-même une perquisition à votre domicile quelques jours avant le drame, je vous soupçonnerais, moi aussi. Mais ce n'est pas le cas. Il semble donc que votre épouse ait tout inventé pour je ne sais quelle raison.

– Élisabeth ne s'est jamais droguée avant…

– Le rapport est formel : elle était cocaïnomane au dernier degré.

– Ce n'est pas possible…

– Le mieux est d'oublier tout ça. Je ferai en sorte que vous ne soyez pas inquiété.

Je raccroche, abasourdi. Le décès brutal d'Élisabeth m'a touché plus profondément que je ne l'aurais cru. J'ai beau avoir accumulé des années de rancœur contre elle, contre son despotisme et sa rouerie, comment lui en tenir rigueur à présent ? Au contraire, seuls les bons souvenirs du début me restent. Des vagues de regrets me submergent.

Comme personne ne semble s'en préoccuper, j'ai décidé de prendre ses obsèques en charge. Étant donné les rapports ambigus qu'elle entretenait avec sa famille, celle-ci s'est fait tirer l'oreille. Ses parents ont profité de l'occasion pour me rappeler aigrement mon inconduite, m'accusant presque d'être à l'origine de sa mort. Ils se sont lamentés sur la perte douloureuse qu'ils éprouvaient, mais, en revanche, ils ont discutaillé comme des maquignons lorsque je leur ai parlé de l'enterrement et des frais à engager. Ils ne pouvaient pas s'en occuper, ils étaient trop loin, cela coûtait très cher en région parisienne… Dégoûté, j'ai fini par leur raccrocher au nez.

Je passe les détails sur la préparation de cette cérémonie sordide. Bien que nous soyons divorcés, et qu'en théorie je n'aie plus aucun devoir vis-à-vis d'elle, je me retrouve seul pour régler l'addition.

La veille des funérailles, l'agence reçoit la visite de Malaterre, qui vire Trumeaux de son bureau pour me recevoir en privé. Les collègues sont au courant de notre rivalité et du décès de mon ex-épouse. Ils sont impressionnés qu'un grand directeur se déplace ainsi, pour réconforter un ancien rival. On le reçoit avec déférence, ce crétin de Trumeaux multiplie les courbettes et les obséquiosités.

Je suis seul dans le bureau avec Malaterre. Il ne m'a pas proposé de m'asseoir. Il m'examine de son œil glacé, sans la moindre compassion. Il a dix ans de plus que moi, l'allure sportive, le cheveu blond et rare, presque blanc, et des vêtements issus de l'imagination d'un grand couturier. Les mains derrière le dos, il rumine ce qu'il va me dire. Ce type, comme tous les cadres supérieurs de l'UBPIC, m'en imposait autrefois. Mais il s'est produit une cassure. Je n'ai en face de moi qu'un homme ordinaire dont seuls le salaire et la fonction le différencient de moi. Je ne m'estime plus son inférieur. Son silence d'introduction n'est destiné qu'à me déstabiliser. Je reste de marbre. Agacé, il se décide à parler.

– Je ne suis pas satisfait de vous, Dorval !

– Pardon ?

– Ne m'interrompez pas ! hurle-t-il, en homme habitué à être obéi au doigt et à l'œil.

– Je vous interromprai si je veux, Malaterre. N'oubliez pas que demain, j'enterre celle qui fut mon épouse pendant plus de douze ans, et que vous m'avez enlevée.

– Comment m'avez-vous appelé ?

– Je vous ai appelé Malaterre comme vous m'avez appelé Dorval. Ce n'est pas au directeur que je m'adresse, mais à l'individu. Si vous voulez être respecté, commencez d'abord par respecter les autres, même si ce sont vos inférieurs sur le plan hiérarchique. Sorti du cadre professionnel, tout le monde se retrouve sur un pied d'égalité. Et je ne considère pas que cette conversation concerne le plan professionnel.

Sa figure s'empourpre de rage. J'ai l'impression qu'il va exploser. Visiblement, jamais personne n'a osé lui parler sur ce ton. Ce crétin est tellement imbu de lui-même qu'il risque d'avoir une attaque parce que je lui résiste. Mais ce n'est pas le moment de me monter sur les pieds. Et s'il veut en venir aux mains, je ne demande pas mieux. Je serai peut-être viré, mais cela fait longtemps que l'envie me démange de lui démolir le portrait. Sa bouche se déforme sous l'effet de la haine.

– Je vais vous casser, Dorval, vous entendez ? Tout d'abord, vous ne faites plus partie du personnel de cette agence !

J'ai bien fait de reprendre la savate. Ce sport exige une grande maîtrise de soi. Je parviens à conserver mon calme.

– Et pour quel motif ? N'oubliez pas que je ne suis plus sous vos ordres. Si l'on apprend que vous m'avez fait licencier pour un motif strictement personnel, ça risque de ne pas plaire aux syndicats.

– Je me fous des syndicats ! hurle-t-il.

– Ça non plus, ça ne leur plaira pas.

Il se passe un phénomène curieux, que je ne parviens pas à m'expliquer. Non seulement ce gugusse ne m'impressionne plus, mais j'ai la sensation qu'il hurle parce qu'il a peur de moi. Je doute que cela soit seulement à cause des syndicats. Je reprends doucement :

– Je reste, monsieur Malaterre. Il vous faudra trouver une faute professionnelle pour me virer. Sinon, je fais en sorte de vous déclencher une grève gratinée avec intervention de la presse. Je vois d'ici les gros titres : la maîtresse du directeur d'un grande banque parisienne meurt d'une overdose de cocaïne ! Par vengeance, le directeur licencie son ex-rival ! Un régal pour les amateurs de scandales.

– Silence !

– Vous tenez vraiment à une telle publicité ?

Il ne répond pas et se met à marcher de long en large. Enfin, il éructe :

– Un commissaire des Renseignements généraux est venu me voir. Il m'a raconté une histoire ahurissante de… je ne sais plus quoi, d'orgies, de combats de gladiateurs dans un château de Sologne. Qu'est-ce que ça veut dire ?

– Je n'ai fait que lui transmettre ce que m'avait dit Élisabeth.

– Il y a une autre explication : vous avez vous-même inventé toute cette histoire pour vous venger de moi !

Je hausse les épaules.

– Réfléchissez un peu ! Ça ne tient pas debout. Si j'avais voulu me venger, je m'y serais pris autrement qu'en racontant une fable invraisemblable. Et puis, comment aurais-je pu inventer le nom de Saint-Méhon. J'ignorais l'existence de ce monsieur. Quant à établir une relation entre vous et lui…

Désarçonné par mes paroles, Malaterre se calme quelque peu.

– Alors, c'est elle qui a inventé tout ça ? Mais pourquoi ?

– Je l'ignore. Mais cette histoire de cocaïne m'étonne quand même. Jamais elle n'avait touché à la drogue avant d'être avec vous.

– Vous m'accusez de lui en avoir fourni ?

– La police mènera son enquête. Si vous n'avez rien à vous reprochez, vous n'avez aucune raison de vous inquiéter.

– Mais j'en ai, au contraire. Je comptais l'épouser, savez-vous ? Tout allait pour le mieux. Et puis, sans raison, tout s'est dégradé il y a quelques semaines. Son comportement est devenu bizarre. Elle avait commencé à se droguer.

– Et ça lui a pris comme ça, d'un seul coup ?

– Exactement.

– Il est possible qu'elle vous ait trompé avec un type qui lui fournissait de la drogue.

Il accuse le coup, reste un moment silencieux, puis déclare :

– Bien ! Vous allez oublier cet entretien. Je vous soupçonnais d'avoir profité de l'occasion pour susciter un scandale, dans le but de vous venger de moi. J'étais venu m'en expliquer avec vous.

– Je n'ai aucun désir de vengeance. J'ai simplement entendu une histoire à laquelle il m'est difficile d'ajouter foi, transmise par une personne que je connaissais pour être une fieffée fabulatrice. Seulement, cette fabulatrice a partagé ma vie pendant douze ans, et elle est morte dans des circonstances qui restent mystérieuses, malgré ce qu'en dit la police. Je ne lui ai jamais fourni de drogue, et si je vous crois, vous non plus. Seulement, il fallait bien que cette coke vienne de quelque part. Alors, qui lui en fournissait ?

– Ce n'est pas à nous de le dire, monsieur Dorval. La police fera son travail. Elle est payée pour ça.

– Bien entendu, vous ne viendrez pas à son enterrement ?

Il hésite, visiblement mal à l'aise.

– Je... non, je n'y serai pas. J'ai de lourdes responsabilités...

– Et vous comptiez l'épouser ? Drôle de manière de lui prouver que vous l'aimiez !

– Je ne vous autorise pas à me juger ! s'insurge-t-il.

– Je ne vous juge pas. Je constate simplement que cette pauvre Élisabeth n'a pas eu beaucoup de chance. Sa famille elle-même refuse de prendre les frais de l'enterrement à sa charge. Si je ne m'en étais pas occupé, elle aurait fini à la fosse commune. Vous n'avez pas à être fier de vous, monsieur Malaterre.

Il va pour me répondre vertement, mais se retient au dernier moment. Il meurt d'envie de me détruire, et cela se voit comme le nez au milieu de la figure.

Le reste de la journée, Trumeaux me fiche une paix royale. Il ignore ce qui s'est dit. Il a bien entendu des éclats de voix, mais Malaterre ne m'a pas viré, comme il s'en était sans doute vanté avant l'entrevue. Tout ne s'est donc pas déroulé comme prévu, et Trumeaux préfère respecter une prudente neutralité.

Cependant, il m'est difficile de me concentrer. Je ne cesse de repenser à cet entretien. Malaterre semblait vraiment mal à l'aise. Peut-être a-t-il eu peur que j'aie imaginé cette histoire par vengeance, mais il y a d'autres explications.

Première hypothèse : Marceau a raison, le récit d'Élisabeth est une pure invention, et Malaterre n'a rien à se reprocher, au moins à ce sujet. Il me faut alors admettre que, pour une raison inconnue, Élisabeth avait pris goût à la drogue. Malaterre ne l'a pas accepté et lui a fait des scènes pour qu'elle arrête. Mais elle était trop dépendante et a fini par craquer et s'enfuir. Malaterre n'a pas digéré d'être plaqué. Il a appris, d'une manière ou d'une autre, qu'elle s'était réfugiée chez moi, et il a voulu se venger en chargeant un flic pourri, Barioz, de me faire accuser de lui fournir la drogue. Malheureusement, personne n'avait prévu qu'elle mourrait d'une overdose. Dans ce cas, il est compréhensible que Malaterre ait peur du scandale. Sa liaison avec elle commençait à être connue dans son monde, et il a vraiment craint que je profite de l'occasion pour me venger. Ce qui expliquerait son agressivité et son inquiétude pendant l'entretien. Si cette supposition est la bonne, il n'y a effectivement pas eu meurtre. Il est plausible qu'Élisabeth elle-même ait caché la cocaïne afin d'éviter mes remontrances. Cette hypothèse laisse toutefois plusieurs questions sans réponse : qui fournissait la drogue à Élisabeth et en telle quantité ? Comment et pourquoi a-t-elle commencé à en consommer ?

Seconde hypothèse : si l'histoire d'Élisabeth n'est pas totalement inventée, il est possible que Malaterre ait envoyé Barioz pour la liquider. Le flic a ensuite lui-même planqué la coke pour me faire porter le chapeau. Entre ses griffes, il m'aurait été difficile de prouver mon innocence. Malheureusement, il n'avait pas prévu l'intervention surprise de Marceau. En vérité, si je n'avais pas eu l'idée de rechercher Nathalie, je ne l'aurais pas rencontré, il ne serait pas intervenu, et j'aurais été piégé.

La première supposition me semble plus crédible, surtout lorsque l'on connaît l'esprit tordu d'Élisabeth. Pourtant, je ne peux accepter complètement la conclusion de Marceau. Trop de points restent dans l'ombre.

De toute manière, quelle que soit la vérité, Marceau a inquiété Barioz en lui promettant une enquête de l'IGS. Il est donc probable qu'on me laissera désormais tranquille.

Il pleut. Le petit cimetière parisien où l'on emporte le cercueil d'Élisabeth est noyée sous des trombes d'eau qui ont dissuadé nombre de relations de venir lui rendre un dernier hommage. Malaterre a fait envoyer une gerbe de fleurs. Quelle générosité ! Seule une petite partie de la famille d'Élisabeth a fait le voyage de Vendée. Il y a là ses parents, sa sœur et son ferrailleur de mari, son frère et deux ou trois oncles et tantes. Tous ces braves gens s'écartent ostensiblement de moi. Sans doute redoutent-ils que je leur présente la note.

Quinze jours se sont écoulés depuis les obsèques. Le travail a repris à l'UBPIC, toujours aussi morne. Trumeaux semble s'être résigné à accepter ma présence, mais je me méfie de lui comme de la peste. Je sais qu'il continue à traquer la moindre de mes erreurs. Monsieur Fabre n'a toujours pas reçu la grosse commande qu'il espère. Mais il garde confiance et optimisme. Je l'ai invité au restaurant, avec sa femme, et nous avons bavardé bois, meubles et marqueterie. Je les aime beaucoup. Malgré leurs difficultés, ils sont toujours pleins de prévenance l'un envers l'autre. Cela doit être merveilleux de vivre une histoire d'amour comme la leur. Cependant, je ne peux leur cacher que leur entreprise connaît de très graves difficultés. Monsieur Fabre m'informe que ma direction lui a demandé de prendre une caution sur sa maison. La mort dans l'âme, je me résous à lui parler :

– Écoutez, il serait plus prudent de déposer le bilan pendant que vous le pouvez encore. La banque vous assassine lentement en vous imposant des taux qui frôlent l'usure. Les facilités qu'elle vous accorde sont autant de pièges qui étouffent votre société, et même si vos commandes arrivent, elles ne feront que reculer l'échéance.

– Je ne peux pas abandonner mes ouvriers. Peut-être pourriez-vous intervenir auprès de vos supérieurs pour qu'ils baissent les agios.

– Je l'ai déjà fait, monsieur Fabre. Mais je n'ai aucun poids dans cette banque, et ce ne sont pas des philanthropes. Surtout, n'acceptez pas cette caution, vous risquez de tout perdre.

– Je suis sûr que tout va s'arranger, monsieur Dorval. Il faut avoir confiance en l'avenir. Lorsqu'on travaille, on est toujours récompensé.

Une vraie tête de mule, monsieur Fabre. Mais il vit dans un monde qui n'a aucun rapport avec celui des requins de la finance.

Je n'ai guère le moral lorsque je rentre chez moi ce soir-là. Je m'ennuie de Laurence. Je n'ai aucune nouvelle d'elle. Elle a probablement beaucoup de travail avec son tournage indonésien. Ce n'est pas un pays de tout repos. La télé parle de rebelles, de massacres dans les îles du Sud. Mais le film se déroule dans les environs de Djakarta. Je pense, enfin, j'espère qu'elle est à l'abri.

Je ne pense plus trop à Nathalie. D'ailleurs, on ne parle quasiment plus de la morte de Marolles.

Une semaine avant Noël, je reçois une lettre d'Agnès. Depuis les vacances, je ne lui ai guère donné de nouvelles. Je l'ai simplement informée de la mort d'Élisabeth. Elle m'annonce qu'elle a viré son anthropoïde et me propose de venir passer la semaine de Noël chez elle.

Je m'empresse d'accepter.

15

– Je commençais à m'inquiéter ! Avec toute cette neige…

Agnès me saute au cou. Un peu méfiant tout de même, je scrute les alentours, redoutant d'y apercevoir le gorille entrevu l'été dernier. Mais non ! Calme plat. Pas de bête fauve à l'horizon.

– Tu as fait bonne route ?

– Super ! J'ai failli trois fois me balancer dans le ravin à cause de la neige patinante.

– Viens, je vais te faire un café.

Sitôt installé dans les lieux, j'ai droit aux attentions d'une cohorte de chatons de toutes tailles et de différentes couleurs qui viennent me renifler afin de vérifier si je suis fréquentable. Deux d'entre eux prennent place d'autorité sur mes genoux et me contemplent avec des yeux enamourés en poussant des ronronnements de cafetière électrique. Un troisième joue avec mes lacets de chaussure. Il n'y a pas à dirc, jc suis adopté.

Agnès revient avec le café. Je me sens bien avec elle. Nous ne nous sommes pas revus depuis l'été, mais tout se passe comme si nous nous étions quittés la veille. J'ai beaucoup de choses à lui raconter : mon entrevue orageuse avec le père Camus, le repas pantagruélique avec Lucette, mon échec devant le magasin vide. Je lui parle aussi de la mort d'Élisabeth, dc l'intcrvcntion de Marceau, des soupçons que je continue de nourrir envers Malaterre.

J'évoque ma rencontre – version très édulcorée – avec Laurence, et l'aide qu'elle m'a apportée pour retrouver Max Herrmann. Je lui montre quelques-unes des photos réalisées à Ramatuelle.

– C'est très joli, dit-elle. Il t'a laissé photographier ses modèles comme ça ?

– Il a même l'air d'apprécier mon travail. Il m'a conseillé d'abandonner la banque pour me lancer dans la photo professionnelle. Mais ça me fait un peu peur.

Je lui raconte ensuite ma rencontre avec Christophe Leclerc, et les informations qu'il m'a confiées sur Nathalie. Cela dure des heures, entrecoupées par les repas félins, tâche pour laquelle je lui donne un coup de main. J'aime bien sa chaleur, son parfum. Il y a chez elle un souvenir d'herbe sèche, l'odeur de la nature profonde, un truc qui fouette le sang. Le mien en particulier.

Pourtant, je n'ose pas aller plus loin. J'ai envie de la prendre dans mes bras, de l'embrasser. Nous avons des années de retard à rattraper, tous les deux. Ce n'est pas pour rien qu'elle a viré son gorille. Alors, pourquoi cette gêne stupide ? Agnès me semble soudain plus fragile, plus réservée. Sa voix s'est faite plus douce, moins assurée. Bon sang, il faut que j'agisse ! Nous n'allons pas rester là, comme deux pommes. À notre âge, quand même !

Mais nous ne sommes plus des adultes, à présent. Nous avons dix ans. Je ne serais pas étonné de la voir en jupe plissée, avec des couettes. Il y a de la magie dans l'air. Au dehors, la neige continue à tomber. Lorsqu'elle s'arrêtera, nous sortirons pour fabriquer un bonhomme de neige. En faisant bien attention de ne pas abîmer nos vêtements. Sinon, gare à nos fesses avec les parents furibards. Agnès a des yeux verts. Des yeux qui louchent pour me regarder de près. Des yeux dans lesquels j'ai envie de plonger. Dans lesquels je vais plonger. Je pose ma main sur son épaule, nos bouches se rapprochent.

Drrring !

Non, ce n'est pas le téléphone. C'est la sonnette d'entrée.

Crac ! Tout s'écroule. Envolée la magie. Agnès se lève en poussant un soupir à faire démarrer un char à voile. Quelques minutes plus tard, nous sommes envahis par une nuée de gamins enrhumés escortés par des parents rigolards, visiblement heureux de troubler notre tête-à-tête. J'ai des envies de meurtre, tout à coup. Ce qui ne m'empêche pas d'adresser des risettes hypocrites aux moutards turbulents qui viennent me baver consciencieusement sur les joues à la demande perfide de leurs parents.

– Nicolas ! Nicolas, tu me reconnais ?

Parce que je devrais la reconnaître ?

– Ah, m'entends-je répondre d'une voix mielleuse (crétin !). Mais si, mais si… attends voir.

Punaise, comment s'appelaient-elles, les sœurs d'Agnès ?

– Rosine, glousse l'intéressée. Tu venais chez nous pour le catéchisme. Ma mère nous préparait des crèmes au chocolat. Et toi, tu amenais les gâteaux.

– Ah oui…

Pauvre mec !

Et de me présenter son mari, éminent préposé de La Poste. C'est un gros balourd à moustache qui a l'air de prendre son pied en regardant sa horde sauvage s'attaquer aux intérieurs des copains. La horde en question a déjà commencé sa chasse aux matous qui se sont éclipsés dès les premiers symptômes. Agnès aurait dû élever des dobermans. Un petit garçon entreprend de se glisser sous le canapé pour en extraire un chaton récalcitrant.

– Mimi ! Mimi, viens ici !

Comment que je te botterais le cul à ça, moi ! Ce qui ne m'empêche pas de susurrer niaisement :

– Ils sont mignons ! Ce sont tes enfants ?

Mais non, ce sont ceux de la voisine, eh, banane !

– Eh oui, répond-elle de même. Voilà Jérôme, Gaétan, Suzanne, et là, par terre, c'est Jérémie.

Jérémie, qui vient de se faire griffer par sa proie et se met à bramer. C'est fou ce que les chats me sont sympathiques, tout de même. Rosine le console à coups de « petit lapin à sa moman », de « pauvre trésor en sucre » qui va aller tordre le cou au vilain minou. Agnès, stoïque, ne bronche pas. « Eh oui, c'est ma famille ! » disent ses yeux.

– Alors, la frangine, ça boume ? exulte le convoyeur de missives en lui claquant les fesses.

Il m'est avis qu'il ne fait pas dans la dentelle, celui-là. Si un jour il y a quelque chose entre Agnès et moi, il faudra qu'il révise ses manières délicates sous peine de faire la fortune de son dentiste.

– Tu comprends, explique Rosine à sa sœur, comme on n'était pas là pour Noël, puisqu'on était chez les parents de Roger, on a profité qu'on passait par chez toi pour venir te faire la bise.

– C'est très gentil !

Hypocrite, va !

– Et puis, j'avais aussi un service à te demander.

Allons bon ! J'ai comme l'impression que nous ne sommes pas prêts de reprendre notre petit tête-à-tête de tout à l'heure.

Gagné !

– Est-ce que tu pourrais me garder Jérôme et Gaétan jusqu'à la fin des vacances ? Maman me prend Jérémie et Suzanne. Parce que Roger et moi, on a été invités par un ami de ses parents, hier. Il a une maison dans les Alpes. On va faire du ski. Mais avec les enfants…

Il y a des moments où l'on ne regrette pas d'être fils unique, finalement.

– C'est que… je n'avais pas prévu…

– Oh, si ça t'embête, tant pis. C'est vrai qu'on s'y prend un peu tard. Mais on ne savait pas. Justement, Roger avait quelques jours à récupérer. Ça aurait été bien. Mais si tu ne veux pas, on se passera de vacances.

Sous-entendu : « Et ce sera de ta faute ! » Agnès tente vainement de se défendre :

– Ce n'est pas ça, mais avec les chats…

– Oh, ils t'aideront. Hein, les enfants, que vous allez aider tante Agnès ?

Bien sûr qu'ils vont l'aider. Ils s'en réjouissent déjà, les apprentis casse-bonbons. La chasse aux minets est ouverte. Agnès me regarde, effondrée. Puis elle murmure :

– Bon, c'est d'accord !

– Je savais que tu accepterais ! Tu es un amour, ma biche ! J'ai amené leur valise. Tu n'as pas de souci à te faire ! Par contre, tu serais gentille de me laver leurs affaires avant de me les rendre, parce qu'au retour, je ne vais pas avoir beaucoup de temps avant la reprise.

– Bien ! Et vous… vous comptez rester manger ici, ce soir ?

– Oh, on ne veut pas te déranger. Sauf si tu insistes, bien sûr…

Non, elle n'insiste pas. Mais ça ne fait rien, ils vont rester quand même. Parce que qu'ils ont le sens de la famille, les Brochon. C'est le nom du commando.

Et voilà ! Le beauf entreprend de vider scrupuleusement la réserve d'apéritifs d'Agnès en me narrant ses aventures. Je récupère vite fait deux bambins intrépides sur les genoux. Morveux et inquisiteurs, chiants comme ce n'est pas permis, ils entreprennent une fouille systématique de mes poches à la recherche d'hypothétiques friandises, sous l'œil sadique de leur géniteur.

Cela dure ainsi toute la soirée. Pendant que les deux frangines préparent le dîner, et tandis que je cultive avec délices mes rêves assassins, le préposé me raconte par le menu ce qu'il ferait « à leur place ». C'est dantesque. Et ça vote, ces machins-là !

– T'es pas d'accord ?

Sous entendu : si je réponds par la négative, je suis le roi des cons ! N'ayant aucune envie de gaspiller de l'énergie et de la salive en un débat stérile, je réponds par de vagues grognements qui peuvent passer pour des approbations. Si cet imbécile heureux pouvait prendre sa marmaille et aller se noyer dans le premier étang glacé venu, il rendrait un fier service à l'humanité en général, et à moi en particulier. Mais cette idée, géniale au demeurant, ne lui effleure pas l'esprit, et il continue de pérorer. Pendant tout le repas. Et la suite. Parce qu'en plus, ils ont tendance à s'éterniser, les Brochon. C'est la faute au cognac d'Agnès, qui se défend comme un chef, et que le capitaine de commando envisage d'achever avant de reprendre la route. Quand le raz-de-marée se retire, il est plus de deux heures du matin. J'aide Agnès à débarrasser la table, faire la vaisselle et le reste. Elle est crevée, la pauvre chérie. Elle a les yeux qui se ferment tout seuls lorsqu'elle me dit :

– Je suis désolée, Nicolas. Si j'avais pu prévoir…

– Ce n'est rien, va ! La famille de ta sœur est très sympathique !

Elle sourit.

– Menteur !

– Non, diplomate !

Alors, je la prends dans mes bras. Je la serre. Elle est chaude, elle est douce. Je caresse ses cheveux, nos bouches se joignent.

Enfin !

Jusqu'à ce qu'une petite voix ensommeillée clame dans notre dos :

– Tata ! Pipi !

Le premier soir, la magie étant brisée par la grâce des deux petits monstres, nous allons nous coucher chacun de notre côté. Mais le calvaire ne fait que commencer, car les chérubins ont la fâcheuse habitude de se lever de bonne heure. Le lendemain, ils me réveillent en me sautant sur le ventre. Il est à peine sept heures du matin.

Malgré tout, à la fin du deuxième jour, après une longue balade en forêt dans la neige, nous parvenons à les épuiser. Lorsque enfin ils s'écroulent comme deux masses, nous bénéficions d'un calme plus propice à un tête-à-tête amoureux. Celui-ci, après un délicieux repas aux chandelles, se termine dans la chambre d'Agnès.

Pourtant, une fois le désir apaisé, je ressens une impression étrange. Nous restons un long moment silencieux. Sa tête est posée sur mon épaule. Je respire son parfum, et, derrière, cette odeur féminine plus subtile qui était déjà la sienne il y a vingt-cinq ans. Ses yeux verts, ses taches de rousseur n'ont pas changé. Je reconnais la petite fille au-delà de la femme. Mais le temps a fait inexorablement son œuvre.

– Je ne suis pas sûre que c'était une très bonne idée, dit-elle enfin.

Elle se redresse sur un coude, scrute ma réaction avec anxiété. Je lui souris.

– Si nous ne l'avions pas fait, il serait toujours resté un doute, Agnès.

Je lui caresse la joue.

– Tu n'es pas amoureuse de moi.

– Il ne faut pas m'en vouloir ! Je l'ai sincèrement cru. Enfin, j'avais très envie de te retrouver. Nous avions fait de si beaux rêves tous les deux.

– C'étaient des rêves d'enfants. Mais nous ne sommes plus des enfants.

– Je ne voudrais pas que tu sois malheureux à cause de moi.

– Rassure-toi ! Je crois que nous avons fait tous deux la même erreur. Mais au moins, cela nous permet d'y voir clair.

Je la serre très fort contre moi.

– Et cela aura un avantage : nous savons que nous pouvons être amis sans ambiguïté. Nous n'aurons plus envie de faire l'amour ensemble, puisque c'est déjà fait.

Elle se blottit contre moi.

– Nous sommes tout de même bizarrement fabriqués, dit-elle. Depuis ta visite l'été dernier, je n'ai rêvé que de te revoir. Tous nos souvenirs me sont revenus, les copains, la vieille maison, le grenier, la mansarde et le lit, les orages, nos fous rires quand on se déguisait.

J'ai même viré Yves qui commençait à en prendre trop à son aise. J'espérais ta venue, j'imaginais que nous allions pouvoir enfin vivre ce dont nous avions rêvé autrefois. Et puis... je ne sais pas comment dire ça... enfin, si j'avais eu un frère, j'aurais aimé qu'il te ressemble.

– Nous n'avons pas eu tout à fait des rapports de frère et sœur, Agnès. Mais nous pouvons les avoir à partir d'aujourd'hui.

Nous nous serrons de nouveau l'un contre l'autre. Il fait chaud sous la couette, et j'aime toujours son odeur. Mais le malaise s'est effacé. Je n'ai pas trouvé de nouvelle compagne, mais j'ai gagnée une amie. Et c'est peut-être aussi important. Nos sens se sont calmés, et il ne reste que la douceur et la tendresse. Et, après les épreuves que je viens de traverser, cette sensation de plénitude est comme un baume apaisant sur une brûlure à vif.

Quelques jours plus tard, je reprends la route de Paris.

– Tu viendras me voir ? lui demandé-je.

– Bien sûr ! Dès que la chatterie m'en laissera le loisir. Peut-être à l'occasion de l'exposition féline qui doit se tenir bientôt dans la capitale. Je t'appellerai.

– D'accord !

Je démarre. Bientôt, je distingue, dans le rétroviseur, la petite silhouette d'Agnès, flanquée des deux catastrophes à pattes qui lui servent de neveux, chacune avec un chaton dans les bras. Tous trois m'adressent des signes. Je suis un peu triste de partir. J'étais bien chez elle. Devant moi, la route est couverte de neige fondue et de plaques de verglas. Des congères recouvrent les bas-côtés. Un ciel lourd et noir écrase le paysage de la plaine blanche, sur laquelle l'hiver a griffonné quelques squelettes d'arbres noirs.

Le retour vers la capitale est à l'image de cette grisaille angoissante. Une intuition inexplicable me souffle que mon obstination va me mener droit vers des embêtements monstrueux, et que tout ne fait que commencer.

16

Pour la première fois, monsieur Fabre n'a pas le sourire. Il est venu me voir avec sa femme peu après mon retour de Gray. Il n'a pas écouté les conseils que je lui ai donnés lors de notre précédente rencontre. Gardant confiance dans l'avenir, il a laissé l'UBPIC prendre une caution sur sa maison. Mais tout ne s'est pas déroulé comme il le pensait. Ses deux plus gros clients, qui, depuis des années, lui assuraient du travail pour plusieurs mois, sont passés à la concurrence. Il est désemparé, car il a appris en outre qu'ils ont accepté des pots-de-vin. Il a le sentiment d'avoir été trahi et ne comprend pas.

– Je les considérais comme des amis, se lamente-t-il. Ils savaient que j'avais besoin de ces commandes. Mais ils se sont laissé acheter. De nos jours, on ne peut plus se fier à personne. Votre banque m'a mis en demeure de rembourser mon encours sous huit jours. C'est trop peu. J'attends d'autres commandes, des règlements importants. Mais les clients payent avec des mois de retard. Si vous pouviez m'accorder un délai, je suis sûr que je m'en sortirai.

– J'ai confiance en vous, monsieur Fabre. Cependant, je ne peux pas prendre la décision tout seul. Je vais rencontrer ma direction pour vous négocier un arrangement.

Je n'ajoute pas que je vais aussi tenter une nouvelle fois de lui obtenir une réduction des agios. Ils sont inférieurs de quatre dix millièmes au taux de l'usure. Si l'on y ajoute les frais et commissions qui ne manquent pas de tomber chaque fois que se présente une échéance ou un chèque, ce taux cynique, qui frise l'escroquerie tout en restant dans les limites de la loi, est largement dépassé. Mais l'UBPIC n'en a cure. Elle étouffe lentement ses clients en toute impunité. Elle n'est malheureusement pas la seule. Ce mercantilisme honteux m'écœure. J'espère aider monsieur Fabre à s'en sortir, malheureusement, je doute d'y parvenir. Parce son père y avait déjà ses comptes, il n'a jamais eu l'idée de mettre l'UBPIC en concurrence. Mais il a confiance en moi.

– Je suis sûr qu'ils vous écouteront, monsieur Dorval. Il me faut six mois pour redresser la barre. Vous savez combien je travaille. J'ai toujours beaucoup travaillé. J'y arriverai !

– Je vous promets de faire tout mon possible. Nous sommes vendredi. J'irai voir ma direction dès lundi.

Ce soir-là, Nathalie revient me hanter. A-t-elle été assassinée, comme Élisabeth ? L'attitude de Marceau m'intrigue. Pour quelles raisons un commissaire divisionnaire des R.G. s'intéresse-t-il de si près à la disparition d'une vedette ? Pourquoi m'a-t-il vivement conseillé d'abandonner mes recherches ? Et pourquoi est-il intervenu si rapidement lors de la mort d'Élisabeth ? Je doute que ce soit seulement pour démasquer Barioz. Pour une mort par overdose et un flic ripoux, il aurait pu envoyer l'un de ses collègues. Mais il s'est déplacé lui-même, lui qui s'occupe aussi de la disparition de Nathalie. Je fais lentement tourner mon verre de Bushmills, l'esprit en ébullition. Mon intuition me souffle qu'il existe un lien entre tous ces événements. Mais lequel ?

Agnès m'a rappelé que j'étais têtu étant môme. En vérité, j'étais surtout teigneux. N'ayant jamais pu supporter l'injustice et la lâcheté, je fonçais dans le tas à la moindre provocation. À plusieurs reprises, cela me valut quelques raclées sévères, car je n'hésitais pas à bondir à la gorge d'abrutis plus âgés que moi. Ma mère pansait mes plaies avec fatalisme, et mon père me félicitait, tout comme Agnès, qui admirait mon courage. Cette admiration valait bien quelques bosses. Plus tard, les raclées se firent moins fréquentes, en raison de la boxe française. En vérité, ce sport canalisa mon agressivité naturelle. Mais il n'a calmé ni ma haine de l'injustice, ni mon inconscience. J'ai dû oublier de vieillir. Face à l'interdiction à peine voilée de Marceau, et aux risques que cette quête semble receler, n'importe quelle personne sensée abandonnerait. Moi non. J'ai horreur qu'on me dise ce que je dois faire.

Il me reste une piste à explorer. Francis Frasnel doit être revenu des États-Unis. Je recherche le numéro. Une voix d'homme me répond. L'accueil n'est guère chaleureux.

– Ouais ? C'est pour quoi ?

– J'appelle de la part de Christophe Leclerc. J'aurais souhaité parler à Francis Frasnel.

– C'est moi ! Qui êtes-vous ?

– Mon nom ne vous dira rien. Je m'appelle Nicolas Dorval, et j'aimerais vous parler de Nathalie Vallières.

– Vous êtes journaliste ?

– Non, ce n'est pas ça ! Je... je voudrais essayer de la retrouver.

– Pourquoi ?

– J'étais en classe avec elle. Je contacte toutes les personnes l'ayant connue pour m'aider à la rechercher.

Silence au téléphone. Je l'entends respirer. Ce type a le souffle d'un taureau qui se prépare à charger. Au bout d'un petit moment, je me risque.

– Monsieur Frasnel ?

– C'est complètement con, votre truc. Vous êtes libre demain ?

– Sans problème, c'est samedi.

– Alors, venez me rejoindre aux studios de Marne-la-Vallée, vers treize heures. On déjeunera ensemble.

– C'est vous, Dorval ?

Réception plutôt fraîche. Frasnel me toise de bas en haut, d'un œil méfiant. Il est encore plus impressionnant de près que de loin. Sa ressemblance avec un taureau n'en est que plus frappante. Avec sa tignasse frisée et abondante, ses yeux rapprochés et sa mâchoire carrée, on sent qu'il doit défoncer tout ce qui lui résiste. Il m'entraîne vers un restaurant proche, dont le patron est un de ses copains. Nous prenons place. D'emblée, il me tutoie.

– Tiens, tu vas me goûter les tripes du chef. Raoul, deux tripes.

– Excusez-moi. Je n'aime pas les tripes.

Il me regarde avec des yeux furieux.

– Tu es du genre chiant, toi ! Qu'est-ce que tu veux ?

– Je ne sais pas ce qu'il y a au menu.

– Raoul ! Apporte la carte au monsieur. Il n'aime pas les tripes.

Le bistroquet obséquieux en rajoute.

– Vous ne voulez vraiment pas essayer, monsieur ?

Je l'imagine coiffé avec son plat de boyaux cuits, l'animal, et ma colère soudaine s'évapore.

– Donnez-moi une bavette aux échalotes. Saignante.

– Avec un gigondas frais, Raoul.

– Ça marche.

Frasnel m'examine sans mot dire, toujours méfiant. Enfin il se décide à parler.

– Alors, à part me dire que tu as pissé dans les mêmes culottes que Nathalie, qu'est-ce que tu me racontes ?

– Je l'ai connue jusqu'à l'âge de dix ans. On se voyait au catéchisme. C'est tout.

Il éclate de son rire tonitruant.

– Nathalie chez les curés ! On aura tout vu !

Il reste un long moment silencieux sans cesser de me dévisager.

– Tu es un drôle de mec, toi. Qu'est-ce que tu fais dans la vie ?

– Je travaille dans une banque.

Le repas commence. En fait, c'est surtout moi qui parle. Il ne me dévoile rien. Cet individu est étrange. Je le devine très cultivé, mais il adore afficher une certaine vulgarité et brusquer les autres afin d'affirmer sa supériorité. Son physique herculéen, sa gueule large et son regard perçant me mettent mal à l'aise. Cette rencontre est décevante. Je sens que je n'obtiendrai rien de lui. De fait, je n'apprends pas grand-chose sur Nathalie, sinon qu'il a couché avec elle, ce que je savais déjà. J'ai droit à une foule de détails croustillants sur leurs ébats amoureux, qu'il étale complaisamment, sans la moindre pudeur, dans le but avoué de me provoquer.

– Elle m'en a fait baver, la garce. Dire que j'ai failli l'épouser. Mais elle m'a plaqué pour ce connard de Duplessis.

– Vous ignorez ce qu'elle a pu devenir ?

– Non ! Nathalie, c'était une folle. Elle est allée fourrer son nez dans des affaires qui ne la regardaient pas. Elle aurait mieux fait de rester tranquille.

Il serre les dents. Ses yeux se mettent à briller. Je ne parviens pas à savoir s'il joue la comédie ou si ses larmes sont réelles. Ce type a l'air d'être perpétuellement en représentation. J'insiste :

– Vous… vous pensez qu'on a pu la… la tuer ?

Il ne répond pas immédiatement.

– La tuer ? Ouais, c'est possible ! Et justement, il vaudrait mieux que tu renonces à la retrouver. Tu pourrais avoir des ennuis, toi aussi.

Un frisson me parcourt l'épine dorsale. C'est le second avertissement après celui de Marceau. Je suis certain qu'il en sait plus que ce qu'il prétend. Mais il ne dira rien. Je perds mon temps avec lui. Heureusement, la fin du repas approche. Je vais le quitter après le café. Il ne m'est pas sympathique.

Il n'empêche qu'on se bouscule pour le voir. Une escouade de fofolles en âge de lycée nous entoure soudain en brandissant des petits papiers. Chacune a droit à un magnifique autographe. Et les deux plus mignonnes à un baiser goulu sur la bouche. Personne ne proteste. Je suis mort de rire.

– Et mon pote ? Vous ne l'avez pas reconnu ?

Je le regarde avec des yeux ronds. Les gamines me dévisagent poliment. Puis l'une d'elles s'écrie :

– Mais si ! Vous jouiez dans... Oh, zut, je ne me rappelle plus le titre. C'est quoi déjà votre nom ?

– Nicolas Dorval !

– Oui ! Nicolas Dorval ! Vous faisiez le rôle d'un truand, c'est ça ?

– C'est ça !

Aurais-je donc une gueule de malfrat ?

– Vous voulez bien me signer un autographe ?

– Avec plaisir !

Celui-là, ma poulette, tu as intérêt à le conserver précieusement ! Il n'en faut pas plus pour que les autres me brandissent également un papier. Frasnel est plié en deux.

– Et la bise ? encourage-t-il.

J'ai droit à quatre galoches de compétition. Il n'y a pas, la célébrité a un petit côté sympathique, quand même. L'épisode des lycéennes m'a un peu réconcilié avec Frasnel. Lorsque les filles sont sorties du restaurant, on éclate de rire tous les deux.

– Bon, c'est pas tout, ça, mais on m'attend au studio. On est déjà à la bourre. Tu vas venir avec moi.

Le moyen de refuser après un coup pareil.

Je crois avoir compris comment fonctionne Frasnel. Il a besoin de vivre entouré de sa petite cour d'admirateurs. Une troupe de fans l'attend depuis le matin. Il embrasse les mecs de manière plutôt équivoque, caresse les fesses ou les seins des filles qui en gloussent de joie. Cela doit faire partie d'un rite, puisque personne ne s'en étonne. Sauf moi.

Nous entrons dans le studio. Changement de décor. Il y a des consoles partout, avec des curseurs, des boutons, des voyants lumineux, des cadrans de toutes tailles et de toutes couleurs. Des packs de bière également, en quantité impressionnante. Dommage qu'il ne doive pas chanter aujourd'hui, le père Francis, parce qu'avec le nombre de cannettes qu'il s'envoie durant les cinq heures d'enregistrement, je serais curieux de voir le résultat.

Il se désintéresse totalement de moi. Il semble même avoir oublié la raison de ma visite. Les musiciens me regardent avec l'air de se demander ce que je fabrique ici. Bonne question, dont je ne connais pas la réponse. L'ambiance me déprime. Frasnel m'a invité chez lui après la séance. J'aurais voulu refuser, j'en ai été incapable. Il émane de ce bonhomme une force inquiétante, tyrannique. Il écrase tout le monde, se repaît de la supériorité que lui confère son statut de vedette, provoque tout un chacun, gratuitement. Et chacun se tait, joue les blasés. On ricane niaisement à ses blagues fumeuses, ses jeux de mots approximatifs. Deux filles en cuir noir fument dans un coin, les yeux dans le vague.

Enfin, Frasnel donne le signal du départ. J'ai un peu mal à la tête. Leurs fumées bizarres me tournent le cerveau en mayonnaise. Si je pouvais monter seul dans ma voiture, j'en profiterais pour m'éclipser discrètement. Mais trois des musicos et l'une des filles s'y entassent d'autorité. Je démarre.

Je ne veux pas trop savoir ce qui se passe derrière. La greluche glousse bêtement en tentant, sans trop y croire, d'écarter les mains conquérantes des deux copains. J'aperçois voler dans mon rétroviseur ce qui ressemble à un soutien-gorge. Le gars d'à côté me regarde de biais. Les cheveux longs et crasseux, les yeux petits et renfoncés, l'odeur pas propre.

– Mais où il est allé te chercher, Francis ? T'as l'air bien ring, mon pote !

J'évite de répondre. Hurlement à la poupe. Cette fois, c'est une petite culotte blanche qui atterrit sur la plage arrière. Ils commencent à passer les bornes. À mes côtés, le goret chevelu trifouille les commandes de l'autoradio. Je m'adresse à lui sans élever la voix.

– Bon ça suffit, maintenant ! Toi, tu ne touches pas à ça, ou je te fais avaler tes dents !

L'instant d'après, je me mets à hurler :

– Et dis à ces deux connards d'arrêter de tripoter leur copine ! Ca me déconcentre quand je conduis.

L'un des camés de l'arrière riposte d'une voix pâteuse :

– Eh, mais, qu'est-ce qu'il nous fait, le coincé, là ?

Je pile nct, au grand dam de l'imbécile qui me collait d'un peu trop près, je descends et ouvre la portière arrière. Mal à l'aise, l'imbécile ravale les injures qu'il s'apprêtait à me balancer et déboîte sur la pointe des pneus. Devant, la voiture de Frasnel s'est arrêtée. Surpris, le musicien ne sait plus quelle contenance prendre. D'autant plus que la fofolle hystérique lui a déballé les attributs. Il tente de se rajuster à la hâte. Je l'attrape sans ménagement et le sors de la voiture, le service trois pièces à l'air.

– Qu'est-ce que je fais, je t'assomme ou tu te tiens peinard ?

L'air penaud, il remballe ses outils, sa dignité et baisse le front.

– Allez, remonte, crétin !

Il obéit sans discussion.

Il est plus de dix heures du soir quand on arrive dans la banlieue est, là où Frasnel possède une grande maison au milieu d'un parc immense. Je me sens de moins en moins bien. Nous pénétrons à l'intérieur de la demeure, qui a dû connaître des jours plus glorieux. Il y a là une vingtaine de zozos, garçons et filles, tous aussi camés que les Pieds Nickelés que je viens de véhiculer. Frasnel est hilare. Il a tout vu de la scène précédente et pleure de rire au souvenir de son pote déculotté en pleine rue.

Le salon est plongé dans une demi-pénombre. L'ambiance ressemble à celle du studio. Des gens s'étalent sur des canapés, des verres de whisky à la main et des pétards dans l'autre. Dans un coin, un type aux yeux globuleux prépare des lignes de poudre blanche. Il ressemble à un crapaud. L'image d'Élisabeth, le visage déformé par l'horreur, me revient instantanément en mémoire. Écœuré, je contemple tous ces rigolos en quête de bonheur artificiel. Et soudain, le coup fatal, ignoble, sordide. Je viens de reconnaître un visage.

Laurence !

Je dois devenir tout pâle, d'un coup. Elle ne m'a même pas reconnu. Visiblement, elle n'est pas dans son état normal. Retour en force du chanteur, une nana aux yeux décomposés dans chaque bras.

– Alors, le banquier, tu te mets à l'aise ?

– Non merci ! J'ai amené tes copains. Maintenant, je rentre.

– Déconne pas ! T'as même pas bu un coup.

– Je n'ai pas soif.

– T'es mon invité. Tu vas pas me vexer, quand même ? Allez, fais-toi une ligne.

Il m'attrape par le bras et m'entraîne vers le crapaud qui lève vers moi des yeux rougis et larmoyants. Il me tend une paille.

– Tu peux y aller, c'est de la bonne ! déclare-t-il d'une voix cassée.

– Non !

– Mais il va me contrarier, le banquier ! hurle Frasnel.

Je réponds sur le même ton :

– Merde ! Tu commences à me les gonfler, l'acteur. Tu as peut-être l'habitude que tes copains rampent devant toi, mais ne compte pas sur moi pour ça ! Je ne suis pas un de tes esclaves ! Je t'ai rencontré pour que tu me dises si tu savais quelque chose au sujet de Nathalie ! Tu refuses de m'en dire plus, je n'ai donc plus rien à voir avec toi ! Salut.

Interloqué par ma réaction inattendue, il reste une seconde sans voix. L'instant d'après, il gueule :

– Mais je vais me le faire, le petit banquier !

Soudain, une voix hurle :

– Fous-lui donc la paix !

Intervention de Laurence ! Frasnel se retourne d'un bloc vers elle.

– Toi, la morue, ta gueule !

– Hein ?

Elle s'approche, d'une démarche pas très assurée, et encaisse une gifle magistrale qui l'envoie au tapis pour le compte. Elle se met à pleurer. Alors, j'explose. Avant d'avoir pu réagir, Frasnel encaisse une série de coups de poing et de coups de pied. Son nez pisse le sang. Stupéfait, il recule, tente de se défendre. Mais ce crétin ignore les finesses de la savate. Bientôt, il s'écroule sur les genoux, sous les yeux ébahis de ses petits camarades. L'un d'eux veut intervenir. J'attrape une bouteille de whisky presque pleine qui traîne à terre. Du Chivas, dommage ! Je l'abats sur le crâne de mon agresseur. Il s'affale sur une chaise qu'il transforme en bois d'allumage. De l'alcool lui dégouline sur le visage, mêlé à du sang. Le flacon brisé me reste dans la main, plus dangereux qu'un poignard.

– Mais il est complètement barge, ce mec ! glapit l'un des musiciens.

Tout en les tenant en respect, je me dirige vers la sortie. Personne n'ose me suivre. Je sors. Dehors, c'est la nuit d'hiver ; un froid humide et glacial me coupe le souffle. Une pluie fine me fouette le visage. Ma voiture. Une respiration haletante se fait entendre. Je me retourne, prêt à frapper de nouveau. Laurence me contemple avec des yeux affolés.

– C'est moi, Nicolas ! Emmène-moi, s'il te plaît !

Je ne réponds pas. Discrètement, elle se glisse à mes côtés. Je démarre. Je conduis avec rage, les pneus crissent, la haine me ronge. J'ai un goût de sang dans la bouche. Les phares avalent les kilomètres. Je ne sais même pas où je suis. J'ai aperçu un vague panneau tout à l'heure, indiquant la direction de Paris. Depuis, je me guide à l'intuition. Peu à peu, ma hargne s'atténue.

À mes côtés, Laurence reste silencieuse. Je sens qu'elle voudrait parler, mais elle n'ose pas. De temps à autre, elle éponge le sang qui coule de sa lèvre avec un mouchoir. Elle est encore un peu sonnée. Je roule vite. À présent, l'essentiel de ma colère est dirigé contre elle. Je l'attaque d'une voix cinglante :

– Qu'est-ce que tu foutais avec ces crétins ?

Elle se met à sangloter.

– Nicolas, il ne faut pas m'en vouloir.

– Si, je t'en veux. Je sais bien que je n'ai rien à attendre de toi, et que tu ne me dois aucun compte. Nous ne sommes pas du même monde. Mais je te considérais comme une amie. Quand je t'ai aperçue dans cette bauge, j'ai eu la sensation d'être trahi.

– Je n'ai jamais voulu te trahir.

– Alors, pourquoi est-ce que tu te farcissais le nez de cette saloperie ?

Elle se passe les mains sur le visage, comme pour chasser un mauvais rêve.

– Je ne sais pas. J'avais bu. Et puis, ils m'ont fait prendre une ligne, ou deux, je ne sais plus.

– Et tu t'es shootée à la coke, toi…

– Non ! Non ! Tu ne peux pas comprendre. Tu sais, ce n'est pas toujours facile, la vie de comédien. C'est tellement fort, ça te bouffe les tripes. Pas d'horaires, pas de sécurité. Le lendemain n'est jamais assuré. Alors, on se défonce pour croire qu'on existe encore, qu'on a une chance d'y arriver, de devenir célèbre. Mais je ne suis pas une vedette, moi. Je galère pour trouver des rôles.

– Ce n'est pas une raison pour te droguer !

Elle se renfrogne. Tout à coup, elle explose de colère :

– Mais est-ce que ça te regarde, après tout ? Tu es qui pour me parler comme ça ? Mon père, un flic ? Je n'ai pas de comptes à te rendre !

Elle se rencogne dans son coin, croise les bras et crache :

– Qu'est-ce que je fous dans cette bagnole ?

– Rassure-toi, tu n'y es plus pour longtemps !

J'ai repéré une station de taxis. J'arrête ma voiture. Elle se tourne vers moi, étonnée.

– Qu'est-ce que tu fais ?

– Je te dépose. Tu vas prendre un taxi pour rentrer. Je n'ai pas envie de me farcir un aller-retour dans les Yvelines à cette heure-ci.

– Nicolas !

Nouveau changement d'attitude. Elle veut se blottir contre moi. Je la repousse fermement. Nous restons un long moment silencieux. Elle pleure discrètement. Enfin, je déclare d'une voix sourde :

– Un peu après ton départ pour l'Indonésie, mon ex-femme est morte d'une overdose de cocaïne. Dans mon propre appartement. Je n'ai pas envie de te voir faire la même connerie. Je préfère qu'on ne se revoie plus. Allez, descends !

– Nicolas !

– Descends !

Je lui ouvre la portière. Elle obéit, les yeux pleins de larmes. Mais je ne veux pas craquer. Je dois l'écarter de ma vie. Demain, lorsqu'elle sera remise de sa soirée, elle n'y pensera plus. Et elle m'oubliera. Mais bon sang, ce que ça fait mal de la voir tituber vers la station, en sachant que je la vois pour la dernière fois. Sa silhouette détrempée par la pluie battante se retourne, me jette un regard désespéré. Puis elle monte dans le premier taxi. Je démarre. Une boule lourde me serre la gorge.

17

Après un dimanche morose et pluvieux pendant lequel je ne cesse de me reprocher d'avoir été trop dur envers Laurence, je reprends le chemin de la banque, bien décidé à tenter d'obtenir une remise de peine en faveur de monsieur Fabre.

Je prends rendez-vous avec le responsable des crédits aux entreprises, un nommé Frédéric Galloire. Ce n'est pas la première fois que j'ai affaire à lui. C'est un clone de Malaterre, un requin aux dents longues, frais émoulu des grandes écoles de commerce, qui ne jure que par les mots « profit » et « rentabilité ». Ma tâche ne va pas être facile.

Il m'accueille avec un sourire condescendant. Il sait pourquoi je suis là, et je sens que ses réponses sont déjà prêtes. Il m'invite à m'asseoir. J'expose le cas de monsieur Fabre avec toute la conviction dont je suis capable.

– Nous pouvons et nous devons lui faire confiance. Son père était l'un des plus anciens clients de la banque. Lui-même a déjà traversé des périodes difficiles. L'UBPIC l'a toujours soutenu parce qu'il n'a jamais failli à sa parole. Il a ses comptes chez nous depuis plus de trente ans. Vous avez pris une garantie sur sa demeure, vous pouvez donc lui accorder ce délai de six mois dont il a besoin. Il est capable de se sortir de ce mauvais pas, à condition toutefois que vous acceptiez de revoir à la baisse les taux d'escompte. Quatre dix millièmes au-dessous du taux de l'usure, ne pensez-vous pas que c'est un peu exagéré ?

Il va pour me répondre. À ce moment, le téléphone sonne. Galloire décroche. Son visage reflète peu à peu un profond agacement. Lorsqu'il raccroche, il soupire :

– Je dois m'absenter quelques minutes. Attendez-moi !

Il sort. Resté seul, j'examine son bureau. Les cadres supérieurs de l'UBPIC ne se refusent rien. Ici, c'est le grand luxe. Rien à voir avec les locaux fonctionnels et tristes des agences. La moquette est épaisse, des tableaux ornent les murs. Les fenêtres sont larges et claires. Et aucune trace de caméra…

Des dossiers sont posés sur une table basse, près de moi. Mû par la curiosité, je jette un coup d'œil, au cas où il aurait déjà préparé une étude sur l'entreprise Fabre. Soudain, un nom attire mon attention : Duplessis. C'est celui de l'amant de Nathalie, le chirurgien. Intrigué, je m'empare de la chemise. Il s'agit bien de lui. J'apprends qu'il dirige une clinique située à Marcilly, en Sologne. Le dossier concerne des prêts relatifs à l'achat de gros matériel. Rien d'anormal à première vue, les documents sont parfaitement réguliers. Je m'apprête à remettre la chemise en place lorsque mes yeux tombent sur le taux du prêt. Celui-ci est ridiculement faible, même pour une entreprise présentant une plus grande surface financière que celle de monsieur Fabre. Je connais parfaitement ce domaine. Un constructeur automobile lui-même ne pourrait bénéficier d'un taux aussi bas. Il s'agit donc d'une complaisance de l'UBPIC. Je retiens un juron de dégoût. Tout cela pue la magouille financière. On étrangle les sociétés en difficulté avec des intérêts frisant l'escroquerie, mais on en favorise d'autres, sans doute pour d'inavouables raisons de copinage. Duplessis doit être un ami personnel du patron de l'UBPIC. J'examine rapidement les autres dossiers. Certains mentionnent des taux parfaitement normaux, si l'on peut appeler comme ça des intérêts frisant l'usure. D'autres au contraire sont identiques à celui accordé à Duplessis. Je remarque alors qu'ils concernent tous des entreprises travaillant dans le domaine médical. Curieux tout de même.

Je n'ai pas le temps d'en apprendre plus. Un bruit de pas se fait entendre à l'extérieur. Je repousse discrètement les dossiers. Galloire se rassoit sans même s'excuser de m'avoir abandonné si longtemps. Il me regarde, visiblement contrarié que je sois encore dans son bureau.

– C'est bien, grogne-t-il. Je vais voir ce que je peux faire. Mais je ne peux pas vous donner de réponse aujourd'hui. Son dossier doit passer en comité. Vous aurez notre réponse mercredi.

Celle-ci arrive par fax. Sa lecture manque de me faire exploser de colère. Le comité refuse de revenir sur sa décision. Monsieur Fabre n'a plus que cinq jours pour rembourser son encours. Faute de quoi l'UBPIC fera vendre sa maison. Je bondis dans le bureau de Trumeaux.

– Qu'est-ce que ça veut dire ? Vous voulez l'assassiner ou quoi ? Vous lui maintenez la tête sous l'eau. Comment voulez-vous qu'il s'en sorte ?

– Ce n'est pas notre problème. Son encours d'escompte est sans cesse dépassé !

– À cause des taux usuraires que vous lui imposez. Ses marges baissent, ses commandes diminuent, et vous lui augmentez les intérêts.

Ma colère inutile fait jubiler Trumeaux. Je repars pour ne pas céder à l'envie qui me démange de lui démolir le portrait. Une fois enfermé dans mon bureau, je branche mon terminal, bien décidé à en savoir plus sur les crédits préférentiels accordés à la clinique Saint-Eusèbe. Si je parvenais à les coincer, à les dénoncer à la Commission de contrôle des banques, je pourrais leur faire du chantage, les amener à revoir leur position vis-à-vis de monsieur Fabre. Mais très vite, ma console m'informe que le dossier Saint-Eusèbe est classé top secret. Seule la direction y a accès. Et pour cause.

Le soir, revenu chez moi, je recherche par Internet des renseignements sur la clinique. Je n'apprends pas grand-chose. Saint-Eusèbe est un établissement privé spécialisé dans la chirurgie. Sa clientèle ne doit pas vivre du RMI car les interventions y sont particulièrement onéreuses. On y soigne plutôt des vedettes, des hommes politiques, des chefs d'entreprise. Elle occupe le domaine de Puillarçay, près de Marcilly, en Sologne. Intrigué, je vérifie sur la carte. Je constate soudain que Saint-Eusèbe est située à moins de quinze kilomètres de Marolles. En fait, Marolles se trouve à mi-chemin entre la clinique et La Ferté-Saint-Cyr, là où habite Duplessis. C'est dans ce coin que Nathalie a disparu. Là aussi que l'on a découvert le cadavre de la Sud-Américaine. Tous ces éléments me confirment que, contre toute attente, mon hypothèse n'est sans doute pas aussi farfelue qu'elle le paraît. Il est possible qu'il existe un lien entre la disparition de Nathalie et l'affaire de Marolles.

Approfondissant ma recherche, j'interroge un serveur spécialisé dans la santé financière des entreprises. Ainsi que je m'y attendais, la clinique Saint-Eusèbe n'a aucun problème de ce côté. Mais un autre élément surprenant apparaît : son principal actionnaire n'est autre que… Gaétan de Saint-Méhon. Perplexe, je note tous les renseignements sur un carnet, ainsi que l'adresse du personnage en question. Comme me l'a signalé Marceau, Saint-Méhon ne vit pas en Sologne, mais à proximité de Montrichard, dans un domaine appelé la Bornerie.

Je viens à peine de refermer le carnet que la sonnette se fait entendre. Un peu inquiet, je vais ouvrir.

C'est Laurence.

18

Elle a une mine décomposée. Mon estomac se noue. Je suis partagé entre un reste de colère et la joie de la revoir.

– Bonjour ! dit-elle d'une voix mal assurée.

– Non, bonsoir ! Tu viens de te lever ?

Je n'aurais pas voulu lui répondre aussi brutalement. Mais certaines images refusent de s'effacer de ma mémoire. Ses yeux sont rouges. C'est quoi, la drogue, ou des larmes ? Elle tente de parler, n'y parvient pas. Moi non plus.

– Allez, entre !

Elle se glisse dans l'appartement, reste debout dans le salon.

– Assieds-toi !

Elle va pour obéir, puis revient vers moi. Elle veut que je la prenne dans mes bras.

– Nicolas !

Je défie qui que ce soit de résister à un appel comme celui-là. Voilà pourquoi les pauvres mâles que nous sommes se feront toujours avoir par les femmes. Elles possèdent des armes qui nous sont totalement étrangères. Je craque. Je ne voudrais pas, mais je craque. L'instant suivant, elle éclate en sanglots dans mes bras. J'aurais dû m'en douter. Depuis deux jours, je n'ai cessé de penser à elle, partagé entre le ressentiment et le désir violent de la revoir. J'aime son odeur, la chaleur de son corps contre moi.

– Allez, calme-toi, c'est fini. Tu veux boire quelque chose ?

– Oui, ce que tu as, je m'en fiche.

Elle consent enfin à s'asseoir. Je nous prépare un whisky. Elle me sourit à travers ses larmes. Je lui tends un Kleenex. Elle s'essuie le nez et dit :

– J'ai téléphoné dimanche.

– C'était toi ? Ça a sonné deux fois. J'ai décroché, il n'y avait personne au bout du fil.

– Je n'ai pas osé te parler.

Silence. Elle tortille son mouchoir entre ses doigts. Puis elle se décide :

– Je voulais que tu saches : ce n'est pas dans mes habitudes de prendre de la cocaïne.

– Ouais ! On commence par quelques lignes anodines. Pour finir par une superbe overdose qui t'envoie rejoindre tes ancêtres.

Elle me regarde intensément.

– Je ne veux pas que tu me juges mal. Samedi soir, c'était un accident. J'avais le cafard. Le tournage en Indonésie a été une vraie catastrophe. Tout d'abord, une bande de gamins nous a volé une partie du matériel. Et puis, dans le Sud, une province a voté son indépendance. Des miliciens nationalistes ne l'ont pas supporté et ont commis des massacres. La communauté internationale est intervenue. À Djakarta, les étrangers n'étaient plus les bienvenus. L'un des cameramen a été pris à partie par des fanatiques. Il a été tué. Le producteur a pris peur et s'est enfui en nous abandonnant sur place. L'équipe a eu un mal de chien à revenir en France. On nous a fait les pires difficultés. Une bande de miliciens a même essayé de me violer. La police est intervenue, mais elle m'a cherché des ennuis, m'accusant de trafic de drogue. C'est un pays de fous, Nicolas. Jamais je n'aurais dû accepter d'y aller. Et, pour couronner le tout, j'apprends à mon retour qu'un autre projet sur lequel je comptais est tombé à l'eau. Je n'ai plus de boulot, plus rien.

– Tu vas en retrouver. Tu commences à être connue, à présent.

– Détrompe-toi ! Des filles comme moi, il y en a des tonnes. Je ne m'appelle pas Nathalie Vallières, moi. Je n'ai pas son talent et sa personnalité. On m'engage toujours pour des rôles de rigolotes qui n'hésitent pas à se déshabiller. Tu parles d'une image.

– Mais tu es une bonne actrice…

Elle hausse les épaules.

– Quand j'ai commencé ce métier, je voulais être Célimène ou Antigone. On m'a cantonnée aux rôles de soubrettes. Dans le film indonésien, j'avais enfin le rôle principal.

Elle a un petit rire amer qui ressemble à un sanglot.

– On n'a même pas pu le finir.

– Je suis sûr que tu vas recevoir d'autres propositions.

– Je ne sais pas. Je suis fatiguée. C'est pour ça que je me suis laissée aller samedi soir. Tu m'en veux tant que ça ?

– J'ai besoin d'estimer mes amis. Je t'avais placée très haut. J'ai été déçu, et j'ai eu très mal.

– Je ne voulais pas te faire de mal.

Elle hésite un peu, puis ajoute, d'une voix mal assurée :

– J'ai besoin de toi, Nicolas. Je n'ai personne à qui me confier. Mes parents ont divorcé et ne vivent pas en France. Idem pour mes sœurs. J'ai encore mes grands-parents, mais ils ne comprennent rien à la vie que je mène. Pour eux, je suis une vedette. Je ne peux pas briser l'image qu'ils ont de moi en leur expliquant mes difficultés. Quant aux relations que j'ai dans le milieu du cinéma, la plupart sont à l'image de Camille, la fille qui m'accompagnait au Mississippi. Je ne peux pas m'appuyer sur elles. Mon ex-mari a écarté tous mes amis. Je me retrouve seule.

– Oui, je connais ça.

– Toi, tu es différent, Nicolas. J'ai vraiment aimé les huit jours que nous avons passés ensemble, chez Max.

Je sursaute.

– Pourtant, lorsque nous sommes revenus de Ramatuelle, tu m'as... un peu plaqué, tout de même. Pourquoi ?

Elle hésite à répondre.

– C'est à cause de ça, justement. Ce que nous avions vécu là-bas m'a fait peur. Je ne t'ai pas plaqué, je t'ai fui. Tout allait trop vite. Je n'étais pas prête à recommencer une nouvelle aventure.

Une onde bizarre me parcourt. Elle est en train de m'avouer qu'elle est amoureuse de moi. Elle a dû comprendre que jamais je n'oserai lui avouer que je l'aimais aussi. Je lui prends doucement la main.

– Et maintenant ?

– Maintenant... ça dépend de toi !

J'ai seize ans à nouveau. Je me sens tout chose, dévoré par la timidité. Je l'attire contre moi. Elle se laisse faire. Nos bouches se joignent.

J'ai un peu de mal à reprendre ma respiration. Laurence avait des années de tendresse à rattraper, et ne s'en est pas privée. À présent, elle est allongée, la tête contre mon épaule, et joue avec les poils que j'ai sur la poitrine. Entre autres.

– Il y a un truc que je ne comprends pas, dis-je tout à coup. Pourquoi Frasnel s'est-il attaqué à moi de cette manière ? Parfois, il me témoignait de la sympathie, parfois il m'insultait.

Elle a une moue désabusée.

– Il est toujours comme ça ! Il adore terroriser son entourage, cela lui donne une impression de supériorité. Dans ton cas, c'est pire : tu es un ami de Nathalie, même si tu ne l'as pas vue depuis longtemps. Il était très amoureux d'elle, et il n'a pas digéré qu'elle le quitte. À travers toi, c'est d'elle qu'il a voulu se venger. Il vaut mieux oublier tout cela.

Elle n'est pas encore au courant de mes différentes aventures depuis son départ. Je lui parle de ma rencontre avec Christophe Leclerc, de la visite de Marceau, de son avertissement à propos de Nathalie. Je lui raconte la mort d'Élisabeth, lui répète l'histoire rocambolesque qu'elle m'a rapportée. J'évoque aussi l'apparition de Barioz, l'intervention salvatrice des R.G. J'ai peur par moments qu'elle ne me prenne pour un fabulateur, mais elle m'écoute avec attention. L'anecdote des combats de gladiateurs et de l'orgie ne la surprend pas vraiment.

– Plus rien ne m'étonne, dit-elle enfin. Pour ce qui est d'inventer des saloperies, l'homme ne manque pas d'imagination. Il y a quelques années, on a tourné des films pornos où l'héroïne mourait réellement. Ces films ont circulé sous le manteau, bien sûr, mais il s'en est vendu beaucoup. Sans parler des Éros Centers, des voyages organisés pour pédophiles en Thaïlande…

Je lui narre mes démêlés avec l'UBPIC, les découvertes que j'ai faites concernant la clinique Saint-Eusèbe et les soupçons qui me sont venus.

– Tu penses que tout cela aurait un rapport avec la disparition de Nathalie ?

– *A priori*, rien ne le prouve. Le seul lien qui la relie à cette histoire, c'est son aventure avec Duplessis et rien d'autre. À la vérité, je dois admettre que je ne suis pas très objectif : j'aimerais découvrir une grosse malversation financière à laquelle l'UBPIC serait mêlée. Mais je n'ai aucun élément, à part des taux préférentiels accordés à des entreprises spécialisées dans le domaine médical. J'aurais aimé noter quelques noms, mais ce crétin de Galloire est revenu trop tôt dans son bureau.

Laurence se redresse sur un coude, prise au jeu.

– Bien, résumons ce que nous savons. Il y a deux ans, Nathalie Vallières devient la maîtresse d'un chirurgien renommé, Alexandre Duplessis, qui dirige un service à la clinique Saint-Eusèbe. On peut se demander ce qu'une fille comme elle faisait avec un individu de ce genre, connu pour ses relations ambiguës avec l'extrême droite, mais les faits sont là. Au bout de six mois, pour une raison inconnue, elle disparaît sans laisser de traces. Un an plus tard, on retrouve dans la même région le cadavre d'une femme d'origine sud-américaine. Il ne s'agit donc pas de Nathalie. Celle-ci reste introuvable. Pour des raisons personnelles, tu te lances à sa recherche. Dès qu'ils l'apprennent, les R.G. te rendent visite et te conseillent vivement d'abandonner. Quelques jours après cette visite, ton ex-épouse meurt chez toi d'une overdose de cocaïne, après t'avoir raconté une histoire effrayante mettant en cause son amant, Malaterre, et le sieur de Saint-Méhon, principal actionnaire de Saint-Eusèbe – donc premier lien avec Nathalie, par l'intermédiaire de Duplessis. Un flic véreux, connu lui aussi pour son appartenance à l'extrême droite, tente de te tendre un piège, et seule l'intervention des R.G. te sauve. C'est à peu près ça ?

– Exactement !

– Questions ! Attends, je vais les noter. Qu'est devenue Nathalie ? Élisabeth est-elle réellement morte d'une overdose ? Sinon, qui l'a tuée et pourquoi ? Pourquoi les R.G. s'intéressent-ils de si près à toi ? Quels sont les liens entre l'UBPIC, la clinique Saint-Eusèbe et Saint-Méhon ? Pourquoi les taux préférentiels de l'UBPIC ont-ils été accordés à des entreprises travaillant dans le domaine médical ? La morte de Marolles a-t-elle un rapport avec tout cela ?

– Cela fait beaucoup de questions. Malheureusement, je ne sais pas comment y répondre.

– Mais tu as envie d'essayer…

– C'est vrai !

Laurence cesse de jouer avec mes poils. Puis elle se redresse d'un coup avec une lueur qui ne m'est pas inconnue dans les yeux.

– Est-ce que je t'ai dit que je suis née en Sologne ?

– Non !

– À Romorantin, pour être précise. J'étais en train de me dire que nous pourrions peut-être faire un tour là-bas le week-end prochain. Histoire de voir à quoi ressemble la clinique Saint-Eusèbe !

19

– Mes parents ont divorcé lorsque j'avais quatre ans. Ma mère est partie vivre en Angleterre avec un peintre, et mon père s'est installé aux États-Unis, où il passait déjà le plus clair de son temps. Ce sont mes grands-parents maternels qui m'ont recueillie et élevée. J'ai passé toute mon enfance en Sologne, dans un petit village appelé Saint-Viâtre.

Tandis que nous roulons, Laurence me dévoile un aspect d'elle-même que je n'aurais jamais soupçonné. À la manière dont elle parle, je devine qu'elle ne doit pas révéler cette histoire à grand monde. C'est un peu son jardin secret dont elle m'ouvre grandes les portes. Elle me parle avec émotion des arbres centenaires, du brame des cerfs à l'automne. Elle me raconte les veillées de chasse, le froid humide, les gibecières de cuir, les chiens haletants, les éclats de rire tonitruants et les querelles personnelles, la nuit et le brouillard tombant sur la forêt inquiétante. Elle évoque les marais et les étangs où vivent ragondins et rats musqués, colverts, hérons, sarcelles, grèbes, vanneaux, fauvettes et autres bécasses.

– Dans le temps, on récoltait des sangsues dans ces étangs. Ma grand-mère m'a expliqué comment on s'y prenait. C'était horrible. On amenait de vieux chevaux destinés à l'équarrissage et on les faisait entrer dans l'eau. On attendait qu'ils soient couverts de sangsues et on les faisait ressortir. Il ne restait plus qu'à ôter les bestioles, mais les pauvres chevaux étaient quasiment vidés de leur sang. Certains mouraient dès la première récolte, les plus résistants ne dépassaient jamais la quatrième.

– Charmante coutume…

– C'est un pays très rude. Autrefois, la vie était difficile. Les Solognots sont isolés par la forêt et les marécages. Saint-Viâtre est entouré par les eaux ; quelquefois, on a l'impression de se trouver sur une île. Encore aujourd'hui, les gens y sont restés très superstitieux.

– Toi aussi ?

– Moins maintenant, mais ici, on est facilement porté à croire au merveilleux. Quand j'étais petite, j'ai entendu des histoires surprenantes. Et certaines sont vraies. J'ai pu le vérifier par moi-même. Par exemple, ma grand-mère m'a guérie de l'angoisse.

– Comment ça ?

– Après le divorce de mes parents, je pleurais tout le temps. J'avais peur de la nuit, j'imaginais des monstres envahissant ma chambre, des bêtes immondes rampant dans les sous-bois, nageant sous les eaux des étangs. Un matin, ma grand-mère a porté mes vêtements au bon saint Loup, et il a chassé la peur.

– Et tu crois à tout ça ?

– Je ne sais pas si saint Loup y fut pour quelque chose, mais après, je ne faisais plus de cauchemars. Et ce n'est pas tout. Ma grand-mère me faisait dormir sur un matelas de fougères, afin de me donner des forces. Eh bien, je ne suis quasiment jamais tombée malade. Si ! Une fois, j'ai eu la coqueluche. Elle n'est pas allée chercher le docteur. Elle a utilisé une recette du pays, à base de racine d'iris. On les coupe en nombre impair et on enfile ensuite les morceaux sur un collier. Et j'ai guéri. Ma grand-mère a la réputation d'être un peu sorcière. Elle sait écarter les mauvais sorts. Les gens viennent de loin pour la consulter. Quand ma mère s'est retrouvée enceinte, ma grand-mère lui a dit qu'elle aurait une fille, parce qu'elle portait vers l'avant. Un dicton d'ici affirme : ventre pointu, enfant fendu !

Elle a un petit rire et ajoute :

– Lorsqu'elle était enceinte, ma mère n'avait pas le droit d'assister au salage du cochon, parce que cela risquait de faire pourrir la viande. Et quand je suis née, on m'a donné, en deuxième lieu, le prénom de Sylvine. Sais-tu pourquoi ?

– Non !

– C'était une exigence de ma grand-mère. En Sologne, beaucoup de gens portent les prénoms de Sylvain ou de Sylvine, afin de les préserver du mal de saint Sylvain.

– C'est quoi, ça ?

– Je ne sais pas. D'ailleurs, plus personne ne le sait. Mais, dans le doute, on préfère prendre ses précautions !

Vers le milieu de la matinée, sous un ciel gris, nous arrivons enfin à Saint-Viâtre. C'est un petit village situé à une quinzaine de kilomètres à l'est de Marolles.

– Les vieux l'appellent Tremblevif, mais ailleurs, on disait l'île des Fous. À cause de l'eau, les gens étaient souvent malades des fièvres. Lorsqu'ils déliraient, on pensait qu'ils devenaient fous.

– Et tu as passé ton enfance dans cet enfer ?

– Mais ce n'est pas l'enfer, s'insurge-t-elle. La Sologne est un pays attachant, tu vas voir. Les gens y sont méfiants, et tous plus ou moins braconniers, mais, lorsqu'ils t'ont adopté, tu peux compter sur eux.

Elle a un nouveau sourire.

– Ici, chacun porte un surnom, en plus de son nom de baptême. Moi, on m'appelait « P'tite Belle ». Les gens d'ici m'appellent toujours comme ça. Les paysans qui venaient à la ferme portaient tous des sobriquets rigolos. Il y avait « Longs Boyaux », parce qu'il était très grand, « Patte de laine » le boiteux, « Belles Moustaches », « Nonœil », « Patte en bois », « P'tit Chapeau », parce qu'il portait un chapeau trop petit pour sa tête. Il y avait aussi « Thomas-chie-dans-l'eau » ! Et « Belle Touffe ! »

– Belle Touffe ?

– Oui, il était chauve !

Elle éclate de rire.

La ferme de ses grands-parents se situe à l'écart du village. Nous la découvrons au bout d'un chemin de terre empierré. Le corps principal est typiquement solognot. C'est une maison de brique rouge à colombages et aux fenêtres basses. Un vieux couple nous accueille. Tous deux doivent avoir dépassé les quatre-vingts ans. Mais ils semblent encore aussi solides que des chênes. Tandis que Laurence saute au cou de sa grand-mère, le grand-père me dévisage derrière une paire de moustaches en broussaille, jaunie par le tabac de sa pipe. Puis il me serre la main. Sa poigne est ferme, calleuse, dure comme un morceau de bois. L'intérieur de la maison est sombre et chaleureux. Dans la cheminée brûle un feu de bois qui embaume. Dans l'âtre pend une marmite qui doit encore être utilisée.

Dans la soirée, un vent violent se lève. Laurence m'a emmené faire une promenade aux alentours de la ferme. Dans la pénombre crépusculaire, les grands arbres décharnés plient sous les bourrasques glaciales. Des tourbillons de feuilles dansent le long des chemins, se dispersent dans les sous-bois ténébreux comme des spectres affolés. Laurence, ravie, s'est serrée contre moi. Une pluie fine et froide nous cingle le visage. Il fait presque nuit lorsque nous revenons enfin dans la maison chaleureuse, où nous attend le dîner, pardon, le « souper ».

Je ne m'étais pas trompé, la grand-mère a utilisé la marmite pour faire cuire une délicieuse soupe au lard, suivie d'une terrine de faisan. Le tout arrosé d'un vin de Loire. Pour finir, j'ai droit aux « poires du curé », des poires séchées revenues dans du beurre. La conversation est animée. Cela fait près d'une année que Laurence n'est pas venue et elle a beaucoup de choses à raconter à sa grand-mère. Pendant ce temps, le grand-père rouscaille en me prenant à témoin.

– Ce pays se réduit comme peau de chagrin. La terre de Sologne n'appartient plus aux Solognots. La moitié est transformée en chasses qui appartiennent à des Parisiens. Des viandards qui n'ont pas le respect du gibier, et n'habitent même pas ici ! T'es pas chasseur, mon gars ?

– Non !

– Dommage. Je t'aurais montré ce qu'est la vraie chasse.

Un peu plus tard, nous sommes installés tous les quatre devant la cheminée. La grand-mère sert la « goutte » de poire, dont la puissance me laisse pantois. J'ai l'impression qu'un volcan en ordre de marche me descend dans le gosier. À côté, le Bushmills a l'air d'un jus de fruit. À l'extérieur, la tempête a redoublé de violence et on entend le vent gronder dans l'âtre.

Laurence s'est blottie contre sa grand-mère, comme elle devait le faire quand elle était petite. Montrant le foyer, elle déclare :

– La Malnoue est furieuse, ce soir !

Intrigué, je demande :

– C'est quoi, la Malnoue ?

La grand-mère hoche la tête d'un air inquiet, puis me regarde.

– Il vaut mieux ne pas en parler trop fort, mon gars, dit-elle enfin. Car on dit qu'elle hurle derrière les plaques de cheminée, et que parfois, il lui arrive de les faire exploser. Elle s'engouffre alors dans les maisons et emporte tout sur son passage. C'est la Malnoue, la fille du diable, une rivière maléfique qui coule sous le pays. Elle est aussi vaste que la

Sologne. Il faut éviter de s'approcher de certains étangs, car ils communiquent avec elle. Elle dévore la terre et l'emporte. Plusieurs fois, en différents endroits, la terre s'est ouverte sur des gueules béantes, dans des champs, sur des chemins. On a vu ainsi disparaître des animaux, des ânes, des chevaux avec leur cavalier, et même des attelages entiers. La catastrophe la plus terrible s'est produite à l'abreuvoir des Martinets. Ce jour-là, douze bœufs ont été avalés par la rivière. C'était pourtant un jour de grande sécheresse. Les bêtes avaient été menées à l'abreuvoir. Et tout à coup, sous leurs pattes, le sol s'est transformé en sables mouvants. On a essayé de sortir les animaux, mais il n'y avait rien à faire, la Malnoue les a engloutis jusqu'au dernier. On n'a rien retrouvé d'eux. Elle ne rend jamais ses victimes. Elle les emporte très loin, jusqu'à l'océan, dans lequel elle se jette.

La grand-mère conte ensuite l'histoire d'un sorcier qui, au début du siècle, fit danser des chevaux rouges sur la place d'un village. Elle parle des « œufs de coq », dont peuvent naître des basilics, elle évoque les « birettes » – les revenants qui hantent les bois sombres au « crépuscule du soir ».

– Sais-tu, me dit-elle tout à coup, que, le soir de la Noël, les bœufs et les ânes parlent entre eux ?

– Non !

– Il ne faut surtout pas tenter de les écouter, car ils ont le pouvoir de te révéler ton destin. Un jour, un paysan a voulu savoir quelle langue ils parlaient. Il a manqué la sainte messe et s'est rendu dans son étable. Il a entendu ses deux bœufs qui parlaient. Et voici ce qu'ils disaient :

« – Sais-tu ce que nous ferons demain ?

« – Demain sera un jour de deuil, car nous conduirons notre bon maître vers le cimetière. »

« Le lendemain, le fermier mourait et, comme l'avaient dit les bœufs, ils l'emmenèrent vers le cimetière.

Amusé, je réponds :

– Je vous promets que je ne tenterai pas d'espionner les animaux un jour de Noël.

Soudain, elle me regarde fixement. Inquiète, Laurence se redresse.

– Qu'y a-t-il, grand-mère ?

La vieille femme pointe sur moi un doigt noueux comme un sarment de vigne.

– Prends garde à toi, Nicolas, dit-elle d'une voix sourde et grondante. Je vois en toi que tu te prépares à livrer un combat.
– C'est possible, en effet, réponds-je en songeant à l'objet de notre visite en Sologne.
– Il vaudrait mieux renoncer à ce combat. Car ce n'est pas un homme que tu devras affronter, c'est le diable lui-même !
En d'autres circonstances, j'aurais sans doute éclaté de rire. Mais – est-ce l'ambiance, la pénombre seulement éclairée par les flammes dansantes de l'âtre, le vent violent qui gronde à l'extérieur ? – je ne me sens pas très à l'aise.

Vers minuit, Laurence et moi nous retrouvons dans une chambre confortable, aux murs blancs et aux poutres apparentes teintées au brou de noix. Un lit épais équipé d'un énorme édredon nous attend. C'est la chambre d'enfant de Laurence, dans laquelle sont restés ses jouets et ses poupées. Ses grands-parents la gardent toujours pour elle. Mais ma compagne paraît contrariée.
– Ma grand-mère m'a fait un peu peur, avoue-t-elle enfin. Elle est connue pour avoir le don de double vue. Je lui ai dit pourquoi nous étions venus. Je lui ai parlé de la clinique. Elle n'en sait pas grand chose. En revanche, lorsque j'ai cité le nom de Saint-Méhon, elle a fait plusieurs fois le signe de croix. Bien qu'il habite assez loin d'ici, à la frontière de la Touraine, elle le connaît de réputation. D'après elle, c'est un individu effrayant. Les sorciers disent entre eux qu'il aurait conclu un pacte avec Satan.
– Tu ne vas pas croire à cela…
– Non, mais elle affirme que des forces surnaturelles le protègent. Pendant l'Occupation, son père a été accusé de collaboration avec l'ennemi. Pourtant, la paix revenue, il n'a pas été inquiété. Personne n'a eu le courage de témoigner contre lui, parce qu'on le redoutait comme la peste.
– Nous serons très prudents, je te le promets. Et puis, je ne crois pas au diable, moi.

Le lendemain, dès le « crépuscule du matin », Laurence et moi partons pour Marolles, distant d'une quinzaine de kilomètres. Objectif : voir à quoi ressemble l'étang qui servait de sépulture à la mystérieuse Sud-Américaine.

En fait, il n'a rien de particulier. C'est une étendue d'eau assez vaste, sur laquelle s'appesantissent les brumes matinales. Nous en effectuons le tour, suivant un chemin qui musarde dans les hautes herbes. La promenade est agréable malgré le froid. Un soleil bas perce le brouillard diaphane. Des odeurs aquatiques nous chatouillent les narines. Un air vif nous pénètre les poumons. Parfois, un vol d'oiseaux vient s'abattre au loin dans un grand fracas d'ailes.

Soudain, Laurence m'attire sur le côté du chemin et se penche. Du doigt, elle me montre une pierre ronde curieusement striée en étoile. Je reconnais aussitôt un fossile d'oursin. Je vais pour le ramasser, mais elle m'arrête.

– N'y touche pas, Nicolas ! Les gens d'ici disent qu'il s'agit d'étoiles tombées du ciel. Si tu la prends, tu seras obligé après ta mort d'aller la remettre en place.

Je souris.

– C'est une belle histoire, même si elle n'est pas vraie.

– Bien sûr, mais quand j'étais petite, j'y croyais dur comme fer, et mon grand-père faisait un détour quand il en croisait une, afin de ne pas la troubler.

– Alors, respectons-la.

Non loin de la rive, une vingtaine de canards évoluent avec nonchalance, fouillant parfois dans la vase pour en extraire des vers. Des hautes herbes proches proviennent des bruits étranges. Soudain, j'aperçois la forme sinueuse d'un serpent qui s'enfuit.

– C'est sans doute une vipère d'eau, précise Laurence. Une légende affirme qu'au printemps, elles se rassemblent et forment une boule énorme, visqueuse, grouillante, plus grosse qu'un tonneau. Elles renouvellent ainsi leur venin. Rares sont ceux qui ont vu ce spectacle, mais ceux qui y ont assisté restent marqués jusqu'à la fin de leur vie. On dit qu'avec leur langue, les serpents sécrètent un liquide transparent qui coule jusqu'au cœur de la boule. Là, ils le compriment et il se forme un diamant d'une pureté inégalable. Ensuite, les vipères cachent ce diamant sous l'eau, afin de le préserver des geais. Ceux-ci sont attirés par tout ce qui brille et s'en emparent. On prétend qu'il y a très longtemps, un geai vola un diamant serpentin et qu'il utilisa son éclat pour aviver celui de ses ailes. Ses descendants l'imitèrent, et cela explique pourquoi les geais ont des ailes si belles. Depuis cette époque, les serpents prirent l'habitude de dissimuler leurs diamants sous l'eau. Un jour, le roi François Ier, au cours d'une partie de chasse à Chambord, découvrit l'un de ces diamants dans un étang. Il orne depuis la couronne de France.

J'adore écouter Laurence me raconter ses histoires. La tempête de la veille n'est plus qu'un souvenir. Un timide soleil d'hiver l'a remplacée, incapable de chasser les brumes qui rampent lentement à la surface des eaux. Comment ne pas croire au merveilleux dans un endroit aussi mystérieux ? Comment imaginer aussi le drame qui s'est noué là il y a un an et demi ? Nous marchons à pas lents, recherchant un improbable indice oublié par les enquêteurs. Mais nous ne découvrons rien. L'étang a retrouvé sa sérénité. Je déclare :

– En dehors de la beauté du paysage, j'ai bien peur que nous ne soyons venus pour rien.

– Tu regrettes ?

– Non, bien sûr !

Poursuivant notre balade, nous atteignons la partie méridionale de l'étang, qui se termine sur un marécage encombré de roseaux. Des colverts s'envolent à notre approche, à grands froissement d'ailes. Un ponton vermoulu et étroit mène à une cabane d'affût déserte. Une barque passablement abîmée se frotte doucement le nez à un pilier. Laurence me regarde :

– On s'offre une virée ?

Nous montons à bord. Dans les roseaux, un passage mène à un autre étang de taille identique.

– Regarde ! dit-elle tout à coup.

Au-delà du rideau d'émeraude se dessine une autre rive, où règne une activité insolite. Une foule est rassemblée sur la berge, des gendarmes, des plongeurs, des pompiers, des chasseurs, des curieux.

– On dirait qu'ils remontent quelque chose, remarque Laurence.

– Oui, deux corps.

Intrigués, nous ramenons la barque à sa place et nous reprenons la voiture pour nous rapprocher des lieux. Mais la route nous oblige à un large détour, et, lorsque nous arrivons, gendarmes, pompiers et plongeurs sont déjà repartis. Seuls restent quelques autochtones excités par ce nouveau rebondissement. Ils nous regardent d'un œil méfiant lorsque nous nous approchons. Puis l'un d'eux reconnaît Laurence. Il écarte les bras et l'interpelle d'une voix joyeuse :

– P'tite Belle ! C'est-y toi ?

– C'est Gaby, dit « Gros Bavard », le patron du café de Marolles, m'explique-t-elle. Il m'a connue gamine.

Ils s'embrassent. Les autres se montrent alors plus affables.

– On peut dire que tu arrives à un drôle de moment, P'tite Belle. On vient de remonter deux nouveaux cadavres. C'est le père Menu qui les a trouvés.

Un vieux bonhomme s'avance, un chapeau noir vissé sur la tête. C'est un pêcheur, aussi musclé qu'une souris chétive. Il se met à parler d'une façon volubile en roulant des yeux injectés de sang. Malgré l'heure matinale, il semble déjà bien imbibé, et pas par l'eau de l'étang. Comme il parle en patois, Laurence me traduit.

– Il dit qu'il était à pêcher au crépuscule du matin. Il tenait une omble quand la ligne s'est prise dans quelque chose. Il a tiré, et une forme noire est remontée. Il a cru que c'était un monstre libéré par la Malnoue. Il a failli en pisser dans son pantalon. Mais, à cause de l'odeur, il a tout de suite compris qu'il s'agissait d'un cadavre. Il a aussitôt prévenu les gendarmes.

– Et ils en ont déjà trouvé deux, renchérit « Gros Bavard ». Je les ai vus. Ils étaient en morceaux, comme la Sud-Américaine.

La découverte n'a pas l'air de le traumatiser. Il trouve au contraire que ces gens ont eu une bonne idée en venant se faire trucider à Marolles ; on parle du village dans la France entière, et nombre de curieux s'y arrêtent, ce qui est toujours bon pour le commerce.

Un peu plus tard, nous sommes attablés au Rendez-vous des Chasseurs, car Gaby « Gros Bavard » a tenu à nous offrir le verre de l'amitié. Ce n'est pas si souvent que « P'tite Belle » vient leur rendre visite. Elle doit leur raconter sa vie, celle des autres, ceux qu'on voit « dans l'poste ». Pour eux, il ne fait aucun doute qu'elle est une grande vedette. Même si elle leur avoue que le métier est parfois difficile, ils lui font confiance.

Enfin, elle les interroge sur la clinique Saint-Eusèbe.

– Oh, de drôles de gens ! répond Gros Bavard sans laisser à ses compagnons le temps d'intervenir. Une clinique pour ceux de la haute. Nous, on n'a pas les moyens, pas vrai, père Menu ?

– Ouais, pour sûr !

En fait, peu leur importe la clientèle. Mais l'établissement est construit sur le domaine de Puillarçay, où il faisait bon chasser autrefois. Jusqu'à ce que les propriétaires interdisent les lieux.

– L'interdiction, ça nous aurait pas tellement gênés, précise l'aubergiste, mais ils font patrouiller des gardes. Des drôles de types, armés comme si le pays était en guerre. Depuis qu'ils sont là, plus personne n'ose se risquer dans la forêt. Il s'y est passé de drôles de choses.

– Et quoi donc ?

Il prend un air entendu.

– Je sais pas si je peux vraiment en parler.

Mais Gros Bavard n'a pas usurpé son surnom. Après avoir consulté ces copains du regard, il poursuit :

– On peut rien affirmer. On n'a pas de preuve. Mais des chasseurs sont morts dans les villages voisins, dans des circonstances bizarres.

– Ouais ! Le vieux « Pique-châtaigne », précise le père Menu. Et aussi « Jambe de grenouille ».

– Ces gars-là n'ont pas tenu compte des avertissements des gens de Puillarçay. Ils continuaient à chasser par là-bas. Un jour, on a retrouvé « Pique-châtaigne » pendu. Lui qui était un bon chrétien, c'est plutôt étonnant.

– Quant à « Jambe de grenouille », il a été écrasé par son tracteur, ajoute un autre.

– Les gendarmes ont dit que c'étaient un suicide et un accident, mais nous, on est sûrs qu'ils ont vu quelque chose qu'ils auraient pas dû voir !

Plus tard, Laurence et moi gagnons Puillarçay. La clinique est située à l'écart de toute agglomération, au cœur d'une forêt épaisse, aux arbres centenaires. L'entrée est luxueuse, protégée par des gardiens au crâne rasé et armés de matraques. Le pavillon d'accueil est situé derrière. Je gare la voiture sur le terre-plein, de l'autre côté de la route. Une ambulance arrive au même moment, suivie d'une somptueuse berline. Les gardiens s'approchent, vérifient les documents que leur tend le chauffeur, puis les deux voitures pénètrent à l'intérieur. Au-delà du pavillon, une route s'enfonce dans la forêt, sans doute en direction des bâtiments, que l'on n'aperçoit pas depuis la route. Après une courte promenade, nous restons un long moment sur place à observer les lieux. Cette démarche nous semble un peu inutile, mais il fait un temps magnifique et l'air forestier chargé d'odeurs de feuilles mortes nous change de celui de Paris.

– Tu crois que c'est possible, ce qu'a dit Gros Bavard ? demandé-je.

– Il n'y a aucune preuve que ces chasseurs aient été éliminés par les gardes. Nous ne sommes pas dans un film américain, tout de même. Et puis, qu'auraient-ils pu voir de si étrange ?

– Je ne sais pas…

Je reste un moment silencieux. Puis je reprends :

– Mais s'il se passe vraiment des choses mystérieuses dans cette clinique, cela expliquerait que Marceau m'interdise de rechercher Nathalie. Peut-être avait-elle découvert quelque chose de pas propre dans les activités de Duplessis. Et il l'a supprimée.

– On n'est pas sûr qu'elle soit morte, réplique Laurence, mal à l'aise.

– Mais Élisabeth, elle, a été tuée.

– Quel rapport avec cette clinique ?

– Élisabeth s'est enfuie de chez son amant, Malaterre, après une soirée passée chez Gaétan de Saint-Méhon.

– Justement, les combats à mort se sont déroulés chez Saint-Méhon, et pas ici. Et puis, d'après le récit d'Élisabeth, les combattants n'étaient pas des Sud-Américains. Il n'y a donc pas de lien avec les cadavres de Marolles. J'ai l'impression que nous nous construisons une histoire sur des bases douteuses. La présence de gardes s'explique simplement par le fait que les proprios de cette clinique tiennent à la tranquillité de leurs clients, ce qui paraît normal.

Je hoche la tête, pas vraiment convaincu. Mais elle a raison. Mon raisonnement repose sur des suppositions hasardeuses. Élisabeth a parlé de Saint-Méhon, pas de Duplessis…

À ce moment, l'un des gardiens s'avance, l'air pas commode. D'un ton rogue, il nous enjoint :

– Circulez ! C'est interdit de stationner ici.

– Pourquoi, c'est une propriété privée ?

– Exactement !

– Ah oui ? Et où est-ce marqué ?

– Nulle part, mais vous avez intérêt à ficher le camp très vite.

– Sinon ?

La grosse brute hésite. Visiblement, il n'a pas l'habitude qu'on lui résiste. Son collègue s'approche à son tour.

– Allez, viens, me supplie Laurence. Ne fais pas d'histoire.

– D'accord. Mais je n'aime pas qu'on me dise ce que je dois faire ! La route appartient à tout le monde.

– Viens !

Un peu plus tard, nous roulons vers Romorantin, en direction du domaine de la Bornerie, résidence de Saint-Méhon. Je parviens à calmer la hargne qui me tient. Laurence me regarde avec un mélange d'inquiétude et d'amusement.

– On dirait un coq, dit-elle. Tu es plutôt du genre castagneur.

– Je déteste les imbéciles qui abusent du petit pouvoir qu'on leur a confié.

– Dans ce cas-là, tu as pas mal de gueules à casser. Et de raclées à récolter. Ces deux types n'étaient pas des mauviettes.

– C'est vrai, tu as raison. On m'a souvent reproché d'avoir la tête près du bonnet.

Soudain, un élément attire mon attention : depuis plusieurs kilomètres, la même voiture nous suit. C'est une petite berline de couleur sombre, qui semble s'être réglée sur ma conduite.

– J'ai l'impression que nous sommes suivis, dis-je à Laurence.

Je lève le pied, afin de vérifier. La berline ralentit à son tour. Elle répond de même à une accélération. Mais soudain, profitant d'une longue ligne droite, elle me double. J'ai le temps d'apercevoir la conductrice, qui me jette un bref coup d'œil au passage. Je ressens alors une brusque poussée d'adrénaline. Son visage me rappelle vaguement quelqu'un, mais je ne parviens pas à savoir qui. Apparemment, il s'agit d'une femme plutôt mûre, aux cheveux gris. Sa voiture poursuit sur sa lancée. Très rapidement, elle disparaît.

– Fausse alerte ! déclare Laurence. C'était seulement une petite dame un peu pressée.

– Oui ! C'est bizarre, tout de même. Son visage ne m'est pas inconnu.

– Oh, tu l'as à peine vu !

Le domaine de la Bornerie est encore mieux gardé que la clinique Saint-Eusèbe. De hauts murs le ceinturent sur des kilomètres.

Lorsque nous arrivons devant l'entrée, celle-ci est également surveillée par quatre cerbères de la même famille que les gorilles croisés un peu plus tôt. Très vite, deux d'entre eux s'approchent. Je m'adresse à eux d'un ton jovial :

– Nous sommes en vacances dans la région. Nous nous demandions si ces murs abritaient un château intéressant, et s'il était possible de le visiter.

– C'est une propriété privée, grommelle le garde. Vous ne pouvez pas rester ici.

– Bien, ne vous fâchez pas !

Je remets le contact. Il est inutile de perdre du temps à étudier les lieux. Nous n'apprendrons rien de plus.

À Montrichard, nous déjeunons dans un restaurant qui ressemble à un petit château. Il nous reste encore l'après-midi devant nous. À part le plaisir d'avoir découvert la Sologne, j'ai la nette sensation que notre démarche n'a pas été très fructueuse. Soudain, Laurence me demande :

– Sais-tu d'où vient la pierre qui a servi à construire les châteaux de la Loire ?

– De carrières, j'imagine.

– Oui, mais pas n'importe lesquelles. Ça t'intéresserait de les voir ?

– Pourquoi pas ?

Faire ça ou autre chose…

En vérité, l'endroit n'a rien à voir avec ce que j'imaginais. Bourré est un petit village situé sur la rive nord du Cher, à quelques kilomètres à l'est de Montrichard. En compagnie d'un guide féminin et de quelques rares touristes, nous franchissons une entrée sombre, pour nous retrouver dans un univers insoupçonné. J'avais déjà eu l'occasion de visiter des demeures troglodytiques. Mais, à part qu'elles sont en partie creusées dans la roche, elles ressemblent à des maisons et sont ouvertes à la lumière.

Ici, nous sommes obligés de nous munir de lampes torches. De tous côtés s'amorcent des galeries inquiétantes, taillées dans l'épaisseur de la colline, et assez larges pour laisser passer de gros véhicules. Des gueules noires s'ouvrent un peu partout, s'enfonçant de plus en plus profondément dans les entrailles de la roche. Peu à peu, je prends conscience de me trouver au cœur d'un labyrinthe colossal, en trois dimensions, dont la plupart des cavernes sont aujourd'hui désaffectées. Une sourde sensation d'angoisse émane de cet univers minéral, où les seules traces de vie rencontrées sont des champignons et quelques colonies de chauves-souris capables de retrouver l'extérieur dans une obscurité totale. Il ne viendrait à l'idée de personne de traîner à l'arrière. Notre guide nous explique qu'il existait autrefois plus de quatre cents kilomètres de cavernes. Il n'en reste plus que quatre-vingts, ce qui est largement suffisant pour se perdre. Nous apprenons également que, pendant la guerre, ces galeries furent utilisées par les résistants. Les Allemands n'osaient pas s'y aventurer.

Nous ne sommes pas fâchés de retrouver l'air libre. Avant de revenir à Saint-Viâtre, nous faisons quelques pas en forêt, pour profiter du coucher de soleil sur les étangs. Laurence laisse planer un long silence, puis déclare :

– Tu es le premier que j'amène ici depuis mon divorce. Mon ex n'est venu qu'une fois. Il n'aimait pas la Sologne, cet idiot. Et toi ?

– Je crois que j'aime bien ce pays et les gens qui l'habitent. Tes grands-parents sont très sympas. Un peu… surprenants tout de même. Chez eux, on a l'impression de changer d'époque.

– Parce qu'ils *sont* d'une autre époque. Et après t'avoir vu, ils doivent s'être mis des idées dans la tête.

Je la prends contre moi.

– Cela ne me pose pas de problèmes.

Elle m'embrasse, puis me pose un doigt sur le nez :

– Si tu aimes mon pays, je crois que je vais te garder.

Elle soupire, puis ajoute :

– Cependant, en ce qui concerne Nathalie, j'ai bien l'impression que notre voyage n'a servi à rien.

Elle se tourne vers moi.

– Nicolas, tu ne crois pas que l'un des deux corps de ce matin puisse être le sien ?

Je ne réponds pas immédiatement.

– Non, dis-je enfin. Plus j'y pense et plus je suis persuadé que Nathalie est toujours vivante. Et je suis sûr aussi que sa disparition est liée à des événements mystérieux qui se sont déroulés ici, en Sologne.

20

Laurence passe le plus clair de son temps chez moi. À part un petit film publicitaire, les producteurs ne se bousculent pas pour lui proposer des rôles. Ça n'a pas l'air de la contrarier outre mesure : elle vient me chercher à la sortie du bureau, fait mes courses, me prépare des petits plats. La cuisine est son passe-temps favori. Le matin, avant mon départ, elle demande si j'accepte qu'elle modifie mon intérieur à sa manière. Je la laisse faire. Je vois ainsi apparaître rideaux, napperons, vases emplis de fleurs, des petits détails auxquels je n'aurais jamais pensé moi-même.

Nous n'avons pas pour autant renoncé à rechercher Nathalie. Elle déteste au moins autant que moi l'injustice et la lâcheté. Je commence à la connaître assez pour savoir qu'elle est aussi tenace que moi. Pour la première fois depuis bien longtemps, j'éprouve l'extraordinaire impression de n'être pas seul. Le samedi suivant, elle a une nouvelle idée à me soumettre :

– Et si nous allions faire un tour chez elle ?

– Chez elle ?

– Elle possédait un appartement dans le XVIe.

– Tu crois qu'elle se cache là depuis un an et demi ?

– Non, mais nous trouverons peut-être sur place quelqu'un qui nous renseignera.

L'immeuble est ancien, cossu, avec des frises en trompe-l'œil ; la façade vient d'être refaite. Nous entrons. Une série de luxueuses boîtes à lettres s'aligne contre le mur.

– Je ne me souviens plus de l'étage, dit Laurence. Attends ! Voilà : Nathalie Vallières, quatrième gauche.

Un grognement inquiétant se fait entendre derrière nous. Je me retourne et me trouve nez à nez avec une concierge à l'œil suspicieux, qui tient son balai comme Louis XIV son sceptre.

– Si c'est madame Vallières que vous cherchez, elle est plus là.

Je vais répondre, mais Laurence intervient :

– En fait, ce n'est pas elle que nous venions voir, mais Jean-Louis Delfosses.

Je la regarde, étonné. Elle me presse discrètement la main pour m'intimer de me taire.

– Et vous êtes qui ?

– Vous êtes bien curieuse ! Je m'appelle Loreen Murray !

La pipelette marmonne entre ses dents, puis appuie sur l'interphone.

– Monsieur Delfosses ? Y a là des gens qui vous demandent. Une certaine Loreen Murray et un monsieur. Vous êtes là ?

– Et s'il répond qu'il n'est pas là ? demandé-je.

– Alors, vous rentrez pas. Faut pas déranger mes propriétaires.

Ça, au moins c'est clair. Heureusement, une voix répond, nous évitant ainsi de passer sur le corps de la féroce sentinelle :

– Faites-les monter !

La concierge nous examine une dernière fois d'un œil méfiant, puis elle déverrouille les lieux.

– C'est au cinquième, nous précise-t-elle.

J'ignore pourquoi, mais cette bonne femme ne me plaît pas. Il y a dans son regard quelque chose de faux. Mais Laurence m'entraîne dans l'ascenseur.

– C'est quoi, le plan ? demandé-je.

– Tu ne connais pas Jean-Louis Delfosses ?

– Si, c'est un parolier, je crois.

– Je ne me souvenais pas qu'il habitait là. Mais c'est un bon copain. On a même couché ensemble, une fois.

– Ah oui ?

Elle se colle contre moi et ajoute :

– Oh, c'était il y a longtemps, pour rigoler. S'il y a quelqu'un qui peut nous renseigner, c'est lui.

– Ça alors, Laurence !

– Salut beau blond !

Elle se jette dans ses bras. L'autre la serre jalousement contre lui avant de lui déposer un bisou sur la bouche. Elle éclate de rire devant mon air grognon.

– Jean-Louis, je te présente Nicolas !

Il me dévisage d'un œil amusé.

– Excuse-moi, vieux ! Mais Laurence et moi, on se connaît depuis tellement de temps. Pas vrai, ma biche ?

– Pour sûr, Arthur ! On peut entrer ?

– Ouais, mais faites pas attention au désordre. C'est plein de machins qui traînent partout, et ma femme de ménage s'est barrée avec l'aspirateur.

– On n'est jamais trahi que par les siens !

Il nous invite à passer dans le salon. Effectivement, cela aurait besoin d'un bon coup de balai, tout ça ! Un ministudio à plusieurs claviers et consoles trône dans un coin. À part ça, tout s'entasse pêle-mêle, sur des meubles anciens qui feraient le bonheur de n'importe quel antiquaire normalement constitué. Des partitions, une guitare, les restes d'un vieux sandwich, une serviette éponge, deux jeans délavés, une veste en cuir, une boîte de préservatifs, des cohortes de verres sales, un dictionnaire de rimes, un escabeau, un camembert entamé, des piles de bouquins, des bandes dessinées, quelques cadavres de bouteilles, deux chats siamois qui nous dévisagent d'un œil circonspect, une râpe à bois, un ballon de foot, des trucs innommables. Il n'y manque qu'un raton-laveur.

Il écarte sans ménagement les deux matous qui avaient pris place sur le canapé de cuir et nous invite à nous asseoir. Deux nanas modestement vêtues de l'air du temps font une entrée remarquée dans le salon.

– Qu'est-ce qui se passe, Loulou ?

– Rien, mes biches, des potes en visite. Vous pouvez aller vous recoucher.

Les biches en question nous adressent de radieux sourires avant de s'éclipser. Il ne s'ennuie pas, Loulou ! Je le contemple, amusé. Il ne doit pas mesurer moins de deux mètres. Il est habillé d'un vieux chandail à la couleur indéfinissable, troué de partout, et d'un pantalon rapiécé. Ses pieds démesurés plongent dans de vieilles charentaises qui engueulent la moquette, avec les orteils baladeurs qui s'agitent au bout. Ses yeux d'un gris très pâle se cachent derrière de toutes petites lunettes rondes qui lui servent à loucher par-dessus pour regarder ses interlocuteurs. Mais sa chevelure est encore plus démente que le reste. Il ressemble à une éruption solaire, ce mec. Il est largement dégarni sur le devant, avec un front démesuré et tout lisse. Et par-derrière, une couronne de cheveux blonds embroussaillés, entremêlés par touffes, lui compose comme une série de protubérances. Un soleil à lunettes, avec un petit air de rigoler de tout, et de trouver que la vie est vachement marrante.

– Qu'est-ce que je peux vous offrir ? On s'est fait une petite bringue avec des potes, hier soir, et je ne sais pas s'il reste quelque chose.

Il se lève, se dirige en traînant les savates vers ce qui fut probablement une cuisine jadis. Il doit y survivre un réfrigérateur, dont on entend claquer la porte.

– Je suis désolé ! Je n'ai plus que ça.

Ça, c'est un magnum de Veuve Cliquot dont nous allons être, hélas ! obligés de nous contenter. Il débouche, s'asperge les papattes d'un air décontracté avant de remplir à ras-bord trois verres à bière.

– Eh ben, si je m'attendais à te voir, ma petite chatte. Qu'est-ce que tu deviens ?

– Pas grand-chose de terrible. Le César de la meilleure actrice, on verra ça l'année prochaine. En ce moment, je vends plutôt du bain moussant, toute nue dans une baignoire transparente, histoire de satisfaire la libido du *téléspectateurus vulgaris*.

– Je vois ça ! Et ton pote ?

– Oh accessoirement, il travaille dans une banque, pour ne pas mourir de faim. Mais plus sérieusement, il s'est mis en tête de retrouver Nathalie.

– Nathalie Vallières ?

Il me regarde, interloqué.

– Ça alors, on peut dire que tu aimes les trucs compliqués, toi !

– Pourquoi ?

– Parce que même moi qui étais son voisin, et un peu plus que ça de temps en temps, je ne sais même pas où elle est.

– Mais l'appartement du dessous lui appartient toujours ?

– Bien sûr. C'est son notaire qui s'occupe des papiers.

– Qu'est-ce qui a pu se passer, d'après toi ?

– Aucune idée. J'ai essayé d'en savoir plus. Mais le notaire n'a rien voulu me dire. Il se contente de faire fructifier son fric. Parce qu'elle était très riche, notre copine. L'appartement est à elle. Elle a aussi une propriété dans les Yvelines. Sans compter ce qu'elle a sur son compte en banque. Mais depuis un an et demi, plus de nouvelles.

Bon, fausse piste, encore une fois. Delfosses continue :

– J'ai essayé de comprendre. Je l'aimais beaucoup, Nathalie. Souvent, on se réunissait chez elle ou chez moi, avec des copains. On faisait des bringues à tout casser, ou bien on faisait des bœufs. Je ne vous dis pas le nombre de chansons qu'on a composées comme ça, dans des moments de délire. C'est ici qu'elle a eu envie d'enregistrer un disque. Je lui ai écrit les paroles. Et c'est Noël, tu sais, Noël Charron, qui a composé la musique. On ne pensait même pas que ça pourrait faire un tube, ce machin. Mais elle s'est retrouvée première au top, avec ces conneries. Il faut dire qu'elle avait un de ces bols. Tout lui réussissait. Elle avait de l'or partout en elle, cette fille. Une espèce de magicienne. Quand elle arrivait quelque part, tout se transformait. Tu faisais la gueule depuis trois jours, ton banquier et ton percepteur te faisaient flipper, ton meilleur copain s'était barré avec ta petite amie, et soudain, rien qu'à la voir débarquer, tu trouvais la vie vachement belle, et tu avais envie de faire la fiesta avec des potes. C'était une nana extraordinaire. Quand tu étais dans la panade, tu pouvais l'appeler, elle était toujours là, à n'importe quelle heure du jour ou de la nuit.

Il reste un long moment sans parler. Il secoue la tête, ce qui agite ses mèches folâtres d'une façon comique. Mais lui n'a plus trop envie de rigoler, tout à coup. Il nous finit la bouteille de Veuve Cliquot.

– Je ne comprends pas qu'on ait pu faire du mal à une fille comme elle.

Il lève le nez vers moi.

– Et toi, qu'est-ce que tu lui veux, à Nathalie ?

– Je l'ai connue toute petite.

Je lui montre la photo.

– Ça alors ! C'est elle ? C'est rigolo.

– Christophe Leclerc m'a dit qu'elle avait déjà disparu une fois. Peut-être a-t-elle recommencé…

– Non ! La première fois, c'est à cause de son vieux.

– Elle ne m'en a jamais parlé, intervient Laurence.

– C'est normal. Nathalie, c'était pas le genre à emmerder le monde avec ses problèmes. Ça s'est passé il y a quelques années. Elle venait d'acheter son appartement et la propriété des Yvelines. Elle en était vachement fière. En moins de deux ans, elle avait tourné quatre films, dont deux aux États-Unis. Tous les quatre ont été des succès. Elle avait touché un très gros paquet et ne savait plus quoi faire de son fric. Un jour, elle vient me voir. Elle m'avait déjà raconté une fois, à demi-mot, les problèmes qui l'avaient opposée à ses parents quand elle était plus jeune. Mais le temps avait passé, et sa rancune s'était effacée. Elle voulait se réconcilier avec eux. Elle avait réussi, elle était célèbre, adulée des foules, et elle était pleine aux as. Elle est venue me voir avant de partir. Elle voulait avoir mon avis. Même si elle vivait entourée d'amis, elle n'avait plus de famille. En fait, elle se sentait très seule. Sa mère et sa sœur surtout lui manquaient. Elle voulait les retrouver, leur dire qu'elle était parfaitement heureuse, que son métier lui plaisait. Elle envisageait de les aider, de leur acheter une maison plus grande. Elle disait que ça ne lui servait à rien d'être riche si elle était seule à en profiter. Mais elle avait le trac. Elle ne les avait pas prévenus de sa visite. Elle voulait leur faire la surprise. On aurait dit une gamine. Le retour de l'enfant prodigue, en quelque sorte. Je l'ai rassurée. Tout devait bien se passer.

« Si j'avais pu prévoir… Deux jours plus tard, le soir, on sonne. C'était elle. Défigurée. Elle avait l'arcade sourcilière fendue, un œil poché. Son corps était marqué de bleus. Son père l'avait frappée. Il l'avait traitée de saltimbanque, de dévergondée, de putain, j'en passe et des meilleurs. Elle avait été tellement surprise qu'elle n'avait même pas pensé à se défendre. Bien allumé, le paternel, quand même. Un vieux connard intégriste et facho.

– C'est pas vrai ! dit Laurence, bouleversée.

J'interviens :

– C'est curieux. J'ai retrouvé sa sœur. Elle ne m'a pas parlé de ça.

– Sa mère et sa sœur étaient absentes. Je suppose que le vieux salaud ne s'est pas vanté de son exploit, après.

– Qu'est-ce qui s'est passé ensuite ?

– Elle était désespérée. Elle parlait de se flinguer. J'ai réussi à l'en dissuader. Mais, quelques jours plus tard, elle a disparu. J'ai eu peur qu'elle ait fait une connerie, et je m'attendais chaque jour à ce qu'on retrouve son cadavre. Mais non, elle s'était volatilisée sans laisser de traces. Ça a duré presque un an. Et puis un jour, elle est revenue, comme si rien ne s'était passé. Personne n'a jamais su ce qu'elle a fait pendant cette période. Moi pas plus que les autres. Mais quelque chose l'a décidée à reprendre une vie normale. Les journalistes l'ont harcelée, elle n'a jamais parlé. Je suppose que cette première disparition est liée à la réaction imbécile de son père. Aujourd'hui, elle a définitivement rompu avec sa famille. La cause de son départ est donc différente.

– Tu ne crois pas qu'on a pu l'aider à disparaître ?

Il ne répond pas immédiatement.

– J'espère que non. Mais, depuis quelques mois, elle fréquentait un chirurgien, Duplessis. Je n'aimais pas ce type. Un drôle de mec, bourré de fric, cynique, proche d'un révisionniste antisémite d'extrême droite.

– Saint-Méhon ?

– Oui, tu connais ?

– J'en ai déjà entendu parler.

– Je l'ai croisé une fois, tout à fait par accident, dans une soirée organisée par Nathalie chez Duplessis. Ce type est à gerber. Il est arrogant, cynique, malsain et considère tout le monde comme de la merde.

Je lui raconte alors la soirée chez Saint-Méhon, telle que me l'a rapportée Élisabeth, et le drame qui a suivi. Il m'écoute avec attention.

– Cette histoire ne m'étonne pas, dit-il enfin.

Il se passe une nouvelle fois la main dans les protubérances et ajoute :

– Il y a pourtant une chose que je ne comprends pas : pourquoi une fille généreuse comme Nathalie a-t-elle été se coller avec un rastaquouère comme Duplessis ?

Il laisse passer un court silence, puis précise :

– C'est du côté de ces gens-là qu'il faut chercher une explication à sa disparition.

– Tu n'as vraiment aucune idée…

– Il y a peut-être quelqu'un qui pourrait te renseigner. Immédiatement après sa première disparition, elle s'était liée d'amitié avec Sylvie Mesnières.

– L'aquarelliste ? demande Laurence.

– Exactement. C'est une femme géniale. Je l'ai rencontrée plusieurs fois chez Nathalie. Je sais qu'elle était devenue une sorte de confidente pour elle. Peut-être sait-elle quelque chose, mais je ne peux pas promettre qu'elle acceptera de vous recevoir.

Lorsqu'il nous raccompagne, il me prend par les épaules.

– Sois prudent, Nicolas ! Si ce Saint-Méhon a un rapport avec la disparition de Nathalie, méfie-toi de lui ! Il y a quelque chose de bizarre dans son regard. J'ai eu l'impression… qu'il n'était pas vraiment humain.

21

Monsieur Fabre est mort. Monsieur Fabre s'est suicidé.

La nouvelle m'a laissé effondré, désemparé. Depuis mon retour de Sologne, je n'avais plus de nouvelles de lui. La direction m'avait repris le dossier, et j'avais été contraint de m'incliner. J'ai tenté plusieurs fois de le joindre, mais on m'a répondu à chaque fois qu'il était absent.

Sa femme vient de m'appeler, chez moi, juste après notre visite à Jean-Louis Delfosses. Avec des mots simples et dignes, elle m'a expliqué que les règlements sur lesquels comptait son mari étaient arrivés, mais seulement en partie. Cela n'avait pas suffi à calmer la direction de l'UBPIC. Mon remplaçant n'était autre que Galloire. Celui-ci n'avait rien voulu savoir et avait fait valoir la caution prise sur la demeure. La maison avait été mise en vente immédiatement après le passage d'un huissier. Tout était allé très vite. La propriété, estimée plus de deux millions de francs, avait été mise en vente aux enchères à cinq cent mille, valeur de l'encours restant dû. Elle avait été aussitôt achetée pour cinq cent dix mille. Monsieur Fabre, furieux, avait mené son enquête pour connaître l'identité des acheteurs, et il avait appris qu'il s'agissait d'une filiale de l'UBPIC.

– Il a eu la sensation d'être trahi, monsieur Dorval, m'explique sa femme. Il se reprochait de ne pas avoir écouté vos conseils, de s'être montré trop confiant, trop crédule. Il aurait dû déposer le bilan lorsque vous le lui aviez suggéré. Il avait le sentiment d'avoir causé la ruine de sa famille. De plus, il n'avait pas le courage d'annoncer aux ouvriers que la société allait fermer. Alors, hier matin, il a profité de mon absence pour prendre son fusil de chasse, il a mis le canon dans sa bouche, et il a tiré. Il m'a écrit une lettre dans laquelle il me supplie de lui pardonner. Aujourd'hui, je n'ai plus rien. Et pourtant, il aurait suffi que votre banque patiente encore un peu. Et puis, pourquoi n'a-t-elle pas vendu la maison à sa vraie valeur ? Quand il a su le prix d'achat, Pierre s'est mis en colère, mais on lui a répondu que la banque avait agi dans la plus stricte légalité.

Je ne sais que répondre. Il y a des sanglots dans sa voix, mais la haine n'y a pas sa place. Elle trouve encore assez de force pour masquer sa douleur et ajouter :

– Je vous suis reconnaissante pour tout ce que vous avez fait pour nous, monsieur Dorval. Mais vos patrons sont des escrocs et des assassins !

– Oui, madame Fabre. Et le pire, c'est que nous ne pourrons même pas leur faire payer leur crime.

Laurence ne sait que faire. Après avoir raccroché, je m'effondre en larmes. Monsieur Fabre avait raison : il a été trahi. Par la banque, bien sûr, et particulièrement par cette ordure de Galloire. Mais aussi par lui-même, parce qu'il n'avait pas compris que le monde avait changé, que la valeur humaine ne compte plus face à la toute-puissance de l'argent. Lorsqu'il s'en est rendu compte, il était déjà trop tard, et il avait permis à l'UBPIC de dépouiller les siens. Je pleure de rage et de dépit, car je ne peux plus rien faire pour lui ni pour sa famille, une famille anéantie par la rapacité des financiers trop soucieux de préserver leurs sordides intérêts au mépris de la vie humaine. J'ai envie de foutre le feu au siège de l'UBPIC. Mais cela ne résoudrait rien. Je pleure aussi de tristesse. Je ne peux chasser de mon esprit l'image de monsieur Fabre, son sourire confiant, sa bonne humeur constante, la tendre complicité qui le liait à sa femme, son enthousiasme pour me parler de son métier, de ses meubles, du bois, de ses projets.

Le lendemain, je fonce dans le bureau de Trumeaux. Il m'apostrophe vertement :

– On ne vous a jamais appris à frapper avant d'entrer.

– Ne me parlez pas de frapper, Trumeaux ! Vous pourriez le regretter dans la seconde qui suit.

– Quoi ? Qu'est-ce qui vous permet de...

Je l'attrape par le col et l'attire par-dessus son bureau.

– Voulez-vous me lâchez !

Je le repousse violemment. Il tombe assis sur son fauteuil à roulettes qui manque de basculer. Il s'égosille :

– Vous êtes viré, Dorval !

– Silence !

Il devine au ton de ma voix qu'il a intérêt à obéir et rajuste tant bien que mal sa dignité malmenée.

– Vous vouliez ma démission ? La voilà !

Je jette sur son bureau la lettre écrite hier soir, dans laquelle j'énumère toutes les raisons qui m'ont amené à quitter l'UBPIC.

– Votre démission ?

Il est stupéfait. Ma décision soudaine lui coupe toute réplique.

– Il m'est impossible de continuer à travailler pour une banque où règne une mentalité aussi écœurante.

– Et ça vous prend comme ça ? Je croyais que vous ne vouliez pas partir…

Il a du mal à cacher un sentiment de triomphe. Il doit déjà voir le visage de Malaterre quand il va lui annoncer la bonne nouvelle. Mais je coupe court à sa jubilation.

– Notre client, monsieur Fabre, vient de se tirer une balle dans la tête.

– Hein ? Mais je… je n'étais pas au courant. Et pourquoi ?

Devant son air hypocrite, je ne peux m'empêcher de crier.

– Parce que l'UBPIC l'a ruiné, voilà pourquoi ! C'est pour lui que je suis resté. Mais cela n'a servi à rien. Maintenant qu'il est mort, je n'ai plus aucune raison de continuer à travailler pour des gens que je considère comme des escrocs !

– Monsieur Dorval, je vous prie de mesurer…

– Il s'est suicidé à cause de vous !

– Pas à cause de moi ! Je n'y suis pour rien !

Je réplique avec une ironie teintée de colère :

– Personne n'y est vraiment pour rien ! Chacun n'a fait qu'obéir aux ordres, et chacun est couvert par la loi ! Vous n'avez donc pas de souci à vous faire.

Il n'est plus tout à fait à l'aise, à présent.

– La banque a seulement fait valoir ses droits, avance-t-il.

– Ouais ! Et une filiale de l'UBPIC a racheté la maison de monsieur Fabre au quart de sa valeur. Mais elle n'aura aucun scrupule à se mettre la différence dans la poche quand elle la revendra.

– Je n'y suis pour rien, moi, répète-t-il. Et l'UBPIC a agi dans le cadre strict de la loi.

– Parfaitement ! Dans le cadre strict de la loi, vous avez assassiné lentement la société Fabre en lui comptant des agios inférieurs de quatre dix millièmes au taux de l'usure, sans compter les frais et les commissions. Jusqu'à présent, je croyais naïvement que lorsque quelqu'un était sur le point de se noyer, on lui envoyait une bouée et on l'aidait à s'en sortir. C'est ainsi que l'on agirait dans une société civilisée digne de ce nom. Mais nous vivons dans un univers de requins et de charognards, pour qui la vie humaine n'a aucune valeur. L'UBPIC a maintenu la tête de Fabre sous l'eau. Aujourd'hui, il est mort. On ne peut rien vous reprocher, n'est-ce pas ? Mais, dites-moi, Trumeaux, ne pensez-vous pas que vous aurez un peu honte, ce soir, lorsque, chez vous, vous vous regarderez dans votre glace, et que vous vous direz que l'un de vos clients est mort à cause de la banque pour laquelle vous travaillez, et un peu à cause de vous ?

– Je ne vois pas pourquoi je me sentirais coupable ! Je n'ai fait que mon travail.

– Vous aurez assez de courage pour le dire à la veuve de monsieur Fabre ?

– Je ne vois pas pourquoi je devrais…

– Madame Fabre est toujours cliente de cette agence ! Elle va sans doute demander à vous rencontrer, ne serait-ce que pour fermer ses comptes.

– Écoutez… je suis désolé de ce qui est arrivé à ce monsieur. Mais nous étions dans notre droit… nous ne pouvions pas prévoir…

– Arrêtez, Trumeaux, votre lâcheté va me faire vomir. Je n'ai même pas envie de vous casser la gueule ! J'ai trop peur de me salir. Cependant, dites à ce fumier de Galloire qu'il évite de se trouver sur ma route. Parce que vous, vous n'êtes qu'un petit directeur d'agence. Vous n'avez rien fait pour aider votre client, mais vous de toute façon, vous n'auriez rien pu faire. Vous êtes plus à plaindre qu'à blâmer. Ce sont vos patrons les vrais responsables. Et la loi qui les protège ! Malheureusement, je ne me sens pas assez fort pour lutter contre ce système dégueulasse ! Aussi, je préfère partir.

Je lui montre la lettre.

– Bien entendu, vous recevrez confirmation de ma démission par lettre recommandée.

Je quitte son bureau. Il me suit, partagé entre la crainte et la colère. Comme je rassemble mes affaires personnelles, il demande :

– Qu'est-ce que vous faites ?

– Vous le voyez, je m'en vais !

– Mais vous nous devez trois mois de préavis ! Vous êtes cadre !

– Eh bien, adressez-vous aux tribunaux. Je me ferai un plaisir de leur expliquer pourquoi j'ai démissionné. Je leur parlerai aussi des magouilles que j'ai découvertes.

– Quelles magouilles ?

– Certains clients, qui bénéficient, eux, d'étranges conditions préférentielles pendant que d'autres se font escroquer.

– Qu'est-ce que c'est que cette histoire ?

– La clinique Saint-Eusèbe, par exemple ! Est-il normal que ses agios soient quasiment inexistants ?

– Je ne comprends pas ce que vous dites ! Comment avez-vous appris cela ?

– Cela ne vous regarde pas ! Mais voilà un détail qui pourrait intéresser la Commission de contrôle des banques.

– Et qu'est-ce que vous allez faire ?

– Je n'en sais encore rien ! Sans doute consulter un avocat. Je crois qu'il serait plus raisonnable que l'UBPIC me verse très vite ce qu'elle me doit, en m'offrant les trois mois de préavis que je refuse de faire. Ainsi, vous n'aurez rien à vous reprocher vis-à-vis de moi. Dans le cas contraire, je risque d'être très en colère !

– Foutez le camp, Dorval !

Sous l'effet de la colère, il devient violet. Je devine dans son regard quelque chose qui ressemble à de l'inquiétude, et qui me confirme tout à coup qu'il est au courant des conditions particulières accordées à Saint-Eusèbe. Et sans doute aux autres.

Une fois sur le trottoir, j'aimerais éprouver la grande sensation de liberté que j'avais espérée, mais elle ne vient pas. La mort de monsieur Fabre m'a touché profondément. Je suis resté dans cette banque sordide pour l'aider. J'ai échoué, et quelque part, je me sens, moi aussi, un peu responsable. Bien sûr, je ne pouvais rien faire contre la toute-puissance de la direction. Et surtout, je ne pouvais pas empêcher monsieur Fabre de commettre ses erreurs. Tout cela est d'une tristesse désespérante. J'ai fait un coup d'éclat, j'ai dit ce que je pensais à ce crétin de Trumeaux. Mais il n'est qu'un sous-fifre. Les vrais responsables sont plus hauts, inaccessibles. Une vague idée de meurtre m'effleure. J'aimerais les tenir tous au bout d'un fusil à pompe, les Malaterre, les Galloire, tous ces chiens qui font passer la rentabilité avant la vie d'un homme. Des rapaces, des requins, des… financiers.

En moi domine surtout un terrible sentiment d'impuissance. Je ne suis pas assez fou pour aller venger monsieur Fabre en massacrant le directoire de l'UBPIC. Et puis, cela ne le ramènerait pas à la vie. Dans quelques jours, ma colère va s'estomper. J'aurai recommencé une nouvelle vie. Laurence m'aidera à oublier ce drame. J'ai de quoi tenir plusieurs années sans avoir besoin de travailler. Je vais sans doute en profiter pour me consacrer à devenir photographe professionnel. J'aurai, de temps en temps, une pensée émue pour madame Fabre. Mais elle sera seule pour supporter son malheur et sa solitude.

Tout cela m'écœure. Je rentre chez moi. Laurence m'attend. Elle m'entoure de ses bras, me serre contre elle sans poser de question. Une bouffée d'amour monte en moi.

« Je t'aime Laurence ! Merci d'être là ! » lui dis-je en moi-même. Peut-être entend-elle. Elle me caresse la joue, m'embrasse, et me murmure à l'oreille :

– Moi aussi, je t'aime, Nicolas.

Le son de sa voix, ses mots me font l'effet d'un baume.

Le soir, nous sommes tous deux réunis autour d'un Bushmills. Je déclare :

– Je suis sûr que cette maudite banque trempe dans des affaires louches. Si un jour j'ai la possibilité de leur balancer des bâtons dans les roues, je n'hésiterai pas un instant.

Les infos égrènent leur sempiternel chapelet de catastrophes en tout genre quand, de nouveau, on parle de Marolles. Nous apprenons ainsi que les morceaux de cadavres appartiennent eux aussi à des Sud-Américains, un homme et une femme. Malgré les recherches des plongeurs de la gendarmerie, certaines parties des corps n'ont pas été retrouvées. Le mystère reste entier, car, comme dans le cas de la première femme, les cadavres ont été calcinés, vraisemblablement au chalumeau ou au lance-flammes, et les mâchoires ont été détruites. D'après les premières analyses, les experts font remonter les meurtres à près de deux ans. Les enquêteurs privilégient la piste d'un tueur en série.

– En tout cas, cela confirme que ces morts n'ont aucun rapport avec Nathalie, conclut Laurence.

– Avec elle, non. Mais peut-être en ont-ils avec le récit d'Élisabeth.

– Tu crois qu'il s'agit des victimes de combats organisés par Saint-Méhon ?

– Il y a de fortes chances.

– Cela ne colle pas. Les combats dont a parlé Élisabeth sont récents. Et les cadavres sont anciens.

– Ce ne sont sans doute pas les premiers…

Je secoue la tête. Cette spéculation est gratuite. Saint-Méhon n'avait aucun besoin de mutiler les cadavres de cette façon. Seul un *serial killer* est capable de ce type de monstruosité. Soudain, le téléphone sonne. Agnès. Elle m'annonce qu'un salon international félin se tient le week-end prochain et me demande si je peux la recevoir quelques jours.

22

J'ai parlé d'Agnès à Laurence, sans lui cacher la relation particulière qui nous avait liés autrefois, et que nous avons tenté, sans succès, de confirmer au début de l'année. J'aime ces deux femmes, d'une manière différente, et je ne veux pas laisser s'installer d'ambiguïté. Laurence a très bien compris et se montre ravie de faire connaissance avec ma camarade d'enfance. Elle croit, tout comme moi, que l'amitié peut exister entre un homme et une femme.

J'ai un peu l'impression d'être en vacances. J'ai rappelé Trumeaux, pour savoir quand l'UBPIC m'adresserait mon solde de tout compte. À ma grande surprise, il n'a émis aucune objection. La direction a accepté ma démission et me fait cadeau des trois mois de préavis. En revanche, il me demande d'être un peu patient. Il faut diverses signatures, etc. Je suis à la fois satisfait et intrigué. Il n'est pas dans les habitudes de l'UBPIC de baisser pavillon aussi facilement.

J'ai assisté aux obsèques de monsieur Fabre. Son épouse m'a remercié. Je lui ai expliqué que j'étais venu à titre personnel, et que je ne faisais plus partie de l'UBPIC.

– J'espère que vous n'avez pas perdu votre travail à cause de cette histoire, monsieur Dorval.

– Elle m'a décidé à donner ma démission, ce que je voulais faire depuis longtemps. Je ne pouvais pas continuer à travailler pour des escrocs.

Mon ex-employeur n'a pas envoyé de représentant. Personne n'a eu le courage de se dévouer. Mais plus probablement, ces messieurs se moquent de la mort de monsieur Fabre comme de leur première pièce comptable.

Laurence travaille. Son agent lui a trouvé une série de films publicitaires pour des produits de beauté, où on la voit le plus souvent dans le plus simple appareil. Par curiosité, je l'accompagne parfois sur le tournage.

La plupart du temps, je déambule dans les rues de Paris, les mains dans les poches, avec la satisfaction un peu perverse de voir les autres se précipiter vers leur lieu de labeur. Je sais bien que je dois ce *dolce farniente* à la prévoyance de mes parents, mais j'estime ne pas avoir volé ces quelques jours de fainéantise. J'ai besoin de me changer les idées.

Cette crise de paresse m'amène tout doucement au vendredi soir, qui voit Agnès débarquer d'un taxi, les bras chargés de valises. Elle me saute au cou comme si elle m'avait quitté la veille.

La soirée se déroule comme un rêve. J'étais un peu inquiet au sujet de la rencontre entre Agnès et Laurence. Mais une complicité de femmes s'établit aussitôt entre elles. Elles bavardent comme si elles s'étaient toujours connues, se marrent comme des folles, parfois à mes frais. Mais je suis trop heureux pour m'en plaindre.

– Le salon se déroule à Saint-Léger-en-Yvelines, m'informe Agnès. Sais-tu comment il faut faire pour s'y rendre ?

– C'est dans la grande banlieue, au sud-ouest. Il y a bien le train, mais il s'arrête à Rambouillet.

Laurence intervient :

– Pourquoi ne l'accompagnes-tu pas là-bas ? Demain, je suis prise toute la journée par un tournage.

Agnès se tourne vers moi.

– Je ne veux pas t'accaparer…

– Au contraire ! Je n'ai rien de précis à faire, et tu sais que j'adore les chats. Je t'emmènerai !

Le lendemain matin, nous quittons la capitale de bonne heure, afin d'éviter les embouteillages des départs en week-end. Malgré l'heure matinale, la circulation est déjà dense. Agnès me raconte ses projets, m'explique qu'elle veut agrandir la chatterie. Je suis heureux de la sentir près de moi. Pourtant, sans raison aucune, je ressens un malaise inexplicable. Cela n'a rien à voir avec elle. Il y a autre chose. Depuis Paris, j'éprouve une gêne incompréhensible…

Nous passons Coignières, le Perray-en-Yvelines. À l'entrée de Rambouillet, je bifurque en direction de Saint-Léger. Soudain, Agnès interrompt son bavardage et me demande :

– Qu'est-ce que tu as ? Cela fait plusieurs minutes que tu n'as pas dit un mot. Je t'ennuie ?

– Non, mais j'ai l'impression que nous sommes suivis.

Je connais à présent la raison de ma gêne. Cela fait plusieurs fois que je remarque un gros 4 × 4 noir dans mon rétroviseur. Il était déjà là à notre départ de Paris. Cependant, dans le flot de la circulation, je n'y ai pas vraiment prêté attention. Par moments, il restait invisible, dissimulé par d'autres véhicules. Mais la route menant à Saint-Léger est peu fréquentée. Il peut s'agir d'une coïncidence, pourtant mon subconscient me crie de me tenir sur mes gardes. Le véhicule possède des vitres foncées, ce qui m'interdit d'apercevoir la tête de ses occupants. Peu à peu, ce crétin se rapproche et me colle au plus près. Cette manœuvre imbécile a déjà le don de m'énerver en temps normal. Dans le cas présent, j'ai l'impression que je vais exploser. Il fait rugir son moteur. Je ralentis pour le laisser doubler, mais il s'obstine à rester derrière moi.

– Qu'est-ce qu'il nous veut ? s'inquiète Agnès.

– Je n'en sais rien, mais si ça continue, je vais m'arrêter pour le lui demander.

Tout à coup, alors que je m'apprête à négocier un virage bordant un fossé, l'autre accélère et me percute violemment à l'arrière.

– Il est fou ! hurle Agnès.

L'attaque brutale me surprend. Avant que je n'aie pu réagir, ma voiture est propulsée en contrebas. Agnès pousse un cri de terreur. Nous basculons dans le vide. Le temps semble se décomposer, mes pensées s'accélèrent. Le fossé n'est guère profond, et je sais déjà que la chute ne sera pas mortelle. Simultanément, un mélange de fureur et d'angoisse s'empare de moi. Je voudrais tenir ce salaud au bout de mes poings. Mais j'ai peur aussi, parce que je ne comprends pas. On nous a délibérément projetés dans le vide. Avant même que ma voiture ne vienne percuter le fond, mon esprit a fait le rapprochement avec la mort d'Élisabeth et l'affaire de Saint-Méhon…

Le heurt est d'une rare violence. Les airbags se gonflent aussitôt, amortissant le choc. Agnès hurle. Je lui parle pour la rassurer. Apparemment, nous n'avons rien de cassé. Je tente de m'extraire du véhicule, bien déterminé à dire ma façon de penser à l'autre salopard, si toutefois il n'a pas pris la fuite. Une odeur d'essence me fouette les narines. Une poussée d'adrénaline m'incite à accélérer la manœuvre. Nous devons sortir de la voiture avant qu'elle n'explose. Je parviens à détacher ma ceinture, celle d'Agnès, un peu groggy. Aussi vite que possible, je la tire hors du véhicule. C'est alors que des détonations éclatent. Des sifflements me vrillent les oreilles. À moins d'un mètre dc ma tête, la végétation explose, les branches sont déchiquetées. Une nuée d'oiseaux s'envolent, effrayés. Je n'ai pas le temps d'avoir peur. Là-haut, depuis le bord de la route, deux types au visage recouvert d'une cagoule nous braquent. Des éclairs de feu jaillissent de leurs armes automatiques. Je sens le corps d'Agnès tressauter dans mes bras. Incrédule, je vois son chemisier s'orner de taches écarlates. Puis un choc explose dans ma tête et je sombre dans le néant.

23

Lorsque je reprends conscience, le monde semble pris de folie. Une sirène hurle dans mes oreilles, des lumières éclatent un peu partout. Des bruits de pas écrasent des branches, près de ma tête. Des voix parlent, très vite, autour de moi. Je ne comprends pas ce qu'elles disent. Je voudrais réagir, mais j'en suis incapable. On me bouscule, des douleurs fulgurantes me traversent, mouvantes. J'essaie d'ordonner mes pensées, sans y parvenir. Une odeur d'humus et d'essence mêlés m'imprègne les narines. Une couverture m'enveloppe, comme un cocon bienfaisant, on me soulève. Il y a des bruits de voiture, des appels, la sirène se rapproche.

Néant…

Un visage masqué est penché au-dessus de moi. Sans doute une femme. Ses gestes sont doux et précis. Derrière elle, un homme lui passe des instruments étranges, brillants. Des lumières surnaturelles scintillent, tournent, tournent… J'ai du mal à respirer. Autour de moi, tout semble en mouvement. J'entends le bruit d'un moteur, et toujours le hurlement de la sirène. Un mot s'infiltre dans ma conscience : ambulance. Je ne suis donc pas mort…

– Cessez de vous agiter ! Tout va bien ! dit la voix de la femme masquée.

Tout va bien ! On voit que ce n'est pas elle qui souffre. Soudain, une idée terrible me traverse la tête, un flot de mémoire me revient. Agnès !

– Agnès…

Ce n'est pas vrai, ce n'est pas ma propre voix, ce couinement de souris asthmatique…

– Je vais vous donner un calmant !

Une piqûre de guêpe me traverse l'avant-bras. Les douleurs s'éloignent, se dissolvent dans un brouillard sirupeux. Tout va bien, a dit l'ange masqué. Après tout, je ne peux plus faire grand-chose pour moi-même, en ce moment, alors, autant leur faire confiance. Je suis épuisé, moulu, comme un alpiniste qui aurait gravi dans la foulée l'Everest et l'Anapurna. D'autres se chargeront de me mener au sommet. J'ai fait le plus gros. Alors, je lâche prise et me laisse glisser dans l'inconscience.

L'odeur d'humus et d'essence a disparu, remplacée par un relent d'éther, de médicament. Des voix feutrées parlent non loin de moi.

– Ne vous inquiétez pas, mademoiselle. Il s'en tirera ! Il a eu beaucoup de chance. La première balle a été déviée par la boîte crânienne. Il n'y a même pas de fêlure. L'autre balle a pénétré l'abdomen, mais sans toucher d'organe vital. Nous l'avons extraite. Dans quelques jours, votre ami sera sur pied.

J'ouvre les yeux. Laurence est là. Elle parle avec un géant en blouse blanche qui me tourne le dos. Je veux les appeler, mais j'en suis incapable. C'est alors que je me rends compte que des tuyaux plongent un peu partout dans mon corps, par le nez, la bouche. Au-dessus de ma tête, une perfusion distille le contenu de deux poches transparentes dans mes veines. La voix du géant poursuit :

– Nous avons été obligés de l'intuber pour l'opération, mais nous le libérerons très bientôt.

Laurence s'approche.

– Est-ce qu'il m'entend ?

– C'est peu probable ! Il est encore sous l'effet des anesthésiques.

– Pourtant, il a les yeux ouverts.

– Il commence seulement à reprendre conscience. Il faudra encore plusieurs heures avant qu'il ne revienne complètement à lui. Il vaudrait mieux le laisser se reposer.

Imbécile ! Mais je ne veux pas me reposer ! J'entends tout ce que tu racontes ! Et j'ai envie que Laurence reste près de moi. Laurence !

Je la fixe intensément pour lui faire comprendre que j'ai besoin d'elle, de sa présence. Je veux savoir ce qui m'est arrivé. Qui étaient ces types ? Et pourquoi m'ont-ils tiré dessus ? Et qu'est devenue Agnès ?

– Je suis sûre qu'il m'entend, docteur. Il me regarde !

– C'est une réaction normale. Mais il est encore sous le choc. Il a besoin de dormir.

– Alors, je reste ici !

Laurence, je t'aime ! Dès que je sors de cet enfer, je t'épouse et je te fais des enfants !

Le géant hausse les épaules et disparaît de mon champ de vision. Elle tire une chaise près du lit et s'assoit. J'ouvre la main, elle y dépose la sienne. Je voudrais lui parler, lui poser des questions. Mais aucun mot ne peut franchir mes lèvres. J'aperçois divers appareils autour de moi, dont une espèce de soufflet noir qui se gonfle avec une régularité de métronome.

– Tu es sous respiration artificielle, me précise Laurence.

Je bouge la tête afin de lui montrer que je la comprends, contrairement à ce qu'a dit ce crétin de toubib. Elle me sourit.

– Ne t'agite pas. Il faut te reposer. Je vais rester près de toi. Tu m'as fait tellement peur...

« Et Agnès ? »

Laurence est sans doute télépathe. Elle me comprend sans que j'aie besoin de parler. Elle reste un moment silencieuse, puis continue :

– Agnès... a eu moins de chance que toi, Nicolas. Elle a été plus durement touchée.

Ses yeux se mettent à briller.

– Elle est encore en salle d'opération. Je... les médecins font le maximum pour la sauver. Mais cet hôpital n'est pas vraiment équipé pour ce genre d'intervention. On parle de la transférer à Paris.

Malgré les calmants, les sédatifs, les anesthésiants, une violente douleur me broie la poitrine. Agnès va peut-être mourir à cause de moi. Car c'est à moi qu'on en voulait. Peu à peu, la douleur fait place à une bouffée de colère. Qui a pu commettre un acte aussi lâche ? Et surtout, pourquoi ? Quel danger puis-je représenter ? Pour qui ?

J'ai dû m'endormir. Par la fenêtre de la chambre, le jour est devenu la nuit. La lumière vive des néons a fait place à celle, feutrée et diffuse, des veilleuses nocturnes. On a installé un second lit près du mien. Une ombre familière me veille. Laurence est toujours là. Elle ne dort pas, son regard me scrute, inquiet, et soudain soulagé de me voir ouvrir les yeux. La mémoire me revient : dans la soirée, une infirmière est venue m'ôter les tubes infects qui me pénétraient poumons et estomac. J'ai eu l'impression de me retourner comme une vieille chaussette, puis tout s'est calmé, et j'ai enfin retrouvé l'usage de la parole. Mais l'opération m'a épuisé. À présent, je me sens mieux. J'ai même un peu faim.

– Où sommes-nous ?

– À l'hôpital de Rambouillet.

Je regarde par la fenêtre. Il fait nuit.

– Quelle heure est-il ?

Laurence consulte sa montre.

– Deux heures du matin ! Tu as dormi longtemps.

Je me redresse avec peine. Des bandages recouvrent mon crâne et mon ventre.

– Tu n'as rien de grave, me rassure-t-elle. Heureusement, la balle n'a pas perforé les intestins. Tu t'en tires bien.

– Agnès ?

Elle ne répond pas immédiatement.

– Les chirurgiens ont fait ce qu'ils ont pu. Ils ont extrait les balles, mais elle a beaucoup perdu de sang. Je suis allée la voir tout à l'heure. Elle est toujours en réanimation. Ils ne peuvent pas se prononcer. L'un d'eux m'a expliqué qu'elle se trouvait dans un état critique et qu'il n'y avait guère d'espoir.

– Oh non !

Je serre les dents pour combattre la nausée soudaine qui me tord l'estomac. Nous restons un long moment sans parler.

Par la porte ouverte, je distingue deux silhouettes sombres. Elles semblent monter la garde.

– Ce sont des flics, m'explique Laurence. Ils sont envoyés par le commissaire Marceau.

– Marceau ?

– Lorsqu'on est venu me prévenir que ta voiture avait été accidentée, je l'ai aussitôt appelé. Il est arrivé dans la demi-heure et m'a accompagnée à l'hôpital. Il a dû repartir, mais il a laissé deux hommes en faction. Il pense que tu es encore en danger.

– En danger…

Je dois faire un effort pour revoir la scène. Ces chiens avaient tout loisir de nous achever. Pourquoi suis-je encore vivant ? Une fois de plus, Laurence me répond sans que j'aie besoin de lui poser la question.

– Il m'a dit que vous aviez eu de la chance. Ces types s'apprêtaient à descendre dans le fossé pour vous donner le coup de grâce. Mais des voitures sont arrivées. Ils ont dû renoncer. L'un des témoins a eu le réflexe de relever leur numéro. Mais, après vérification, celui-ci ne correspondait pas à un 4 × 4. La plaque était fausse.

Je suis trop fatigué pour parler. Laurence m'a pris la main. Ses yeux sont rougis par le manque de sommeil. Pourtant, jamais elle n'a été aussi belle. Son regard ressemble à celui de ma mère lorsque j'étais malade.

Je sens à peine la douleur. La perspective de perdre Agnès m'est bien plus insupportable. Qu'ai-je bien pu faire pour que des salopards veuillent ainsi me supprimer, au mépris de ceux qu'ils sacrifieraient en même temps que moi ? Est-ce parce que je me suis lancé à la recherche de Nathalie ? Cet attentat a-t-il un rapport avec le récit sordide d'Élisabeth ? Ou y a-t-il une autre raison, que j'ignore encore ?

Je tente de faire le point. Mes ennuis ont commencé avec la mort d'Élisabeth. *On* a tenté de se débarrasser de moi en me faisant accuser du meurtre de mon ex-femme et en me désignant comme dealer. Qui est ce *on* ? Même si je n'ai aucune preuve, il s'agit probablement de Malaterre et Barioz. Je ne me connais pas d'autres ennemis. Il faut alors admettre que le récit d'Élisabeth comporte une part de vérité, ce qui reste à prouver. Marceau lui-même a conclu qu'elle avait fabulé et que sa mort était due à une overdose. En ce qui me concerne, je reste convaincu qu'elle a été assassinée. Dans ce cas, pourquoi Marceau me ment-il ? Certainement pour me dissuader de poursuivre mes investigations. Pour éviter aussi que j'essaie de me venger de Malaterre. Il a compris que j'étais plutôt du genre hargneux.

Cette hypothèse est plausible, mais comporte une faille : Élisabeth est morte depuis trois mois. Si Malaterre et Barioz avaient vraiment voulu m'éliminer, ils auraient largement eu le temps de le faire avant. Pourquoi ne m'ont-ils pas tué en même temps qu'Élisabeth ? Il leur suffisait d'attendre mon retour et de me droguer à mort à mon tour… Pourquoi ne l'ont-ils pas fait ? Peut-être n'ont-ils aucune responsabilité dans cette histoire. Ou bien ils n'avaient aucune raison de me tuer. De me tuer à *l'époque*. Mais ce qui était vrai au moment de la mort d'Élisabeth ne l'est peut-être plus aujourd'hui. Cela signifie donc qu'il s'est produit quelque chose depuis qui justifie ma disparition. Quelque chose, mais quoi ?

Et soudain, la réponse m'apparaît, claire, limpide. Je me tourne vers Laurence.

– Je sais pourquoi on a tenté de me tuer !

Ma dernière conversation avec Trumeaux me revient. Je ne me suis pas contenté de lui balancer ses quatre vérités. Sous le coup de la colère, je lui ai révélé ce que j'avais appris concernant les accords secrets entre l'UBPIC et la clinique Saint-Eusèbe. Sans doute ne tient-on pas à les voir étalés au grand jour. Or, j'ai menacé de saisir la Commission de contrôle des banques s'ils ne m'accordaient pas ce que je demandais. De plus, on m'a vu rôder du côté de Saint-Eusèbe et de la Bornerie. On a dû estimer que je devenais trop curieux. Je fais part de mes conclusions à Laurence.

– Je m'étais étonné que l'UBPIC ne fasse aucune difficulté pour me payer mes trois mois de préavis. Ce n'est pas le genre de la maison. J'aurais dû me méfier lorsque Trumeaux m'a demandé de me montrer un peu patient. Il savait déjà que j'allais mourir, et que la banque n'aurait jamais à me payer. Je suis au courant de leurs magouilles. Tout cela cache quelque chose de très grave, qui va bien plus loin qu'une simple malversation financière.

Tout à coup, une silhouette pénètre dans la chambre. Marceau.

– Comment ça va, Dorval ?

– Ça pourrait être pire. C'est gentil d'être venu me voir. Et aussi d'avoir posté des cerbères devant ma porte.

Il s'assoit et soupire.

– C'est la moindre des précautions. Vous n'êtes pas un client facile. Je vous avais pourtant mis en garde.

– Vous m'aviez averti de ne pas poursuivre mes recherches.

– Et vous ne m'avez pas écouté. Vous avez contacté Francis Frasnel, qui ne vous a rien appris. Mais ça, je le savais déjà. Puis vous vous êtes rendu en Sologne, avant de rendre visite à Jean-Louis Delfosses.

– Vous me faites suivre, ou quoi ?

– Je me méfie de vos initiatives. Vous voyez où elles vous ont mené. Votre amie Agnès Larcher est aujourd'hui entre la vie et la mort.

Je m'emporte.

– Parce que vous considérez que je suis responsable ? Je n'ai fait que lui servir de chauffeur. C'est encore autorisé, que je sache ? Comment vouliez-vous que je prévoie que l'on tenterait de nous tuer ? On voit ça dans les films, pas dans la réalité !

– La réalité est souvent bien pire que les films, Nicolas ! Tâchez de vous en souvenir.

Nicolas ? C'est la première fois qu'il m'appelle par mon prénom. J'essaye de comprendre pourquoi. Mais la vérité est simple : ce type m'aime bien. Il est sincèrement contrarié. Et c'est sans doute à sa sympathie que je dois un traitement de faveur et deux gorilles pour veiller sur moi. Ce qu'il a dit éveille aussi ma curiosité. En évoquant ma rencontre avec Frasnel, il a établi un lien direct entre ma quête et l'attentat dont Agnès et moi avons été victimes. Je bondis sur l'occasion.

– Vous pensez donc que tout ceci a un rapport avec la disparition de Nathalie ?

Il hésite, puis déclare :

– Je l'ignore. Ce que je sais, en revanche, c'est que le milieu que vous vous obstinez à contrarier n'est pas composé d'enfants de chœur.

– J'ai vu, merci. Mais je crois savoir pourquoi on a tenté de me tuer.

Je lui explique ce que j'ai appris sur les relations entre l'UBPIC et Saint-Eusèbe. Il n'a pas l'air surpris.

– Nous sommes au courant.

– Alors, vous allez pouvoir agir.

– Nous avons déjà agi. La clinique Saint-Eusèbe est sous haute surveillance. Mais il ne s'y passe rien de spécial. Nos enquêteurs l'ont visitée de fond en comble. Nous avons épluché ses comptes. Il est vrai qu'elle bénéficie de conditions préférentielles, mais cela ne constitue pas un délit aux yeux de la loi. Une banque est libre de pratiquer les taux qu'elle souhaite. L'UBPIC risque tout au plus d'avoir quelques problèmes avec la Commission de contrôle des banques pour concurrence déloyale, mais cela n'ira pas plus loin.

– Mais vous, que soupçonnez-vous ?

– Rien qui vous concerne.

– Permettez, commissaire. L'une de mes amies est dans le coma à cause de ces salopards, et j'ai moi-même failli y laisser ma peau. Je pense être malgré tout un peu concerné, non ?

– Justement. Moins vous en saurez, mieux cela vaudra pour vous.

– Quel est le rôle de Nathalie, dans tout cela ?

– Je vous l'ai dit : cela ne vous regarde pas !

– Elle n'a rien fait de mal, n'est-ce pas ?

Il me tape amicalement sur l'épaule.

– Non, elle n'a rien fait de mal, au contraire.

– Elle… elle vit toujours ?

Il ne répond pas immédiatement.

– Oui, elle vit toujours ! C'est pourquoi je vous demande d'abandonner vos recherches.

Je n'insiste pas. J'en étais sûr : il existe un lien entre Marceau et Nathalie. Mais lequel ?

24

Quelques jours plus tard, je suis totalement remis. Le mardi suivant l'attentat, on m'autorise à quitter l'hôpital. Je ne conserve de l'aventure qu'un pansement sur la tête et un autre autour du ventre. Cependant, Laurence, qui a passé toutes les nuits près de moi, me traite comme si j'étais atteint de sénilité précoce. Amusé, je proteste :

– Je peux marcher tout seul, tu sais !

Le gorille affecté à ma protection par Marceau nous accompagne, l'œil aux aguets. Mais il ne s'est rien passé depuis mon admission à l'hôpital.

– J'espère qu'il ne va pas s'installer chez moi, celui-là, dis-je en douce à Laurence. Je n'ai pas envie de lui faire une place dans notre lit.

– Ne t'inquiète pas. Nous n'allons pas chez toi. J'ai revu Marceau. Je lui ai dit que tu allais venir à la maison, le temps que tout cela se calme. Tu verras, j'ai tout préparé.

Et voilà ! Elle profite de l'occasion pour m'installer dans son nid douillet. Je n'ai certainement pas envie de refuser.

Elle habite dans les Yvelines, un petit village appelé La-Celle-les-Bordes. Sa maison est confortable, équipée d'une cheminée. Lorsque nous arrivons, elle allume un feu de bois pour me réchauffer. Elle est heureuse de pouvoir s'occuper ainsi de moi. Je l'adore. Elle est spontanée, généreuse, d'humeur toujours égale, et de surcroît très mignonne.

Pendant ce temps, le gorille, prénommé Robert, inspecte la demeure et les environs. Lorsqu'il revient, il nous adresse un grand sourire.

– Je crois que tout est tranquille. Je vais bientôt pouvoir vous laisser en paix.

Nous protestons pour la forme. Il rigole.

– Je vois bien que je suis de trop. Mais si quoi que ce soit se produit, appelez immédiatement le commissaire Marceau.

– C'est promis, répond Laurence. Cependant, demain, nous irons à l'hôpital voir notre amie Agnès.

– Alors, soyez prudents !

Il est parti. Enfin seuls. J'aimerais avoir envie de faire l'amour à Laurence jusqu'à plus soif. Mais je me sens mal. Non pas physiquement. Les médecins m'ont très bien soigné, et j'ai eu beaucoup de chance. Mais Agnès, elle, n'a pas eu cette chance. Je suis très inquiet pour elle. Un chirurgien a dit de nous attendre au pire, mais tant qu'il y a de la vie…

Dans l'après-midi, je trouve le courage d'appeler la Salpêtrière, où Agnès a été transférée. Un médecin me demande si je suis de la famille. Je lui réponds par l'affirmative. Il m'explique alors qu'il n'y a rien de nouveau. Son état est stationnaire. De nouvelles analyses ont été effectuées, dont on ne connaît pas encore les résultats.

Lorsque je raccroche, j'ai l'impression d'étouffer. Tout ceci est trop injuste. J'ai l'impression d'avoir retrouvé une sœur dont j'ai été séparé pendant vingt-trois ans. Nous avons passé une bonne partie de notre enfance ensemble, nous partageons d'innombrables souvenirs. Tout cela prend soudain une importance considérable, parce que je n'ai plus de famille. Avec Agnès et Laurence, j'avais l'impression d'avoir commencé à me construire une nouvelle famille. J'en ai marre de la solitude, marre de passer le réveillon de Noël seul, marre de n'avoir plus personne à couvrir de cadeaux…

Mais, à cause de ces ordures, ma presque sœur risque de disparaître à nouveau. Définitivement cette fois. Laurence comprend ma tristesse, la respecte et la partage. En une soirée, elle s'était liée d'amitié avec Agnès.

Vers le soir, le téléphone sonne. Prudente, Laurence décroche, puis se tourne vers moi, étonnée.

– C'est Sylvie Mesnières.

– Sylvie Mesnières ? Mais… comment sait-elle que je suis ici ?

– J'avais prévenu Jean-Louis de lui donner mes coordonnées. Je l'ai tenu informé de l'attentat.

Une certaine inquiétude m'envahit.

– Espérons qu'elle n'est pas mêlée à tout ceci.

Je prends l'appareil.

– Monsieur Dorval ?

– C'est moi !

– Jean-Louis m'a mise au courant de votre désir de retrouver Nathalie et de vos ennuis. C'est pourquoi je... j'accepte de vous aider. Moi aussi je suis très inquiète pour elle.

– Vous savez où elle se trouve ?

– Pas vraiment, mais je détiens certaines informations qui pourraient vous aider.

– Des informations que vous ne pouvez pas me transmettre par téléphone.

– Je vous appelle d'une cabine. Ma ligne est sur écoute. Si vous le souhaitez, je peux me rendre chez vous, ou dans un endroit neutre.

– Ce ne sera pas utile. Donnez-moi votre adresse.

Mercredi matin.

L'appartement de Sylvie Mesnières est situé rue La Fontaine, non loin de celui de Nathalie. Je sonne. Elle vient ouvrir. Je l'observe, fasciné. Cette femme possède une classe extraordinaire. Elle doit avoir dépassé la cinquantaine, mais on lui en donnerait sans problème à peine quarante. Ses gestes sont souples, déliés, élégants.

Son appartement est à son image. Des tableaux ornent les murs, dont certains sont signés de sa main – des aquarelles, sa spécialité. Des bibelots trônent sur des guéridons. Le salon vers lequel elle nous mène est agrémenté de tables basses et rondes en cuivre ciselé, de facture orientale. D'immenses tapis recouvrent le sol. Une terrasse ouvre sur Paris, et donne également sur une pièce vaste et claire encombrée de chevalets : son atelier. Une harmonie se dégage de l'ensemble, conférant à l'appartement une chaleur conviviale.

Sylvie Mesnières nous invite à prendre place sur un grand canapé de cuir blanc ; elle a préparé un thé à la menthe à la manière arabe. Son visage est marqué par l'inquiétude. Enfin, elle se décide à parler.

– Je vous remercie d'être venu, monsieur Dorval. Jamais je n'aurais accepté de vous rencontrer si vous n'aviez pas été victime de cet attentat. Il prouve que vos ennemis sont sans doute les mêmes que ceux de Nathalie. En vérité, je sais peu de choses, mais cela vous sera peut-être utile.

Elle marque un léger silence, m'observe avec attention, puis poursuit :

– Vous connaissez les raisons de la première disparition de Nathalie.

– Jean-Louis nous les a expliquées. Mais il ignore ce qu'elle a fait pendant les quelques mois où elle s'est… écartée de la vie publique.

– Et pour cause. Deux personnes seulement sont au courant. Je suis l'une d'elles.

Elle nous regarde l'un après l'autre et commence un récit surprenant.

– Nathalie était restée très fragile sur le plan affectif. Elle souffrait beaucoup de n'avoir plus de famille, en dehors d'Honorine, la fille de sa cousine Fanny. Lorsqu'elle est retournée en Bretagne, elle pensait que les années auraient tout arrangé. Elle était devenue riche et elle voulait en faire profiter les siens. Lorsqu'elle est arrivée, sa mère et sa sœur étaient absentes. Son père ne lui a pas laissé le temps de s'expliquer. Il l'a fait entrer, puis il a attrapé le bâton qu'il utilisait quand elle était gamine et l'a frappée en la traitant de tous les noms. Elle était tellement surprise qu'elle n'a pas eu le réflexe de se défendre.

– C'est incroyable ! intervient Laurence.

– Moi, ça ne m'étonne pas, dis-je. J'ai eu l'occasion de rencontrer ce monsieur. Il est devenu hystérique lorsque je lui ai parlé de sa fille.

– Malheureusement, cette scène a eu des conséquences dramatiques, poursuit Sylvie. Nathalie est revenue à Paris complètement perturbée. J'ai cru qu'elle allait se suicider, mais elle a réagi d'une manière totalement inattendue.

Elle reste un moment silencieuse, les yeux brillants.

– Lorsque j'y pense, je me reproche de n'avoir pas su comprendre. J'aurais dû l'amener voir un psychologue. Rien de tout cela ne serait arrivé.

– Que s'est-il passé ?

– Elle avait… perdu contact avec la réalité. Alors, elle qui n'avait jamais touché à la drogue, elle a commencé à prendre de la coke et de l'héroïne. Mais ce n'est pas tout. Il s'est produit quelque chose de plus terrible. Ce fut un peu comme si elle s'était retirée de la peau de Nathalie Vallières. Elle a disparu de la scène publique, et elle a repris son ancien nom, Françoise Camus. Et sous ce nom, elle… elle s'est prostituée.

Laurence et moi restons abasourdis.

– Le rejet de son père, les coups qu'elle avait pris lui ont fait perdre la raison. À cette époque, je fus la seule avec qui elle garda un lien.

– Mais pourquoi a-t-elle fait ça ?

– C'était une manière de se venger de son père. Elle a réagi un peu comme ces enfants qui se mutilent volontairement pour punir leurs parents. J'ai tenté de la raisonner, mais il n'y avait rien à faire. Et puis un jour, elle m'a fuie, moi aussi. Je sais qu'elle a trouvé refuge chez une fille nommée Cathy Lecomte, une prostituée avec laquelle elle s'était liée d'amitié dès son arrivée à Paris. Elle habitait alors un petit studio dans le XVIIIe arrondissement. Elles étaient voisines. À partir de ce moment-là, je n'ai plus eu de ses nouvelles pendant plusieurs mois. Et puis, un jour, elle est réapparue. Elle avait subi une cure de désintoxication. Elle était redevenue Nathalie Vallières. Une personne l'avait aidée à se tirer de ce mauvais pas. J'ai pensé un moment qu'il s'agissait de cette Cathy Lecomte, mais cela ne lui ressemblait pas. Elle n'avait pas une personnalité assez forte pour ça.

– Alors, qui ?

– Nathalie me l'a raconté un peu plus tard. Il s'agissait d'un inspecteur de police avec lequel elle avait eu une aventure. C'est lui qui l'a convaincue de cesser de se droguer. J'ignore les circonstances de leur rencontre. Nathalie est toujours restée très discrète sur ce sujet. Mais cette relation lui a été salutaire. Elle a consulté un psychiatre, qui lui a permis de résoudre son problème vis-à-vis de sa famille.

– Vous vous souvenez du nom de cet inspecteur ?

– Elle me l'a présenté une fois. Il s'appelait Marceau. Michel Marceau.

25

Profitant de notre présence à Paris, nous nous rendons à la Salpêtrière, où Agnès lutte toujours contre la mort. Il nous est impossible de l'approcher. Elle a été installée dans une sorte de bloc opératoire, une salle de réanimation où des infirmières la veillent en permanence. Nous devons nous contenter de l'apercevoir à travers une vitre. Des tuyaux la relient à des machines à l'usage indéfinissable. L'une d'elles est un poumon artificiel, qui se gonfle régulièrement. Sur un écran vert s'inscrivent les battements de son cœur, irréguliers, beaucoup trop rapides. Parce que je me sens impuissant, un réflexe enseigné dans l'enfance me revient, inspiré par le désespoir : je me mets à prier.

Un docteur l'examine. Lorsqu'il a terminé, il se dirige vers nous.

– Je suis désolé, il n'y a aucune amélioration. Elle ne tiendra pas longtemps ainsi. Vendredi matin, nous allons tenter une nouvelle opération. Mais je ne peux pas vous promettre qu'elle réussira.

– Nous serons là, docteur !

Sur le chemin du retour, je repense à ce que nous a appris Sylvie Mesnières. Pour la première fois, le puzzle commence à ressembler à quelque chose. Le soir même, j'appelle Marceau sur son portable.

– Il faudrait que vous passiez me voir. J'ai de nouveaux éléments.

– Lesquels ?

– Je ne veux pas en parler au téléphone. Venez !

Il arrive le lendemain matin. Il me semble encore plus anxieux que d'habitude.

– Alors, qu'aviez-vous à me dire ? attaque-t-il d'un ton rogue.

– Moi, pas grand-chose. Mais vous, oui !

– Et vous m'avez fait venir jusqu'ici pour me dire ça ?

– Calmez-vous, commissaire. Nous avons rencontré Sylvie Mesnières hier.

Il pâlit.

– Que vient faire Sylvie Mesnières dans cette histoire ?

– Elle nous a parlé de vous... et de la liaison que vous avez entretenue avec Nathalie Vallières.

Il s'insurge, soudain mal à l'aise.

– Qu'est-ce que c'est que cette histoire ? Jamais je n'ai eu d'aventure avec Nathalie Vallières.

Je reste un instant silencieux. Sa gêne me prouve qu'il ment. Mais je sens que je n'obtiendrai rien de lui en l'attaquant de front.

– Il ne faut pas en vouloir à Sylvie, monsieur Marceau. Elle est seulement très inquiète pour Nathalie. Elle était sa meilleure amie.

– Justement ! Comment a-t-elle pu parler de ça ? Ce ne sont pas vos oignons !

Je réplique d'un ton sec :

– C'est vrai ! Ce ne sont pas mes oignons ! À part que mon amie d'enfance, Agnès Larcher, va peut-être mourir à cause des fumiers qui ont tenté de m'éliminer ; à part aussi que l'on est venu assassiner mon ex-femme chez moi en essayant de me faire porter la responsabilité de sa mort ! En dehors de ces détails, je ne suis pas concerné.

– C'est votre faute ! Je vous avais dit de ne pas vous mêler de ça !

– Cette affaire risque un jour ou l'autre de me coûter la vie. J'ai au moins le droit de savoir pourquoi !

– Vous êtes plutôt du genre obstiné, vous !

Il reste un moment silencieux, puis se décide à parler :

– Bien, je vais vous dire ce que je sais. Je vous demande seulement de garder tout ceci pour vous. Même Sylvie Mesnières ne connaît pas tous les éléments de cette histoire. C'est un secret entre Nathalie et moi, et, si cela venait à se savoir, elle et moi aurions de graves ennuis. J'ai connu Nathalie Vallières dans des circonstances très... particulières. C'était il y a sept ou huit ans. À l'époque, j'étais inspecteur. Une nuit, je rentrais chez moi. Il était environ trois heures du matin. Je venais de déposer un collègue, et j'étais seul dans ma voiture. J'habitais le XIXe. Par acquit de conscience, j'avais l'habitude de faire un crochet par les Buttes Chaumont, où je savais trouver quelques dealers. Ils connaissaient ma voiture et se méfiaient. Mais cela me permettait de les repérer, de noter les nouvelles têtes, parfois de coincer quelques individus dangereux.

« Ce soir-là, tout était calme. Soudain, je repère un petit nouveau, coiffé d'un casque intégral et vêtu d'une combinaison de moto. Il était en grande discussion avec un revendeur de coke. Je ralentis, afin de mieux situer mon bonhomme. Mais il m'a senti venir. Il se met à courir vers sa moto et démarre en trombe. Je me lance à sa poursuite, bien décidé à le serrer. Je tente de prévenir les collègues. Manque de chance, ma radio tombe en panne. L'autre fonce comme s'il avait le diable aux trousses. La circulation n'est pas très dense, et, pour comble de déveine, pas la moindre voiture de police en vue. Je me dis que mon fuyard doit avoir gros à se reprocher pour détaler comme ça. Bientôt, nous atteignons le périphérique intérieur. Il file vers l'ouest. Mon compteur grimpe jusqu'à cent quatre-vingts. J'espère qu'une patrouille va nous arrêter, mais rien à faire, il n'y a personne. Enfin, il s'engage sur l'autoroute de l'Ouest. J'arrive à grand-peine à ne pas le lâcher. Je me suis fait une sacrée frayeur. Sur l'autoroute, l'aiguille passait les deux cents ! Il prend vers le sud, en direction de Rambouillet. Puis, sur la nationale 10, il sort et s'engage sur une petite route menant vers la vallée de Chevreuse. Nous passons une zone industrielle, puis nous nous retrouvons en pleine campagne. Je ne sais même pas si je saurais retrouver l'endroit. Au loin, je distinguais la masse noire d'une forêt. La route était étroite, sinueuse et glissante. C'est alors que j'ai perdu le contrôle de mon véhicule. Il y a eu un choc très violent. La voiture a percuté une borne, puis elle a fait des tonneaux avant de basculer dans un étang. J'ai dû m'évanouir, mais le froid de l'eau m'a réveillé. J'étais coincé, je ne pouvais pas ouvrir la porte. L'eau s'infiltrait partout. J'ai cru que j'allais me noyer. Il n'y avait personne sur cette petite route, sinon mon amateur de coke, qui avait sans doute profité de l'accident pour prendre la poudre d'escampette. L'habitacle se remplissait peu à peu. J'ai bu ce jour-là la plus belle tasse de ma vie. Et au dernier moment, j'ai senti qu'on me saisissait par-derrière. J'ai repris conscience sur l'herbe. Une silhouette était penchée sur moi. Une silhouette noire, dont je ne voyais pas le visage. Mais j'ai aussitôt remarqué qu'elle portait une combinaison de cuir noir, une combinaison de motard. J'ai compris qu'il s'agissait de mon fuyard. Il s'était arrêté, était revenu sur ses pas, et venait de me sauver la vie.

– Ça alors ! m'exclamé-je.

– J'étais plutôt mal à l'aise. Je savais déjà que j'allais le laisser partir. Après tout, il n'y avait pas eu mort d'homme. L'assurance me rembourserait la voiture. Mais j'étais très curieux de voir la tête d'un délinquant capable d'accomplir un acte aussi surprenant. C'est alors que je me suis rendu compte que ce n'était pas un homme, mais une femme.

– Nathalie ?

– Oui… et non. C'est un moment que je n'oublierai jamais. Je l'ai reconnue à la lumière du phare de la moto. C'était Nathalie Vallières. Je ne comprenais plus rien. J'ai pensé qu'il s'agissait d'une coïncidence, qu'elle passait par là, qu'elle n'avait rien à voir avec mon fuyard. Mais elle m'a détrompé.

« – C'est bien moi que vous poursuiviez ! a-t-elle dit.

« On aurait dit un animal traqué. Je crois que je suis tombé amoureux d'elle immédiatement.

« Je lui ai demandé :

« – Vous êtes bien Nathalie Vallières ?

« Elle a hésité, puis elle a confirmé.

« – Mais pourquoi avoir fui ainsi ? Vous avez failli nous tuer, l'un et l'autre.

« Alors, elle a éclaté en sanglots.

« – Ce n'est pas Nathalie Vallières qui a fait ça ! Mon vrai nom est Françoise Camus. Françoise Camus…

« Je l'ai prise dans mes bras. Elle s'est serrée contre moi comme une gamine terroriséc. Jc nc savais plus ce que je devais faire. Elle a insisté :

« – J'en ai marre de toute cette merde ! Je vais me flinguer.

« – Non ! Vous n'allez pas vous flinguer. Vous venez de me sauver la vie. Vous auriez pu me laisser mourir, et personne n'en aurait jamais rien su. Au lieu de ça, vous êtes revenue.

« Elle m'écoutait à peine. Elle continuait à pleurer.

« – Je ne suis pas une criminelle. Il faut que tout ça s'arrête. Faites de moi ce que vous voudrez ! Je ne vous demande qu'une chose. Ne parlez pas de Nathalie. Je m'appelle Françoise. Françoise Camus. C'est elle qui a fait ça. Pas Nathalie.

« Et elle s'est remise à pleurer dans mes bras. Visiblement, elle était au bout du rouleau. À l'époque, elle avait disparu de la circulation depuis plusieurs mois. Les journaux en avaient suffisamment parlé. Et je la retrouvais là, achetant de la drogue et, accessoirement, me sauvant la vie. Je lui ai dit :

« – Tout ça n'est pas très grave. Pas encore. Mais ça peut le devenir. Il faut vous confier à moi. Je veux vous aider.

« – Pourquoi le feriez-vous ?

« – Parce que j'ai une dette envers vous.

« Elle a acquiescé, puis elle a ajouté :

« – Vous êtes trempé. Si je peux me permettre, je possède une maison, pas très loin. Il y a des affaires d'homme. Je pense qu'elles devraient convenir.

« Il va peut-être vous sembler étrange qu'un simple inspecteur de police se retrouve ainsi mêlé à la vie de Nathalie Vallières. C'est pourtant la vérité. Elle m'a emmené chez elle, à Clairefontaine. Elle a pris une douche, moi aussi. Et puis… eh bien, nous avons fait l'amour. Nous étions tous deux dans un état second. Elle m'a raconté sa vie, et les raisons de sa disparition. En fait, elle voulait détruire Françoise en elle, à cause de son père. Nathalie n'avait plus de famille. Elle se croyait responsable du fait de n'être pas aimée. Elle en avait déduit que la partie d'elle-même qui s'appelait Françoise avait réellement commis une faute, et qu'elle devait payer. C'est ainsi qu'elle s'était réfugiée dans la drogue.

« L'accident a provoqué un déclic. Nathalie s'était réveillée, et refusait de poursuivre cette course vers l'abîme. Mais elle était profondément dépendante. Je lui ai offert de l'aider, et elle a accepté. À partir de ce moment, elle a fait preuve d'une volonté extraordinaire. Elle a souffert, mais elle a refusé de se rendre dans une clinique spécialisée. Elle redoutait que les paparrazzis s'emparent de l'histoire et salissent le personnage de Nathalie. Nous sommes restés plusieurs mois ensemble. Malheureusement, elle n'était pas amoureuse de moi. Je savais qu'un jour ou l'autre, elle s'écarterait. Alors, j'ai préféré devenir son ami. Un ami avec qui elle partageait un étrange secret sur cette partie obscure de sa vie.

Il se tait un instant, puis ajoute, après nous avoir regardés l'un et l'autre :

– J'espère que je n'ai pas commis une erreur en vous révélant tout cela.

– N'ayez crainte ! Nous ne voulons aucun mal à Nathalie, bien au contraire. Mais vous n'avez pas tout dit.

– Que voulez-vous qu'il y ait d'autre ?

Son ton est un peu agressif.

– Vous savez pourquoi elle a disparu. Et je suis sûr que vous savez aussi où elle se trouve et ce qu'elle fait.

Il m'adresse un regard chargé de reproches et se décide à poursuivre.

– C'est exact. Nathalie s'est totalement sortie de ses problèmes de drogue, mais, avec le recul, elle en éprouvait un profond remords. Elle se reprochait d'avoir cédé à la faiblesse, et elle désirait se racheter, à tout prix. Elle avait l'impression d'avoir perdu sa dignité à ses propres yeux, et elle voulait accomplir un acte héroïque et dangereux pour la reconquérir. Après notre séparation, nous sommes restés en contact. Discrètement, car elle ne voulait pas qu'un jour ce passé resurgisse. Elle me demandait parfois ce qu'elle pourrait faire pour m'aider dans ma tâche. Entre-temps, j'étais passé aux Renseignements généraux. Elle souhaitait que je lui confie une mission à risque. Je jouais le jeu. Je la faisais patienter, mais je ne la prenais pas au sérieux. Elle a fini par le comprendre. Elle ne faisait pas partie de la Grande Maison, et toute collaboration était impossible. Alors, elle m'a mis devant le fait accompli : un jour, au moment où je m'y attendais le moins, elle a fouillé dans mes dossiers. Et elle a découvert celui de la clinique Saint-Eusèbe.

– Qu'y avait-il dans ce dossier ?

Il hésite, puis précise :

– Nous les soupçonnions de manœuvres financières frauduleuses. À mon insu, Nathalie en a fait un double. Et elle m'a déclaré après coup qu'elle allait les démasquer.

– Rien que ça ?

– Oui, rien que ça. Malheureusement elle ne savait pas où elle mettait les pieds. Et, à la vérité, nous non plus. Saint-Eusèbe appartient à Gaétan de Saint-Méhon, personnage sans aucun scrupule, et bien connu pour ses opinions révisionnistes. J'ai eu beau tenter de la raisonner, rien n'y a fait. Il lui fallait s'introduire dans ce milieu. Elle a commencé par devenir la maîtresse d'Alexandre Duplessis. Cela ne lui a pas été très difficile. Ce chirurgien est vaniteux comme un paon. Il était enchanté d'ajouter Nathalie Vallières à son tableau de chasse.

– Je comprends mieux ! remarque Laurence, soulagée. Nathalie détestait cordialement l'extrême droite.

– Elle jouait un jeu très dangereux. Elle envisageait sereinement de fouiller dans les documents de Duplessis pour y découvrir les magouilles financières. En usant de ses talents de comédienne, elle a mis trois mois pour gagner sa confiance. Elle avait conscience de se prostituer de nouveau, mais pour la bonne cause. Elle me tenait au courant de ses progrès, et je dois avouer qu'elle s'y prenait aussi bien qu'une espionne professionnelle. Un soir, elle a réussi à pénétrer l'ordinateur. C'est ce jour-là qu'elle a disparu.

– Et depuis, vous ignorez ce qu'elle est devenue ?

Il hésite à nouveau, puis répond :

– Elle a continué de mener son enquête, en restant dans l'ombre.

Il se tait. Je comprends qu'il ne veut pas en dire plus. Je n'insiste pas et attaque sur un autre sujet :

– Dites-moi, commissaire, les cadavres de Marolles sont d'origine sud-américaine. Pensez-vous qu'ils aient un rapport avec Saint-Eusèbe ?

Il me regarde d'un air agacé et élude ma question.

– Écoutez-moi, monsieur Dorval. Je vous en ai déjà dit beaucoup. Sachez seulement que les dirigeants de Saint-Eusèbe ont été soupçonnés de jongleries financières illicites. Nous avons perquisitionné plusieurs fois la clinique, les bâtiments ont été fouillés de fond en comble. Il n'y a rien, absolument rien à reprocher à Duplessis. Ces cadavres ne viennent pas de Saint-Eusèbe.

– Alors, il s'agit des victimes des combats de gladiateurs organisés par Saint-Méhon. C'est là-bas qu'il faudrait enquêter.

Il secoue la tête.

– En supposant que ces combats aient réellement eu lieu. De toute façon, d'après les experts, les cadavres de Marolles ne portent aucune trace de coups. Les victimes n'ont donc pas été tuées au cours de combats. Mais cela ne nous a pas empêchés d'enquêter chez Gaétan de Saint-Méhon. Il a fait un scandale, alerté ses amis politiques. Mes supérieurs se sont montrés intraitables. Ils m'ont fait confiance. J'ai mené moi-même la perquisition.

Il serre les dents et poursuit :

– Et j'ai dû présenter des excuses à ce monsieur. Nous n'avons rien découvert à la Bornerie qui ressemble de près ou de loin à ce qu'a décrit votre ex-épouse. Il n'y a pas là-bas d'arène destinée à des combats de gladiateurs !

Je soupire. Il n'a pas tout dit, mais il n'en révélera pas plus. À la vérité, il a peur lui aussi pour Nathalie, et se reproche de ne pas avoir su l'empêcher de se jeter dans cette aventure périlleuse. Depuis plus d'un an, il est le seul à connaître la vérité, et il redoute à tout moment qu'on vienne lui annoncer sa mort.

Cependant, cet entretien confirme que je ne me trompais pas : l'affaire de la clinique Saint-Eusèbe n'est pas une simple malversation financière. Il existe un lien entre cet établissement et l'UBPIC, ainsi qu'avec Gaétan de Saint-Méhon. Et cela va sans doute plus loin que des prêts à taux défiant toute concurrence. Je ne pense pas non plus qu'il s'agisse d'une histoire de combats à mort. Peut-être Saint-Méhon organise-t-il, pour son plaisir, des duels de gladiateurs, mais cela ne constitue qu'une facette de l'affaire. Les cadavres de Marolles représentent un autre élément du puzzle, et pourraient bien dissimuler quelque chose d'encore plus dramatique. Seulement, malgré tous ses efforts et ceux de Nathalie, Marceau n'a pas encore découvert une preuve suffisante pour agir. Pire encore, Saint-Méhon et Duplessis bénéficient sans doute de protections occultes au plus haut niveau. Il pose sa main sur mon bras.

– Nathalie est toujours en vie, Nicolas. Je ferai en sorte que vous la rencontriez lorsque cette affaire sera terminée. Pour le moment, il vaudrait mieux que vous renonciez à la retrouver. Cela pourrait compromettre sa sécurité, et ce serait extrêmement dangereux pour vous. Vous avez pu constater que ces gens ne reculent devant rien. Je ne voudrais pas qu'il vous arrive quoi que ce soit, ni à vous, ni à mademoiselle Mercier. Nous sommes d'accord ?

– J'ai compris, commissaire. Je vais arrêter mes recherches. Mais vous, donnez-nous quand même des nouvelles de temps à autre…

– Je le ferai !

Vendredi…

Il fait encore nuit lorsque Laurence et moi arrivons à la Salpêtrière. Il est sept heures du matin. L'opération ne doit pas commencer avant huit heures. Nous nous rendons dans le service réanimation. Nous avons à peine le temps d'apercevoir Agnès derrière la vitre. Elle est toujours dans le coma. Très vite, on nous prie de partir. Désappointés, nous restons dans le couloir menant aux blocs opératoires. On nous permet juste de la voir un court instant, au moment où elle passe sur son lit hérissé d'appareils. Son visage est cireux, d'une pâleur extrême, ses yeux sont clos. Puis le lit poursuit son chemin, emporté par une escouade de médecins et d'infirmières.

Les portes du bloc se referment.

Je ne sais plus depuis combien de temps je suis là. J'ai l'impression que cela fait plusieurs jours. Je n'ose même pas regarder ma montre, dont l'aiguille doit faire du surplace. Une infirmière, émue par notre détresse, nous a apporté deux chaises. Laurence me tient la main. Nous ne parlons pas. Pour dire quoi…

Le fait que l'opération dure si longtemps me rend un peu espoir. Cela veut dire qu'elle vit toujours. L'instant d'après, l'espoir tourne au découragement. C'est trop long, cela signifie qu'ils n'ont pas réussi.

Enfin, la porte s'ouvre. L'un des deux chirurgiens sort, suivi d'une infirmière qui l'aide à se débarrasser de sa tenue. Ses traits sont tirés, ses yeux battus. Il nous aperçoit, remarque nos visages anxieux. Il s'approche de nous. L'angoisse me bloque la respiration.

– Alors…

– Vous êtes de sa famille ?

– Oui, mens-je.

Il soupire.

– Je suis désolé. Nous avons fait tout ce que nous avons pu. Malheureusement le cœur n'a pas tenu. Excusez-moi !

Il nous tourne le dos et s'en va. Une violente nausée me tord l'estomac. Laurence me prend dans ses bras et m'entraîne vers… je ne sais pas… ailleurs…

Totalement abasourdis, nous revenons à La Celle-les-Bordes. Des trombes d'eau dévastent la campagne environnante, transformant les sentes forestières en fondrières. L'esprit en déroute, nous nous replions sur nous-mêmes. Laurence m'a pris contre elle, comme l'aurait fait ma mère. Nous sommes assis sur le canapé du salon. La cheminée est éteinte, la pièce plongée dans la pénombre.

Peu à peu, à la douleur se substitue une haine violente. J'ai l'impression que je vais exploser. Je connais les assassins d'Agnès, même si je n'ai aucune preuve. Et je ne peux rien faire. Marceau et ses acolytes se cassent les dents depuis longtemps sur la clinique Saint-Eusèbe. Cela signifie sans doute qu'il n'y a rien à découvrir de ce côté-là. Duplessis et ses complices sont bien trop malins pour laisser traîner le moindre indice. Le problème, c'est que j'ignore totalement ce que recherchent les R.G. Marceau n'a rien dévoilé à ce sujet.

– Je suis sûr que la clef de l'énigme se trouve au domaine de la Bornerie, déclaré-je soudain. Élisabeth n'a pas menti. Les R.G. se sont trompés en cherchant à Saint-Eusèbe.

– Marceau a dit qu'ils ont perquisitionné là-bas aussi, et qu'il a dû présenter ses excuses à Saint-Méhon !

– Ils n'ont pas cherché au bon endroit. Il y a autre chose.

Je revois la grande propriété située en lisière de la Sologne, la haute muraille qui la clôt sur plusieurs kilomètres. Je repense à notre échec devant la grille, à la journée qui a suivi. Et soudain, un élément me frappe. Instantanément, l'idée évolue, se développe. Je bondis de mon siège et je m'écrie :

– Mais oui, c'est ça ! Bon sang, j'aurais dû y penser plus tôt !

Laurence me contemple avec des yeux éberlués.

– À quoi tu aurais dû penser ?

– Je vais t'expliquer. Mais avant, nous allons préparer les valises. Nous repartons pour la Sologne.

26

– Marceau ne va pas être très content. Il nous avait demandé de nous tenir tranquilles.

Laurence jubile. Nous roulons sur l'autoroute A 10 en direction d'Orléans. Elle est impatiente de connaître mon hypothèse. Tout en roulant, je lui expose mon idée.

– Tout à l'heure, un élément du récit d'Élisabeth m'est revenu : elle a dit que les combats à mort avaient eu lieu dans une sorte d'arène souterraine.

– Et alors ?

– Je me suis souvenu de la champignonnière de Bourré.

– Quel rapport ?

– La guide nous a expliqué que le réseau avait atteint autrefois une longueur de plus de quatre cents kilomètres. Or, la Bornerie est très proche de la champignonnière. Il est très possible qu'il existe des cavernes sous la propriété. Et c'est là, sous son propre domaine, que Saint-Méhon a installé l'arène… et le reste.

– Mais quoi ? Une base secrète ?

– Je n'en sais rien, mais cela pourrait correspondre à ce que les R.G. s'obstinent à chercher du côté de la clinique Saint-Eusèbe. Quelque chose de suffisamment important pour que l'on n'ait pas hésité à tuer Élisabeth et Agnès.

– Pour organiser des combats de gladiateurs, cela me semble un peu gros…

– Tu as raison ! Je ne pense pas que ces combats justifieraient à eux seuls les efforts déployés par les R.G. pour démasquer Saint-Méhon. D'ailleurs, Marceau a dit que les cadavres des étangs de Marolles n'avaient pas été tués au cours de combats. On s'est contenté de les découper en morceaux. S'il ne s'agissait que de se débarrasser des cadavres des vaincus, pourquoi les mutiler ainsi ?

– Rien ne prouve que ces cadavres aient un rapport avec la clinique Saint-Eusèbe.

– Rien en effet ! Sinon la précision avec laquelle ils ont été découpés. Elle fait penser à l'acte d'un professionnel. Un chirurgien !

– Duplessis ?

– Pourquoi pas ? Je suis sûr que tout ceci a un rapport avec la médecine. Les dossiers véreux de l'UBPIC concernent exclusivement des sociétés dont les activités se situent dans ce domaine.

Pendant un long moment, nous roulons sans mot dire. Parfois, je me reproche d'avoir trop d'imagination. Nous ne sommes pas dans un film. Malheureusement, les morts d'Élisabeth et d'Agnès sont bien réelles. C'est pour elles, pour qu'elles aient une chance d'être vengées, que je veux agir.

Un autre élément m'a décidé à quitter les Yvelines. L'ennemi sait désormais que je vis avec Laurence. Il peut très bien se procurer son adresse et venir nous surprendre. En revanche, il ne s'attend certainement pas à ce que nous allions le défier en Sologne, sur son propre territoire. Si mon idée se confirme, j'avertis aussitôt Marceau.

À Montrichard, nous retenons une chambre à l'hôtel de la Tête Noire, et, après un repas rapide, nous nous rendons à Bourré. Danièle, la guide, nous reconnaît et nous accueille avec un grand sourire.

– Bonjour ! Vous avez pris goût aux champignons !

– Aujourd'hui, nous ne venons pas visiter. Nous avons simplement quelques questions à vous poser sur les souterrains.

– Si je peux vous aider…

– Est-il possible qu'il existe d'autres réseaux dans la région ? Je veux dire, par exemple, du côté de la Bornerie ?

– La propriété des Saint-Méhon ? Oui, c'est possible, et même probable. Elle est située sur un terrain identique à celui-ci.

– Est-ce que l'on a établi un plan de ces galeries ?

– Non ! Il n'y a pas de plan officiel. Il ne servirait à rien. On n'utilise plus aujourd'hui que quelques kilomètres de souterrains sur les quatre-vingts encore existants. Mais je pourrais vous adresser à quelqu'un. C'est un vieux monsieur, Francis Gerbaut, qui a fait partie des FTP pendant la guerre. Il s'est toujours passionné pour ces galeries. Je crois qu'il avait placé des repères autrefois, pour que les résistants puissent échapper aux nazis. Il pourra peut-être vous aider. Il habite de l'autre côté du Cher, à Angé. Je vais vous donner ses coordonnées.

Nous téléphonons immédiatement à Francis Gerbaut. Parce que nous sommes envoyés par Danièle, qu'il connaît personnellement, il accepte de nous recevoir.

Quelques instants plus tard, nous sommes devant chez lui. Il nous attend. C'est un vieillard noueux comme un sarment de vigne, portant barbe et moustache blanches comme de la farine. Ses yeux gris pâle nous examinent l'un après l'autre, s'attardant avec un intérêt non dissimulé sur Laurence. Il émet un rire joyeux et nous invite à entrer. Sa maison est encore plus vieille que lui. Les meubles sont anciens, en chêne massif. Sur un buffet robuste trônent des photos de famille. Des visages de tous âges nous contemplent en souriant, depuis le portrait bordé de noir d'une vieille dame jusqu'à des nourrissons au regard aussi clair que celui du pépé. Une lignée de chiens de chasse également, dont les noms, Kiki, sont suivis de numéros allant de un à six. Le dernier en date vient renifler nos chaussures avec méfiance, puis, jugeant sans doute que nous sommes fréquentables, nous gratifie d'un battement de queue de bienvenue.

En quelques mots, j'explique au vieillard ce que nous attendons de lui. Comme j'ai envie de lui faire confiance, je lui raconte aussi le but que nous poursuivons. Il a fait partie des FTP, et cela m'étonnerait qu'il éprouve une vive sympathie pour le sieur de Saint-Méhon. Je ne me suis pas trompé.

– Si vous voulez essayer de coincer ce fumier, je suis avec vous. Seulement attention ! Il est plus rusé qu'un régiment de renards. Malgré toutes les saloperies qu'il a commises pendant la guerre, son père a réussi à s'en sortir sans une égratignure. On a essayé de le faire accuser, mais l'affaire a été enterrée. Avec son fric, il s'était mis tout un tas d'hommes politiques pourris dans sa manche.

Il fait une moue de dégoût.

– Vous savez, quoi qu'on puisse en penser, il s'est passé des choses pas très propres après la guerre. Les collabos qui ont payé, c'étaient surtout les lampistes. Les gros bonnets ont su tourner leur veste à temps. Certains ont même occupé de hautes fonctions. Je ne veux citer personne. Le vieux Saint-Méhon est mort dans son lit, alors qu'on sait qu'il a largement contribué à envoyer quantité de juifs dans les camps de la mort. Lorsqu'il a senti le vent venir, il s'est rangé au côté de la Résistance. Enfin… d'une certaine Résistance. Son fils a hérité de sa fortune, et il est pire encore que le vieux.

Il se lève et se dirige vers une commode, dont il sort une épaisse liasse de documents qu'il dépose sur la table recouverte d'une toile cirée.

– Il m'a fallu plus de dix ans pour établir ce plan, explique-t-il d'une voix empreinte de fierté. J'ai commencé vers 1929. J'avais vingt ans à l'époque. Personne ne s'intéressait à ce réseau de galeries. On savait seulement que c'était de là que venaient les pierres des châteaux. Dès que j'avais un moment, je m'équipais de torches et je descendais dans les cavernes. Plusieurs fois, j'ai failli m'égarer. Mais peu à peu, j'ai appris à me repérer dans ce machin.

Il éclate de son rire cassé et guilleret.

– Les autres me prenaient pour un fou. Mais ils ont été bien contents de le trouver, mon plan, quand la guerre est venue. Grâce à lui, nous avons pu échapper plusieurs fois à la Gestapo. Les nazis n'osaient pas pénétrer là-dedans. Ils ont essayé une fois, ils n'ont jamais recommencé. Je suis pas sûr qu'il n'en reste pas encore quelques-uns.

Nous examinons le plan en question. C'est un travail remarquable. Les schémas des galeries sont représentés par des couleurs différentes suivant le niveau. Des chiffres codés permettent de les situer très rapidement grâce à un système ingénieux. Francis Gerbaut en sélectionne une liasse qu'il me tend.

– C'est le plan des galeries qui courent sous la Bornerie, précise-t-il. À cette époque, on pouvait y pénétrer à partir d'entrées extérieures à la propriété, et certains souterrains de Bourré communiquaient avec elles. Saint-Méhon a fait murer ces accès il y a plus de trente ans. Mais ils existent toujours.

– Si vous le permettez, nous allons faire des photocopies de ces plans, monsieur Gerbaut.

– Prenez votre temps ! Si vous pouvez casser la gueule à cette ordure, c'est un vrai plaisir de vous aider. Vous êtes de la police ?

– Pas exactement…

– Nous appartenons aux Renseignements généraux ! affirme Laurence sans sourciller.

Le vieil homme nous fait entendre une nouvelle fois son rire joyeux.

– Alors, allez-y. Faites-lui rendre ses tripes, à ce traître !

Revenus à Montrichard, nous photocopions les documents dans une librairie. De l'hôtel, j'écris une lettre à l'attention de Marceau afin de lui expliquer mon hypothèse. Je glisse ensuite le tout dans une grande enveloppe.

– Il faut l'envoyer en recommandé, dis-je à Laurence. Malheureusement, nous sommes samedi après-midi. Nous ne pourrons la poster que lundi. En attendant, demain, nous pourrions aller faire un tour du côté de la Bornerie.

– Tu ne crois pas que c'est dangereux ?

– Nous n'approcherons pas de l'entrée. Mais si je pouvais effectuer quelques clichés, cela compléterait le dossier de Marceau.

– Comment ça ?

– Avec mon téléobjectif, je peux faire des photos à plus d'un kilomètre de distance. La météo prévoit un temps clair pour demain. Il faut en profiter.

Le lendemain, le temps s'annonce idéal. Afin de mettre toutes les chances de notre côté, nous attendons l'après-midi avant de nous rendre sur place. Il est probable qu'à ce moment-là, il y aura d'autres promeneurs.

Une forêt épaisse borde le domaine de Saint-Méhon au nord. Le terrain présente l'avantage d'une légère surélévation par rapport à la Bornerie. À l'aide d'une carte précise et d'une boussole, je parviens à me rapprocher à moins de cinq cents mètres de l'entrée du domaine. Il ne me faut pas longtemps pour repérer un chêne de haute taille depuis lequel je devrais voir les lieux.

– Tu vas te casser quelque chose, m'avertit Laurence, inquiète, en me voyant escalader les branches.

– Ne t'angoisse pas, ma P'tite Belle ! J'adorais grimper aux arbres quand j'étais môme.

– Tu n'es plus un môme !

Je dois admettre qu'elle est dans le vrai. L'ascension se révèle plus délicate que je ne l'aurais cru. Mais, après quelques frayeurs, je parviens au sommet de l'arbre, sur une branche confortable depuis laquelle je jouis d'une vue imprenable sur la partie sud de la forêt. Comme je l'avais imaginé, le chêne est assez haut pour me permettre d'apercevoir l'entrée de la Bornerie. À cette distante, je ne distingue pas grand-chose. Mais la lunette d'approche devrait résoudre cet inconvénient. Je l'installe et place mon œil devant l'objectif. J'ai soudain l'impression de me trouver à une dizaine de mètres des gardiens. Malgré une faible nébulosité, leurs gueules patibulaires m'apparaissent avec une netteté remarquable. Par acquit de conscience, j'effectue quelques clichés. Peut-être seront-ils utiles à Marceau...

Cela fait près de deux heures que j'observe les lieux. Laurence a tenté de me rejoindre, mais elle a renoncé. Depuis, elle attend en cueillant des fleurs. J'admire sa patience. Car je me demande si ce que je fais est bien utile. J'ai fixé quelques allées et venues sur la pellicule. Une grosse voiture noire est sortie. Une autre est arrivée. À chaque fois, les gardes se conduisent comme des policiers et vérifient des papiers. Curieux endroit tout de même.

Tout à coup, la voix de Laurence me parvient d'en bas :

– Nicolas, du monde vient.

Avant que je n'aie pu réagir, trois chasseurs surgissent des sousbois. Je les entends s'étonner de la présence de Laurence, seule dans la forêt.

– Mais je ne suis pas seule ! Mon ami est dans l'arbre. Il photographie des oiseaux.

– Vous devriez vous méfier. C'est une zone de chasse ici. Il vaudrait mieux partir.

La voix est malaimable. Mais les trois types finissent par s'éloigner. Je pousse un soupir de soulagement. Je me voyais mal dégringoler en catastrophe de mon perchoir pour secourir ma petite camarade s'il leur avait pris fantaisie de lui chercher des histoires.

– Tu en as pour longtemps ? s'inquiète-t-elle, pas très rassurée.

– Je vais descendre. Il n'y a pas grand-chose à voir.

Soudain, une voiture s'arrête devant le portail. Je braque le téléobjectif sur la vitre ouverte.

– Bingo ! m'exclamé-je.

Je viens de reconnaître Duplessis. Je tire quelques clichés et me décide à abandonner mon observatoire. Une fois en bas, j'exulte :

– Tout se confirme, Laurence ! Je viens d'apercevoir le chirurgien.

– Cela n'a rien d'extraordinaire. Saint-Méhon est l'actionnaire principal de sa clinique. Il n'est pas anormal qu'il lui rende visite.

– C'est tout de même un élément intéressant.

Le soir, je lui offre le restaurant à Amboise, dans un manoir. Vers minuit, nous reprenons la direction de Montrichard. La route traverse la forêt sur plusieurs kilomètres. Peu désireux d'écraser un chevreuil ou un sanglier, je ne roule pas très vite. Ce n'est pas le cas d'un abruti qui fonce derrière moi pleins phares. Je rouspète :

– Il ne va pas les éteindre, ce crétin !

J'allume le feu de brouillard arrière, mais l'autre imbécile n'en a cure. Il me colle aux fesses. Soudain, il déboîte, me double… et me fait une superbe queue de poisson. Je freine en catastrophe et hurle :

– Oh le con !

Puis un malaise indéfinissable m'envahit. Ce salaud m'a coincé contre le talus. Une seconde voiture vient se placer derrière moi, m'interdisant de faire marche arrière. Laurence me saisit le bras et dit d'une voix angoissée :

– Nicolas, regarde !

Une demi-douzaine de types sont descendus des voitures, certains portent des flingues. À la lueur des phares, je reconnais aussitôt un visage : Barioz !

27

Impossible de fuir. Les deux véhicules bloquent le mien. Sous la menace des pistolets, Barioz et ses acolytes nous contraignent à descendre. Une bouffée de colère me saisit. Je hurle :

– Qu'est-ce que ça veut dire ? C'est comme ça qu'on pratique dans la police, maintenant ?

L'instant d'après, je reçois un violent coup de poing dans le dos. Barioz crache, l'air mauvais :

– Ferme ta gueule, Dorval. J'ai ordre de te ramener en bon état, mais je n'hésiterai pas à te flinguer si tu ne te tiens pas tranquille. J'ai un petit compte à régler avec toi !

Le canon d'un pistolet s'enfonce durement dans mes côtes, bloquant ma respiration. On nous ordonne de monter à l'arrière de la voiture de tête, une grosse berline allemande. Je ne cesse de me traiter intérieurement de tous les noms. Jamais je n'aurais dû entraîner Laurence dans cette séance de photos en forêt. Ma stupidité risque de lui coûter la vie. Ses amis solognots nous avaient pourtant prévenus : deux chasseurs sont morts dans des circonstances étranges aux abords du domaine. Les individus qui l'ont accostée pendant que je faisais l'idiot dans mon arbre étaient sans doute à la solde de Saint-Méhon. Ils n'ont pas dû avoir grand mal à nous identifier.

Serrée contre moi, Laurence est blême. Dans la pénombre de la nuit tombante, je devine les efforts qu'elle fait pour ne pas céder à la panique. Ses yeux brillent. Je voudrais agir, mais les deux gorilles qui nous encadrent ne cessent de nous braquer. Et puis, derrière ma colère se cache un odieux sentiment de peur. Moi non plus je n'ai pas envie de mourir. Or, il est évident que ces bâtards ne nous feront aucun cadeau. Laurence et moi ne représentons que deux pions gênants qu'ils n'auront aucun scrupule à éliminer. J'ignore pourquoi ils ne nous ont pas encore abattus, mais je doute que cette promenade se termine par une sauterie conviviale et joyeuse. Avec un vicelard comme Barioz, je m'attends au pire.

L'un des malfrats a pris la voiture de Laurence. Elle ne nous suit pas très longtemps. Quelques minutes plus tard, elle bifurque sur une petite route. Je suppose qu'ils vont s'en débarrasser dans un étang, afin de faire croire à un accident. Ou bien elle va finir sa carrière dans le concasseur d'un ferrailleur. Je distingue à peine les panneaux routiers. Nous passons Montrichard, prenons la direction de Bourré. Enfin, nous arrivons devant l'entrée de la Bornerie. Barioz se tourne vers moi.

– Tu voulais savoir ce qui se passe ici ? me crache-t-il en ricanant. Tu ne vas pas être déçu. Je crois même que tu vas y participer personnellement.

Une vague de peur et de haine me submerge. Ces ordures veulent nous transformer en gladiateurs ! Mais Laurence ne sait pas se battre ! Ces chiens vont la faire massacrer pour leur seul plaisir. À cette idée, une bouffée de rage m'étouffe. Je hurle :

– Tu as de la chance d'être de l'autre côté du pistolet. Mais tu aurais assez de couilles pour te battre avec moi, sans arme ?

En guise de réponse, l'un des gorilles m'envoie un direct à la tempe qui m'étourdit à demi. Du sang coule le long de mon oreille. Laurence s'insurge :

– Bande de lâches !

Une gifle magistrale s'abat sur sa joue. Elle crie. Je veux réagir, mais le canon se plante sur mon front. Barioz gronde :

– J'ai ordre de te garder en vie, Dorval ! Mais n'abuse pas de ma patience. Je pourrais toujours dire que j'ai été obligé de t'abattre parce que tu essayais de t'enfuir.

Par un violent effort de volonté, je parviens à étouffer ma hargne. Prenant Laurence contre moi, je serre les dents en priant les dieux de m'accorder une occasion, une seule, de faire payer ces raclures.

Les voitures franchissent la grille d'entrée, puis se dirigent vers la demeure. C'est un véritable petit château Renaissance, ressemblant un peu à celui de Cheverny. Quelques véhicules sont stationnés face à une terrasse desservie par un escalier à double révolution. On nous oblige à descendre. J'ai la tentation de m'enfuir en entraînant Laurence. Mais nous n'irions pas loin. Je dénombre une douzaine de gardes armés jusqu'aux dents.

On nous entraîne à l'intérieur du château, dont personne ne nous fait les honneurs. Poussés par les hommes en armes, nous traversons un salon immense, suivons un long couloir pour parvenir dans une pièce de plus petites dimensions. La porte se referme. Une large cheminée couvre un mur entier. Soudain, elle pivote, dévoilant un passage secret. Un escalier s'enfonce dans les entrailles du château. Une rampe en pente douce le double, assez large pour laisser passer un véhicule. Je ne me suis pas trompé : ils utilisent le réseau souterrain. La descente dure assez longtemps. Bientôt, nous débouchons dans des galeries aménagées. La roche disparaît, recouverte de cloisons blanches qui confèrent à l'ensemble l'aspect d'un hôpital. Des rampes lumineuses diffusent une puissante lumière indirecte.

Nous pénétrons enfin dans une salle où trônent deux lits. Des arrivées d'air équipent une paroi. Nous sommes bien dans une clinique clandestine. Barioz nous pousse dans la pièce.

– Maintenant, foutez-vous à poil !

– Quoi ?

– Tu m'as entendu, connard ? Enlève tes fringues ! Toutes !

Le moyen de refuser, lorsque quatre pistolets sont braqués sur vous ? À gestes lents, pour les emmerder, je me défais de mes habits, que je plie soigneusement sur le lit. Laurence m'adresse un regard chargé d'angoisse, puis s'exécute à son tour, sous le regard intéressé de ces fumiers. Lorsqu'elle a tout enlevé, l'un d'eux s'exclame :

– Beau petit lot ! Dommage qu'on n'ait pas le droit d'en profiter un peu. J'aurais bien envie de lui faire appeler sa mère, à cette salope !

Laurence se tourne vers lui et crache :

– Espèce de minable ! Si ta queue est à la taille de ton intelligence, tu ne ferais même pas jouir une souris !

Houlà ! Elle ne m'avait pas habitué à une telle verdeur de langage, ma petite camarade. Mais le résultat ne se fait pas attendre ; l'orang-outang fait un pas vers elle pour répondre à son insulte de la seule manière qu'il connaisse : la violence. Barioz le retient.

– Ça suffit, Lambert !

L'autre jette un regard de haine à Laurence, mais obéit. Une femme pénètre dans la chambre. Elle doit avoir une quarantaine d'années, et son visage exprime autant de sympathie qu'un régiment de crocodiles affamés. D'une armoire, elle extrait deux blouses opératoires de couleur verte qu'elle nous jette en grinçant :

– Passez ça et allongez-vous !

Quelques instants plus tard, nous sommes sanglés tous deux sur les lits, à la merci de ces énergumènes. Puis, sans autre explication, tout le monde s'éclipse, nous laissant seuls. Alors, Laurence craque et se met à pleurer. Je ne sais que lui dire pour la rassurer. J'ignorc totalement ce que ces chimpanzés ont l'intention de faire de nous, mais leurs intentions ne sont certainement pas des plus bienveillantes. Et surtout, je ne vois pas comment nous pourrions nous en sortir. Nous n'avons pas encore eu le temps d'envoyer le plan à Marceau. Personne ne sait que nous sommes en Sologne et nous ne pouvons donc compter sur aucun secours. Il va falloir nous débrouiller pas nos propres moyens. Mais ceux-ci sont terriblement limités. J'ai beau faire appel à la ribambelle de romans policiers et d'espionnage que j'ai dévorés jadis, il ne me vient aucune idée. Aujourd'hui, j'aimerais bien m'appeler Bond ! James Bond ! Mais mon nom est Dorval, Nicolas Dorval, profession ex-employé de banque et jobard en activité.

Je tire sur les sangles, espérant un miracle. Mais celui-ci ne se produit pas. Les ceintures de cuir sont solides et fermement fixées. Au bout d'un quart d'heure d'efforts inutiles, je renonce. J'ai envie de pleurer, moi aussi, tout à coup. Mais je dois me retenir, pour ne pas achever d'affoler ma compagne.

J'examine les lieux, autant que me le permettent mes entraves. Nous sommes dans une chambre de clinique. Il n'y a pas d'autre mot. L'équipement est complet : deux armoires contenant des produits médicaux, un évier, un laboratoire de faïence blanche. Tout est net, d'une propreté irréprochable. Des bruits étranges résonnent à l'extérieur, grincements, glissements, ronronnements, claquements indéterminés, à la fois feutrés et amplifiés. Aucune voix humaine. J'ai l'impression que nous sommes abandonnés. Si seulement je pouvais me débarrasser de ces foutus liens…

Il a dû s'écouler au moins deux heures. J'ai perdu un peu la notion du temps. Laurence s'est calmée. Nous avons parlé. Elle ne m'a fait aucun reproche. Elle s'estime aussi responsable que moi.

Soudain, des bruits de pas se font entendre. Miss Crocodile est de retour, accompagnée de deux gorilles et d'un autre homme que j'identifie immédiatement, sans réelle surprise : Duplessis, l'amant de Nathalie. Tandis que les cerbères en armes se placent près de chaque lit, le chirurgien donne ses instructions à l'infirmière. Je ne comprends pas grand-chose à ce qu'ils disent, sinon qu'elle doit pratiquer sur Laurence et moi une série complète d'analyses : sang, urine, moelle, tissus, scanner, fond de l'œil, électrocardiogramme…

Je les interpelle :

– Ho ! Vous pourriez me dire ce que cela signifie ? De quel droit…

Mais Duplessis ignore mes appels. L'infirmière ouvre une armoire, prépare deux seringues et nous fait à chacun une injection.

– Voilà qui devrait les rendre dociles ! dit-elle avec un mauvais sourire.

Quelques instants plus tard, je sombre dans une torpeur douce-reuse. Toute angoisse s'est envolée, j'ai envie de dormir.

Et je dois dormir. Lorsque je m'éveille, j'ai la sensation qu'une nuit complète est passée. Je tourne la tête. Près de moi, Laurence somnole également. Sa respiration est régulière. La chambre est plongée dans une pénombre verdâtre. À l'extérieur règne une activité plus intense. Je perçois des conversations, des appels. J'en déduis que nous sommes en pleine journée, et que du personnel travaille dans cet endroit insolite.

La lumière s'allume. L'infirmière entre de nouveau, suivie par une autre femme qui pousse un chariot. Elles m'entourent, préparent des seringues, des instruments inconnus et inquiétants. Des aiguilles s'enfoncent dans ma chair, dans mes veines, prélevant chaque fois des échantillons de sang, de peau, de moelle. Des douleurs aiguës me vrillent parfois le corps, puis s'estompent dans le brouillard. On m'oblige à uriner dans un pistolet. On me prélève de la salive, des cheveux, des morceaux d'ongles. Je voudrais me révolter, protester, mais toutes mes forces m'ont abandonné. Je suis à leur merci. C'est ensuite le tour de Laurence. Je l'entends gémir. Ces salauds pourraient au moins nous dire ce qui nous attend. Mais non, rien !

Des cobayes ! Nous ne sommes plus que des cobayes ! Pour quelle sinistre expérience ?

28

J'imagine qu'une nouvelle journée s'est écoulée. Le personnel invisible a quitté les lieux, car le bruit feutré des conversations a disparu. Je n'entends plus qu'un lointain ronronnement de machines inconnues et inquiétantes. L'effet du calmant s'est un peu atténué et je baigne dans un mélange d'angoisse et bien-être trompeur. De vives douleurs me vrillent parfois le corps, conséquences des petites blessures occasionnées par les piqûres et les biopsies. Des nausées me parcourent de temps à autre. Des tentacules m'ont fouaillé l'estomac, les poumons, les intestins. Les sangles et les drogues m'ont interdit de me révolter. Des relents de fureur roulent en moi comme des vagues profondes. La rage de faire un jour payer toutes leurs saloperies à ces ordures m'empêche de sombrer dans le renoncement.

Je tente encore une fois de faire jouer les entraves, en vain. Je m'aperçois alors que je suis sous perfusion. Deux poches distillent goutte à goutte des liquides incolores. Sur l'une d'elles, je lis : glucose. Nous sommes nourris artificiellement. Il est vrai que, malgré le temps écoulé, je n'ai ni faim ni soif.

Nouveaux bruits de pas à l'extérieur. Duplessis est de retour, suivi de miss Crocodile. Tous deux commencent à discuter sans se préoccuper de nous. Elle lui explique qu'elle aura les résultats des dernières analyses dès le lendemain vendredi. Une onde d'angoisse me tord les tripes. Nous avons été capturés dimanche soir. Cela veut dire que nous sommes ici depuis déjà quatre jours ! L'infirmière précise encore :

– Il ne reste que le scanner ! Nous allons le faire demain matin.

– Parfait ! Nous avons déjà établi les premiers contacts. L'un d'eux, en Argentine, semble très intéressé pour sa fille. Et cela a l'air urgent.

J'interpelle Duplessis. Ma voix est rauque, lente, ma bouche pâteuse, et j'ai du mal à former mes mots.

– Qu'allez-vous faire de nous ?

Il se tourne brusquement vers moi et ricane :

– Vous tenez vraiment à le savoir ?

– Oui !

Il hausse les épaules.

– Nous avons effectué sur vous différentes analyses qui nous ont permis de déterminer que vous étiez en excellente santé.

– Je n'avais pas demandé de check-up.

– Il était pourtant nécessaire pour savoir ce que nous allions faire de vos différents organes.

– Quoi ?

– Vous nous avez causé quelques ennuis, monsieur Dorval. Il était indispensable de nous débarrasser de vous. Mais vous pouvez encore vous rendre utiles, vous et votre charmante compagne. Vous êtes désormais répertoriés dans notre banque. Nous contactons actuellement des receveurs potentiels. Rassurez-vous ! Vous resterez en vie jusqu'à leur arrivée. Mais je crois que le cœur et les poumons de votre amie intéressent déjà la fille d'un richissime éleveur sud-américain. Elle devrait arriver d'ici deux ou trois jours ! Quant à vous, il vous faudra patienter un peu plus longtemps. Si le scanner confirme ce que j'espère, vous aurez l'insigne privilège de participer à une expérience hors du commun.

– Qu'est-ce que vous racontez ?

Il élude la question d'un geste de la main.

– Allez, reposez-vous ! Je veux des donneurs en pleine forme !

Laurence, qui vient de s'éveiller à son tour, a tout entendu. Elle éclate en sanglots. Je hurle :

– Bande de salauds !

Duplessis s'adresse à l'infirmière.

– Tu leur remets une dose de sédatif. Inutile qu'ils s'agitent.

Nouvelle nuit d'un sommeil traversé de cauchemars fulgurants. Parfois, j'ai envie de tout abandonner, de quitter ce corps qui ne me sert plus à rien, qui ne peut même pas se défendre. Des ondes d'horreur me parcourent régulièrement, mêlée à une rage impuissante. À cause des somnifères, mon cerveau fonctionne au ralenti, mais j'ai tout de même compris ce qui nous attend. Des visions insoutenables me montrent la poitrine de ma Laurence découpée et ouverte pour en extraire le cœur et les poumons. Et moi, que me réservent-ils ?

Une impression de mouvement me réveille. Des lumières blanches défilent au-dessus de mes yeux. Des frissons courent sur ma peau recouverte de la blouse verte et d'un drap blanc. Miss crocodile marche à côté. Un infirmier, dont j'aperçois à l'envers le visage de bouledogue, pousse mon lit. Une angoisse incoercible me saisit. On m'emmène vers une salle d'opération ! On va m'ouvrir le ventre, m'enlever… je ne sais quoi, le cœur, les reins, l'estomac… Laurence est peut-être déjà morte ! À cette idée, un désespoir profond s'empare de moi. Je n'ai rien pu faire pour la sauver. Je suis toujours ligoté sur cette saloperie de plumard à roulettes !

On pénètre dans une salle où trône un énorme appareil. Sa vue me rassure à demi. Il s'agit du scanner annoncé par Duplessis hier soir. Laurence est donc certainement encore en vie. On détache mes liens. La perfusion est retirée. Seule demeure l'aiguille plantée dans ma veine. Pour la première fois depuis une éternité, mes membres sont libres. Je les fais jouer avec soulagement.

– Levez-vous ! ordonne miss Crocodile d'un ton sec. Et n'espérez pas jouer les héros.

Elle désigne l'arme de l'infirmier.

– Ce pistolet contient une seringue identique à celles que l'on utilise sur les animaux sauvages pour les endormir. La dose est adaptée à l'homme, mais je peux vous dire que cela fait beaucoup souffrir.

Ce n'est pas l'envie qui me manque de profiter de l'occasion, mais je ne vois pas ce que je pourrais tenter. Mes jambes me portent à peine. Je suis obligé de m'appuyer un long moment au lit en attendant que le vertige se calme.

– Allongez-vous sur le plateau ! aboie l'infirmière.

J'obtempère. Je n'ai guère le choix. Tandis que le cerbère reste derrière moi afin de parer à toute éventualité, l'autre vipère s'installe à la console de commande. Le plateau s'enfonce dans l'étrange tunnel. Des lueurs tournantes m'enveloppent. De temps à autre, elle me demande de bloquer ma respiration. Je lui désobéirais bien, pour l'emmerder, mais je suppose qu'elle me ferait subir sans hésitation une torture désagréable. Et puis, un petit plan commence à germer dans ma tête. Un plan désespéré, mais je dois tenter le tout pour le tout.

L'examen terminé, je me relève. Elle m'ordonne de reprendre place sur le lit. Je me tourne vers elle.

– J'ai envie de pisser.

L'infirmière soupire et s'adresse au gorille :

– N'hésite pas à tirer s'il fait le malin.

Puis elle va chercher un récipient et me le tend.

– Dépêchez-vous ! Nous n'avons pas que ça à faire.

Faisant preuve de docilité, je glisse mon instrument dans le goulet et me mets à l'ouvrage, si j'ose dire. Soudain, je vacille, pris par un nouveau vertige. Le pistolet m'échappe des mains et choit sur le sol où il se brise. L'instant d'après, je m'écroule sur les morceaux de verre.

– Espèce de connard ! hurle l'infirmier.

Il me lance un vigoureux coup de pied dans les côtes, qui me coupe la respiration.

– Imbécile ! hurle miss Crocodile. Tu ne vois pas que ce sont les sédatifs. Cela fait cinq jours qu'il en prend. Relève-le, plutôt !

Deux bras solides me remettent sur pied. Puis on m'allonge sur le lit à roulettes. De petites coupures me lacèrent les genoux. Je ressens la brûlure de l'alcool utilisé pour désinfecter les plaies. Puis on quitte la salle du scanner. Mes yeux tournent à droite et à gauche et ma respiration est difficile. Mais tout cela, c'est pour la frime. Ces deux crétins n'ont pas remarqué le bel éclat de verre que je serre prudemment dans ma main.

On me ramène dans la chambre. Avec un soulagement immense, je constate que Laurence est toujours là, bien vivante. Je lui adresse un sourire. La pauvre petite a les yeux rouges. Elle me répond avec une moue de tristesse.

On me raccorde la perfusion. De nouveau, une inconscience sirupeuse tente de m'engloutir. Je lutte de toute la force de ma volonté. Au prix d'efforts violents, je parviens à demeurer éveillé. Ils n'ont rien soupçonné. Le fragment de verre est toujours entre mes doigts, tranchant comme une lame de rasoir. Je dois rester en alerte constante pour ne pas me blesser. Logiquement, nous devrions être tranquilles pour la journée et la nuit qui va suivre. À ce moment-là, je pourrai agir.

La journée s'écoule, interminable. Parfois, Laurence et moi échangeons quelques mots. Mais le cœur n'y est pas. Je n'ose pas lui parler de mon stratagème. D'ailleurs, peut-être ce bout de verre sera-t-il inutile…

Enfin, le brouhaha s'estompe, les lumières extérieures déclinent, indiquant que le personnel de jour a déserté les lieux. Dès que je suis certain que plus personne ne hante la clinique, je fais glisser le fragment de verre entre mes doigts. J'ai eu toute la journée pour m'entraîner à le manipuler sans trop risquer de me couper. Par chance, on n'a pas renouvelé les sédatifs. Sans doute ma petite comédie de ce matin y est-elle pour quelque chose.

Avec rage, j'attaque la sangle qui emprisonne ma main droite. Je n'ai pratiquement aucune liberté d'action, pourtant, je sens peu à peu que le verre mord dans le cuir. Je redouble d'ardeur. Tout à coup, l'entrave cède. Mon bras droit est libre. Envahi par un formidable espoir, je me remets à l'œuvre. Les autres sangles sautent à leur tour. Ma main est en sang. Aucune importance. Je me redresse, combats vigoureusement le nouveau vertige qui s'empare de moi. Puis je me dirige en vacillant vers le lit de Laurence.

Je cisaille fébrilement ses liens. Elle me regarde sans comprendre. Ses yeux sont perdus dans le vague. Je murmure :

– Laurence ! Réveille-toi !

Je la secoue. Enfin, elle se rend compte qu'elle ne rêve pas : elle est libérée.

– Tu peux marcher ?

– Je crois, oui !

Elle s'accroche à moi et me souffle :

– Tu es merveilleux, mon chéri !

En d'autres circonstances, cette remarque satisferait bougrement mon ego. Mais je n'ose lui dire que j'ignore comment nous allons sortir de ce piège. Après l'avoir embrassée longuement, je pose mon doigt sur ses lèvres pour lui faire signe de se taire. Le plus silencieusement possible, j'explore les armoires, dans l'espoir d'y dénicher un objet quelconque pouvant servir d'arme. Je n'y découvre qu'une paire de ciseaux. Un peu léger pour lutter contre une poignée de vilains pas beaux armés jusqu'aux dents. Mais tant pis ! Une désagréable sensation de fraîcheur me griffe la peau. En dehors de la blouse chirurgicale, je ne porte strictement rien. Tout comme

Laurence qui frissonne. Avec prudence, j'ouvre la porte de la chambre et jette un coup d'œil à l'extérieur. Tout semble calme. Nous nous glissons dans le couloir. L'excitation et la peur nous maintiennent éveillés. À pas de loup, nous progressons dans la faible luminosité des veilleuses logées dans les plinthes. Des portes s'alignent de part et d'autre du couloir. Apparemment, ce sont des chambres vides. Nous parvenons à un croisement. J'ignore totalement où aller. L'escalier par lequel nous sommes arrivés mène à la demeure de Saint-Méhon. Si nous passons par là, nous n'avons aucune chance de nous en sortir. J'espère qu'il existe une autre issue, peut-être par les conduits d'aération. Il faut qu'il y ait un moyen de s'extraire de cet enfer. Il le faut...

Le regard avide, nous scrutons les corridors obscurs. Une odeur d'alcool et d'éther nous pénètre les narines. J'examine les plafonds. Il y a bien des trappes d'aération, mais elles sont trop étroites pour laisser passer un homme. Je retiens des jurons de dépit. Sans vraiment savoir où nous allons, nous optons pour un couloir encore plus sombre que le reste.

Soudain, un bruit se fait entendre au loin, répercuté par l'écho.

– Ce sont eux ! gémit Laurence. Ils se sont aperçus que nous avions disparu.

– C'est encore trop tôt ! Calme-toi !

Néanmoins, par précaution, je pousse la première porte venue. Nous nous y glissons, espérant ne pas tomber sur un régiment de gugusses malintentionnés. Mais l'endroit est tranquille. J'inspecte les lieux. Cela ressemble à une salle d'opération. Un scialytique éteint surplombe une table. À l'opposé, un appareil mystérieux émet une lumière douce. Mû par la curiosité, j'avance, suivi par une Laurence plus morte que vive. C'est une sorte de couveuse à la porte transparente. Soudain, nous ne pouvons retenir un cri d'horreur. Je dois accomplir un terrible effort pour ne pas vomir. Ce que contient l'armoire défie l'imagination. Baignant dans un liquide translucide vaguement bleuté, et reliée à une multitude de tuyaux, une tête humaine nous contemple. Une tête sans corps, mais dont les yeux paraissent animés d'une vie véritable. Laurence s'est réfugiée derrière moi pour ne pas se mettre à hurler. Quant à moi, je n'ose détourner mon regard. Une vague d'incrédulité m'envahit. Les yeux *m'observent*. Pire encore, la bouche se met à remuer comme pour former des mots silencieux. Une détresse infinie se lit dans ce regard pathétique, inimaginable. Je note que la tête est celle d'un homme d'origine sud-américaine.

– C'est incroyable, murmuré-je. Cette tête semble vivante !

Tout à coup, la lumière inonde la pièce. Je me retourne d'un bloc. Laurence hurle. Duplessis est là, entouré de trois gorilles. Il émet un petit rire.

– Décidément, vous êtes coriace, monsieur Dorval. Comment avez-vous réussi à vous libérer ?

– Qu'est-ce que ça peut te foutre, espèce de taré ? Qu'as-tu fait à cette… à ce pauvre homme ?

Il s'avance, les mains dans les poches, tandis que les armes se braquent sur nous. Mes ciseaux me paraissent bien dérisoires. Une vague de déception et de frustration me submerge. Duplessis contemple la tête coupée.

– Ainsi, vous avez voulu rendre une petite visite à notre ami José ? C'est bien, je pense que cela lui a fait plaisir.

Je regarde de nouveau la tête. Celle-ci roule des yeux affolés. Les lèvres s'agitent de plus belle.

– C'est impossible ! Vous ne me ferez pas croire…

– Que cette tête est vivante ? Mais bien sûr que si ! Cela fait plus d'un mois qu'elle survit dans ces conditions. Je teste sa résistance. Le cerveau est alimenté en oxygène, le liquide dans lequel elle trempe la nourrit. Les vaisseaux sanguins sont parfaitement irrigués. L'environnement est stérile, afin d'éviter toute infection. Je peux vous assurer que José est bien vivant. José n'attend qu'un nouveau corps afin de retrouver une vie normale. Et, au fond, vous avez bien fait de venir. Le scanner a confirmé ma décision. Dans quelques jours, nous allons tenter de réunir cette tête et votre propre corps. Et je renouvellerai l'expérience de la conservation de la tête avec la vôtre.

Il écarte les bras.

– Eh oui, il faut bien prévoir le cas où j'échouerais. Il ne vous resterait plus alors qu'à patienter jusqu'à l'arrivée d'un autre candidat à l'opération du millénaire !

– Vous êtes complètement fou !

Duplessis hausse les épaules d'un air blasé.

– Les esprits étroits ont dû penser ça d'Ambroise Paré et de nombre d'autres. Et vous êtes apparemment un esprit étroit.

Il s'approche de la couveuse et observe la tête, qui prend une expression d'horreur en l'apercevant.

– José relève de la recherche expérimentale.

– Vous vous prenez pour Frankenstein !

– Mais non ! Frankenstein est un personnage de roman. Mais la greffe d'organes n'est plus de la fiction depuis longtemps. Elle a effectué un spectaculaire bond en avant avec le docteur Barnard qui a transplanté un cœur en 1967. J'étais adolescent à l'époque, et j'ai décidé de consacrer ma vie à cet art. Car il s'agit bien d'un art. Je ne sculpte pas la pierre ou le bois, mais la chair humaine. Il ne peut exister de matière plus noble, n'est-ce pas ? Les greffes sont devenues extrêmement courantes, de nos jours. Malheureusement, les donneurs sont rares. Il faut attendre des accidents mortels sur les routes, ou des décès au cours d'opérations. Mais les pouvoirs publics agissent de manière à sécuriser les routes, et les médecins ont une fâcheuse tendance à soigner de mieux en mieux. En conséquence, les listes d'attente sont longues, et il n'existe aucun passe-droit pour les personnes qui auraient les moyens financiers d'être traités avant les autres. Elles sont logées à la même enseigne que le commun des mortels. Les banques d'organes sont rigoureusement contrôlées, et les quelques trafics organisés dans les pays sous-développés ne suffisent pas à répondre à la demande de notre clientèle. De plus, bien souvent, les organes sont abîmés au cours des accidents, et une loi stupide basée sur la soi-disant éthique n'autorise leur prélèvement qu'avec l'accord de la famille, pour de ridicules raisons religieuses. Tout cela est très fâcheux. Les gens importants ne peuvent se permettre d'attendre les caprices d'un chauffard ou l'erreur d'un médecin. C'est pourquoi nous avons mis au point notre propre réseau, qui nous fournit des donneurs parfaits. Ceux-ci sont… disons… préparés à fournir leurs organes.

– Comment ça ?

– Notre organisation recrute, moyennant finances, des individus sains parmi la population de certains pays d'Amérique latine. Sous couvert de recherches médicales, nous les étudions, effectuons des analyses, afin de disposer d'un dossier complet. Ces personnes sont suivies par nos médecins. En compensation, les candidats perçoivent une indemnité qui leur permet de vivre très confortablement dans ces pays où règne la misère la plus noire. Nous avons ainsi constitué une banque de donneurs potentiels. Lorsqu'un besoin se fait sentir, nous invitons le donneur sélectionné. Nous lui expliquons que nous avons besoin de lui pour effectuer un complément de recherche qui ne peut être effectué qu'en France. Alléché par une prime importante, il accepte toujours. Nous l'amenons ensuite ici. Il est endormi, et nous prélevons l'organe voulu.

– C'est de l'assassinat pur et simple !

Il hausse les épaules.

– Pourquoi vous attendrir ? Ces gens ne comptent pas face aux personnes que nous sauvons.

– Parce qu'elles sont riches ? Vous estimez que cela leur donne le droit de passer avant les autres ?

– Pauvre imbécile ! Il ne s'agit pas de droit, mais de pouvoir. Devant une maladie très grave, la terreur des riches est aussi forte que celle du pauvre. La seule différence, c'est que la fortune leur donne les moyens de lutter. Beaucoup d'entre eux n'accepteraient d'ailleurs pas notre vision des choses, à cause de ridicules principes religieux ou moraux. Il y a aussi des humanistes chez les riches. Outre le critère de la fortune, notre clientèle est rigoureusement sélectionnée pour ses idées… avancées.

– Idées avancées ? Vous rendez-vous compte que vous allez complètement à l'encontre du serment d'Hippocrate, *docteur* Duplessis !

Il ricane.

– Le pouvoir, mon cher ! Je me fous des idéalistes ! Dans ce monde, seuls survivront ceux qui détiennent la puissance. Le plus gros actionnaire d'une multinationale ne peut se permettre de laisser mourir son fils atteint d'un problème cardiaque alors qu'une greffe peut le sauver. Il doit reprendre le flambeau paternel. Il a donc plus d'importance qu'un Brésilien ou un Argentin miséreux.

– Vous me donnez envie de vomir ! Ces gens ont autant de droits que vous ! Et vous avez le culot de vous prendre pour un artiste ? Vous êtes peut-être un as dans votre spécialité, mais vous n'êtes qu'une pourriture !

Agacé, il hausse les épaules et se tourne vers les gardes.

– Ça suffit maintenant ! Ramenez-les dans leur chambre, vérifiez leurs entraves et que l'un de vous reste à leurs côtés en permanence.

Le désespoir s'est emparé de moi. Ma tentative n'avait aucune chance d'aboutir. Miss Crocodile, rappelée en urgence, nous injecte sa saloperie de somnifère. Bientôt, je sombre une nouvelle fois dans un néant sirupeux peuplé de cauchemars. Au loin, très loin, j'entends les pleurs étouffés de Laurence. Je n'ai même plus la force d'éprouver de la haine.

Nouvel éveil. Plusieurs personnes cernent les lits. Je reconnais Duplessis et l'infirmière. Près d'eux se tient un homme âgé d'une soixantaine d'années, aux cheveux gris. Son regard glacé, d'un bleu pâle et métallique, nous transperce comme si nous n'étions que des pièces de viande à l'étal d'une boucherie. Je devine que cet individu est incapable de la moindre compassion, de la plus petite réaction de pitié. Il respire le Mal à l'état brut. Sans l'avoir jamais vu, je reconnais Gaétan de Saint-Méhon. Je repense à ce qu'a dit la grand-mère de Laurence : « Ce n'est pas un homme que tu devras affronter, c'est le diable lui-même ! »

Face à lui se trouvent une femme et trois hommes. Une seconde femme aux cheveux presque blancs se tient en retrait. Je remarque qu'elle pousse un fauteuil roulant dans lequel est installée une jeune fille au teint cireux.

La voix de Saint-Méhon résonne, à la fois aigre et grave. Le timbre est angoissant, chargé d'une menace inexprimée. On sent que ce type n'accepte pas la moindre contradiction, et qu'il n'hésite pas à éliminer ceux qui s'opposent à lui.

– Je vous présente le docteur Duplessis, qui va opérer votre fille.

L'un des hommes traduit dans une langue qui me semble être de l'espagnol. Saint-Méhon se tourne vers Duplessis.

– Le marquis Alphonso Ramirez della Sierra Nerra et son épouse, la señora Isabella. L'autre homme est leur fils, Juan-Pedro. Et voici la patiente, leur fille Elena, qui souffre d'une malformation cardiaque.

– Soyez les bienvenus, répond Duplessis à l'adresse de la famille. Et soyez rassurés. Bientôt, la maladie de votre fille ne sera plus qu'un mauvais souvenir. Ce n'est pas la première fois que je pratique cette intervention, et je n'ai jamais subi d'échec. Vous connaissez la qualité de nos donneurs. Et cette fois, nous bénéficions d'une donneuse exceptionnelle.

Il s'approche du lit sur lequel repose Laurence.

– La voici ! Vous pouvez constater qu'il s'agit d'un superbe spécimen de race blanche, en parfaite santé.

La mère émet une longue tirade. Le traducteur transmet :

– La señora Isabella dit qu'elle est satisfaite et soulagée. Elle n'appréciait pas de savoir qu'on risquait d'implanter dans la poitrine de sa fille, qui est une pure Aryenne, le cœur et les poumons d'un métèque.

Laurence se met à gémir. Elle veut se rebeller. Mais, tout comme moi, elle a été droguée et n'émet qu'une faible plainte qui se transforme en pleurs. Duplessis éclate d'un rire cynique :

– Je crois qu'elle n'est pas vraiment d'accord ! Mais nous ne lui demanderons pas son avis. L'opération aura lieu demain matin.

Le désespoir me ronge comme un poison corrosif contre lequel il n'existe aucun remède. J'ai tenté de nous tirer de là, et j'ai échoué. Mais avais-je une seule chance ? Cette clinique est un univers clos, un enfer replié sur lui-même, dont la seule issue est gardée par des cerbères impitoyables. Et s'il existe une autre sortie, j'ignore où elle se trouve. Ma seule consolation est d'avoir tenté le tout pour le tout. Mais cela ne me réconforte pas.

Laurence va mourir demain. Je m'en veux terriblement. Je me dis que je préférerais prendre sa place. Mais elle resterait alors seule face à ses tortionnaires. Il vaut mieux qu'elle parte la première. À cette idée, malgré les calmants, un mélange de rage impuissante et de peur m'imprègne. J'aimerais posséder les pouvoirs d'un dieu pour anéantir ce nid de frelons méprisants et cyniques. Jamais je ne me serais cru capable d'éprouver une haine aussi dévorante envers quelqu'un. Mais, dans le même instant, une terreur sans nom me ronge le ventre. Tout cela me paraît tellement stupide, tellement grotesque…

De nouveau, les bruits se sont atténués, et les lumières crues des couloirs ont fait place aux lueurs ouatées des veilleuses nocturnes. Le personnel journalier est parti. Cependant, pas question de renouveler l'aventure de la nuit dernière. Un garde à tête de brute a pris place dans la chambre même, et l'on m'a posé une sonde pour m'éviter d'aller aux toilettes. Les sangles ont été doublées d'anneaux métalliques. Ces salauds ne nous ont laissé aucune chance.

Je sombre dans une torpeur éprouvante, faite de courtes périodes de sommeil et de cauchemars effrayants, où je vois des lames acérées découper, trancher, laminer des corps humains sans tête. Au cours de vagues périodes de lucidité, je prie les dieux de nous venir en aide, d'envoyer quelqu'un à notre secours. Mais personne n'entend, là-haut. Rien ne se passe, nous rapprochant inexorablement de l'horreur.

La lumière crue inonde les couloirs. Le jour est revenu, et les effets des calmants se sont dissipés. Je suis parfaitement réveillé, et une nausée générée par l'angoisse me tord l'estomac. Près de moi, Laurence s'est éveillée à son tour. Elle s'agite, tente de faire jouer ses liens. En vain. Alors, ses pleurs me déchirent une nouvelle fois le cœur.

Soudain, les néons de la chambre s'illuminent, nous aveuglant de leur lumière froide. Je cligne des yeux. Comme dans un cauchemar, je vois entrer Duplessis, miss Crocodile, suivie du marquis, de sa femme et du traducteur. L'heure fatidique est arrivée. Je comprends ce que peut éprouver un condamné à mort. Je me mets à hurler comme un dément. Duplessis s'exclame :

– Monique, donne-lui immédiatement un sédatif ! Ce crétin nous casse les oreilles.

– Cela peut se comprendre ! dit une nouvelle voix en provenance du couloir. Qu'est-ce que tu dirais si tu étais à sa place ?

Je vois alors la stupeur se peindre sur les traits de Duplessis. Mais je dois avoir la même expression. Je tourne la tête en direction de la porte. La vieille dame qui poussait la chaise roulante est là ; elle braque un pistolet sur lui et sur l'infirmière. Mais le plus extraordinaire est que cette vieille dame possède une voix que je reconnaîtrais entre mille, une voix qui appartient à un autre visage, beaucoup plus jeune, maintes fois admiré sur le grand écran : celui de Nathalie Vallières !

29

Duplessis regarde autour de lui, éberlué. Le « marquis », son épouse et le traducteur ont sorti eux aussi des pistolets automatiques, qu'ils braquent sur miss Crocodile. Un soulagement immense me saisit tout à coup.

– Nath… Nathalie, c'est toi ? balbutie le chirurgien, incapable de réagir.

D'un geste vif, elle ôte sa perruque, libérant la longue chevelure brune qu'on lui connaît.

– C'est moi ! Et n'espère pas de secours de la part des gorilles de Saint-Méhon. À l'instant même, ils doivent avoir de gros problèmes avec les gendarmes du GIGN qui investissent la demeure. C'est fini, Alexandre ! Tu n'auras pas l'occasion de pratiquer une opération avant longtemps !

Il reste un long moment interdit, puis crache :

– Espèce de salope !

– Silence ! gronde le « marquis ». Docteur Duplessis, vous êtes en état d'arrestation.

La fausse vieille dame s'approche de moi et me regarde :

– Bonjour Nicolas ! Il semblerait que nous soyons intervenus à temps !

– J'en ai bien l'impression.

Tandis que Duplessis et son infirmière sont menottés, Nathalie nous libère, Laurence et moi. L'opération est délicate, car, outre la sonde urinaire, nous sommes tous deux sous perfusion. Mais la « marquise » a suivi des cours de secourisme et nous aide à nous débarrasser de ces instruments de torture. Enfin, je serre dans mes bras une Laurence plus morte que vive.

Nathalie nous tend des couvertures dans lesquelles nous nous enveloppons. Puis elle nous contemple avec un regard amusé.

– On peut dire que vous nous avez flanqué une sacrée frousse, tous les deux.

Elle nous invite à sortir de la chambre. Duplessis et miss Crocodile sont enfermés dans une salle, menottés à des tuyaux. Bientôt, un autre chirurgien et deux infirmières viennent les rejoindre, capturés par le « fils » et par la fausse malade, qui apparemment, peut se passer de son fauteuil roulant. Duplessis la regarde d'un air ahuri.

– Mais… je l'ai examinée hier. Elle souffrait visiblement du cœur.

– Certains médicaments peuvent simuler de graves troubles cardiaques, Alexandre, lui répond Nathalie. Je te présente le lieutenant Martine Leduc, qui a eu le courage d'accepter ce traitement de choc, afin de te tromper.

Puis elle nous entraîne dans une grande salle contiguë, visiblement réservée aux opérations.

– Voilà ! Il ne reste plus qu'à attendre que les collègues, à la surface, aient terminé leur travail.

Utilisant l'équipement de la salle d'opération, elle se débarrasse de son maquillage. Elle se redresse et ôte les artifices qui lui composaient une silhouette de femme âgée. La métamorphose est extraordinaire. Seuls demeurent ses vêtements gris et ternes. Mais, en quelques instants, elle les arrangent de manière à leur donner un semblant d'élégance. Christophe et Max avaient raison : il émane d'elle quelque chose de magique. Malgré la gravité de la situation, elle distille des ondes positives. J'ai la sensation que plus rien de mauvais ne peut nous arriver tant qu'elle sera là.

Elle s'approche de nous, visiblement ravie du bon tour qu'elle vient de jouer à son ancien amant. Elle prend les mains de ma compagne dans les siennes.

– Je suis bien contente de te revoir, Laurence. La dernière fois que nous nous sommes vues, l'ambiance était un peu plus détendue, n'est-ce pas ?

– C'était sur un tournage. Je ne me rappelle plus lequel…

– Aucune importance. Mais je te promets qu'on fera d'autres films ensemble !

Elle se tourne vers moi et me serre longuement dans ses bras.

– Nicolas !

Puis elle prend mon visage dans ses mains et dit :

– C'était sympa de partir à ma recherche comme ça. Un peu dangereux quand même…

– Tu n'es pas quelqu'un de très facile à suivre ! J'aurais imaginé autrement les retrouvailles avec une petite camarade.

Elle éclate d'un rire clair. J'ai retrouvé avec elle notre tutoiement d'enfant. Je ne l'ai pas revue depuis vingt-cinq ans, mais il me semble soudain que c'était hier.

– Mais comment se fait-il que vous soyez là ? Personne ne savait où nous étions ! Et qui sont tes amis ?

Elle tire alors une liasse de feuillets dans lesquels je reconnais les plans offerts par Francis Gerbaut !

– Comment as-tu eu ça ?

– C'est une longue histoire ! Vous savez déjà pourquoi je suis devenue la maîtresse de Duplessis. Les R.G. soupçonnaient une magouille financière, mais ce que j'ai découvert n'avait rien à voir avec ça. Il était question d'une extension secrète de la clinique Saint-Eusèbe, où l'on pratiquait des greffes d'organes prélevés sur des étrangers introduits en France de manière clandestine, et sacrifiés au cours de l'opération. L'ordinateur donnait la liste de médecins sud-américains, descendant des exilés nazis. Ces médecins véreux ont constitué, en relation avec Saint-Méhon, une banque de donneurs recrutés sous le couvert de recherches médicales. Lorsque j'ai découvert cela, je me suis enfuie, après avoir fait un double de la disquette. J'ai réussi à semer mes poursuivants. Dans un premier temps, Michel Marceau m'a hébergée, pour me protéger. Mais j'étais allée trop loin : je ne pouvais plus reprendre une vie publique normale. Saint-Méhon et Duplessis avaient sans doute lancé des tueurs à mes trousses. Si je voulais un jour revivre au grand jour, il fallait anéantir ce réseau monstrueux. Mais comment ? Marceau ne pouvait agir sans preuves irréfutables, et les renseignements contenus sur la disquette étaient insuffisants. Une enquête musclée a été menée à Saint-Eusèbe. Ce fut un échec total. Cette clinique ne recelait absolument rien d'anormal. D'ailleurs, le personnel a été surpris. Nous avons épluché la vie de chaque employé, les antécédents, le train de vie, tout ! Aucun d'eux n'avait quoi que ce soit à se reprocher. Nous avons conclu que Saint-Eusèbe n'était qu'une façade respectable. Les R.G. ont alors perquisitionné ici, à la Bornerie. Sans rien découvrir non plus. Je commençais à douter de moi. Duplessis et Saint-Méhon ont fait un scandale, servis par une cohorte d'avocats marrons à leur solde. L'affaire n'a pas été connue du grand public, mais le gouvernement a dû présenter ses excuses.

« J'ai compris qu'il fallait agir autrement. Sans tenir compte de l'avis de Marceau, je suis partie pour l'Amérique du Sud, après avoir mis Honorine à l'abri chez des amis américains. J'avais sur moi un double de la disquette donnant la liste des médecins impliqués dans le réseau. En empruntant différentes identités pour ne pas éveiller leurs soupçons, j'ai mené ma propre enquête sur le terrain. Je me faisais embaucher comme femme de ménage, comme secrétaire, comme cuisinière. Patiemment, j'ai accumulé des indices, j'ai relevé les noms de gros clients, tous les renseignements qui me paraissaient intéressants. À plusieurs reprises, j'ai failli être démasquée, mais je m'en suis tirée. Heureusement, je parle couramment l'espagnol.

« Il y a deux mois, je suis rentrée en France, et j'ai transmis à Marceau tout ce que j'avais appris. C'est à ce moment-là qu'il m'a dit que tu étais à ma recherche. Cela n'arrangeait pas nos affaires, car tu risquais de tout compromettre. Mais…

Elle m'adresse un sourire complice :

– Finalement, c'est toi qui as découvert la clé de l'énigme.

– Les souterrains…

– Exactement. Marceau s'est montré très inquiet lorsqu'il a appris que vous aviez quitté la région parisienne. Il s'est douté que vous étiez retournés en Sologne. Il a donc prévenu la gendarmerie, qui s'est mise à votre recherche. Ils sont allés voir tes grands-parents, Laurence, mais ceux-ci ignoraient où tu étais. Ils ont ensuite visité les hôtels de la région, et ont retrouvé votre trace à Montrichard. Marceau m'a prévenue. J'étais moi aussi en Sologne, sous l'apparence d'une femme d'une cinquantaine d'années, afin de collecter de nouveaux éléments. C'est ainsi que je vous ai filés, il y a deux mois, lorsque vous êtes venus rôder autour de Saint-Eusèbe.

– Je me souviens, dis-je. Une voiture nous a suivis.

– C'était toi ! s'exclame Laurence.

– J'ai failli vous contacter à ce moment-là, mais Marceau n'était pas d'accord. Il estimait qu'il valait mieux que je reste dans l'ombre. Cependant, lorsque les gendarmes vous ont localisés à Montrichard, il y a quelques jours, j'ai décidé, avec l'aval de Marceau, de tout vous expliquer. Je me suis présentée à l'hôtel dans le but de vous rencontrer. Mais l'hôtelier m'a dit que vous n'étiez pas revenus depuis deux jours. J'ai demandé à voir votre chambre. C'est là que j'ai découvert le plan adressé à Marceau. Je l'ai étudié, et j'ai compris. Grâce à vous deux, nous savions enfin où se situait cette maudite clinique secrète. J'ai averti Marceau, qui m'a rejointe aussitôt.

« Entre-temps, votre voiture a été retrouvée dans un étang. Mais vos corps n'étaient pas à l'intérieur. Marceau en a déduit que vous aviez été capturés par Saint-Méhon et Duplessis. Il a demandé une intervention du RAID afin de neutraliser la bande. Mais il nous fallait une preuve formelle pour intervenir. De plus, si vous étiez encore vivants et prisonniers, on risquait de vous utiliser comme otages. J'ai alors proposé à Marceau une manœuvre de diversion. Utilisant les indices récoltés en Amérique du Sud, nous avons simulé, grâce à l'informatique, une demande d'un gros éleveur argentin, affilié à leur réseau. Nous avions les noms des contacts, les codes qu'ils utilisent entre eux. Le marquis Alphonso Ramirez della Sierra Nerra existe réellement, et sa fille est bien atteinte d'une maladie incurable qui nécessite une greffe cœur-poumons. Nous avons opéré une substitution en constituant une équipe spéciale, dont chaque membre parlait parfaitement l'espagnol. En nous infiltrant virtuellement dans le réseau, nous nous sommes fait passer pour le marquis et sa famille, et nous nous sommes introduits dans la Bornerie. Ces imbéciles n'y ont vu que du feu.

« Duplessis a examiné Martine, qui souffrait réellement, à cause d'un traitement particulier, destiné à donner temporairement l'illusion de la maladie. Nous lui avons fourni des radios truquées, soi-disant réalisées à Buenos Aires, mais établies par des spécialistes français. Elles parlaient d'elles-mêmes. Seule une greffe pouvait sauver la malade. La demande de ses parents n'avait rien de surprenant pour Duplessis : le marquis della Sierra Nerra fait partie de leur réseau. Parallèlement, nous avons… neutralisé tout contact avec ce marquis pendant quelques jours, afin qu'il ne donne pas l'éveil. Mais il nous fallait agir vite. Hier soir, à l'insu de Duplessis, nous avons réuni les preuves qui nous manquaient pour déclencher l'opération du GIGN. Le « marquis » et sa femme avaient exigé d'assister à l'opération. Tout à l'heure, lorsque l'on est venu nous chercher pour la transplantation, j'ai adressé un message codé à Marceau, afin qu'il donne le signal de l'attaque. Vous connaissez la suite.

Laurence se jette dans les bras de Nathalie.

– Tu nous as sauvé la vie. Merci à toi, et à tes compagnons. J'ai bien cru que ma dernière heure était arrivée.

Je soupire :

– Nous aurions pu éviter toute cette mise en scène. Je me suis montré trop imprudent en m'approchant si près de la Bornerie.

Nathalie éclate de rire :

– Si tu savais tous les risques que j'ai pris en Amérique du Sud. Un jour, je vous raconterai tout ça.

– J'ai failli y laisser ma vie et celle de Laurence.

– Il est vrai que tu nous as posé quelques problèmes. Mais c'est grâce à vous deux que nous allons enfin réussir à mettre ces salopards hors d'état de nuire. Marceau va certainement vous engueuler, pour la forme, mais sans vous, nous n'aurions pas encore situé ce nid de frelons.

– Alors, c'est fini ? demande Laurence.

– Presque. En ce moment même, une centaine d'hommes du GIGN investissent la Bornerie. Nous avons pour consigne de les attendre ici.

Je reste un moment silencieux. Puis je déclare :

– Je pense que nous devrions nous méfier. À la place de Saint-Méhon, j'aurais fait aménager une issue de secours, en prévision d'une attaque comme celle-ci !

– Il n'irait pas loin ! S'il s'échappe, la gendarmerie et la police seront à ses trousses.

– Attention ! Ce type est intelligent. Il a dû tout prévoir.

Une dizaine de minutes plus tard, l'écho de la bataille résonne sous les voûtes. Des armes claquent, des lueurs illuminent les lieux, à l'extérieur de la salle. Des hurlements et des cris retentissent, tandis qu'une affreuse odeur de chair brûlée et de poudre se répand.

– Ils sont là ! murmure Nathalie. Les gardes de Saint-Méhon ont dû perdre pied et se sont réfugiés dans les souterrains. Mais ils résistent encore. Il vaut mieux rester ici pour l'instant !

Le vacarme se rapproche. Il y a des bruits d'explosion, des gémissements de douleur, des cris de détresse. Une fumée épaisse rampe dans les couloirs.

– Qu'est-ce qui se passe ? demande Laurence, peu rassurée.

Nathalie entrouvre la porte. Des silhouettes affolées passent en courant à l'extérieur.

– Ce sont les hommes de Saint-Méhon, dit-elle. Ils s'enfuient.

– Nous allons prêter main-forte à nos collègues ! déclare le « marquis ». Ne bougez pas de cette pièce !

Il sort, suivi de sa « femme » et de son « fils ». Nathalie les suit. Seule Martine reste avec nous. Elle n'est pas encore tout à fait remise de son traitement de choc.

Soudain, un homme pénètre dans la salle d'opération, haletant, couvert de sueur et de poussière. Mes tripes se nouent. Barioz !

Laurence hurle :

– Attention !

Il tient un pistolet-mitrailleur. Dès qu'il m'aperçoit, il m'ajuste et appuie sur la détente. Une horrible sensation me noue les tripes, mais je n'entends qu'un petit claquement sec. L'autre émet un juron.

– Cela fait un moment qu'il n'y a plus de balles dans ce putain de flingue ! grogne-t-il. Tu as un de ces bols !

Nous restons un instant à nous observer en chiens de faïence. Je n'oublie pas que ce pourri a tué Élisabeth, et qu'il est aussi probablement à l'origine de la mort d'Agnès. Je n'oublie pas non plus la manière dont il nous a traités, Laurence et moi, lors de notre capture. Une bouffée d'adrénaline doublée de colère m'envahit. Je m'avance vers lui.

– Commissaire Barioz ! Ne m'avez-vous pas dit que vous aviez un compte à régler avec moi ?

Il me jette un regard mauvais, essaye de nouveau son pistolet contre moi, sans succès.

– Non, non ! Il ne fonctionne plus, Barioz ! Vous n'avez plus que vos poings ! Comme moi !

De rage, il me lance son arme. Je l'évite et continue d'avancer. Soudain, il se jette sur moi. Mais il en faut plus pour me surprendre. Un combat furieux nous oppose alors. Ce salaud n'est pas une demi-portion, et des relents de sédatifs corrodent encore mes veines. Mais la haine décuple mes forces. Plus tard, quand je repenserai à ce moment, je garderai l'impression de m'être métamorphosé en chien enragé. Au bout de quelques instants, je commence à prendre le dessus. Malgré son expérience, Barioz est en difficulté. Ignorant les coups violents qu'il me porte, et que je parviens à esquiver pour la plupart, je frappe, sans relâche, de toutes mes forces. Il tente de riposter, mais peu à peu, il perd pied. Et je prends plaisir à mieux appuyer mes coups. Lentement, je vois son visage se couvrir de sang, son nez se briser, ses lèvres éclater. Sa hargne se transforme en crainte, puis en peur. On m'interpelle. Je ne réponds pas. Je frappe. Pour Agnès, pour Élisabeth, pour les pauvres gens que ce fumier a menés à l'abattoir.

– Nicolas ! Arrête !

Je me retourne. Laurence me contemple avec des yeux affolés. Je regarde mes poings. Ils sont couverts de sang. Le mien, mais surtout celui de Barioz. Laurence pose ses mains sur les miennes.

– Arrête, mon chéri ! Tu vas le tuer !

Je me rends compte alors que Barioz gît sur le sol, assommé, le visage tuméfié, boursouflé et saignant. Je reprends mon souffle, un peu hagard. Je crache :

– Je lui avais promis de le retrouver. Il n'a que ce qu'il mérite.

Au-dehors, les combats font rage. Des rafales d'armes automatiques crépitent un peu partout. Je m'avance jusqu'à la porte pour voir où en sont Nathalie et ses compagnons. Soudain, derrière moi, Laurence pousse un hurlement.

– Nicolas ! Attention !

Je n'ai pas le temps de me retourner. Un coup violent me percute la nuque. Je m'écroule sur le sol. Des cris, des hurlements retentissent autour de moi. Je voudrais me relever, mais je n'y parviens pas. Pendant un laps de temps indéterminé, je sombre dans l'inconscience.

Lorsque je reviens à moi, Nathalie est penchée sur moi.

– Que s'est-il passé ? demande-t-elle. Où est Laurence ?

– Laurence ? Mais… elle était avec moi !

Une onde d'angoisse me parcourt. Je me redresse. Une douleur fulgurante me traverse le crâne. Je regarde autour de moi. Nathalie et ses compagnons sont là. Deux ou trois corps jonchent les couloirs un peu plus loin. Barioz est toujours étendu sur le carrelage de la salle d'opération. Martine est allongée près de lui. Une vilaine tache rouge s'agrandit sur sa poitrine. Mais Laurence a disparu. En vacillant, je rejoins la jeune blessée. Elle nous regarde l'un après l'autre. Elle fait un violent effort pour parler. Son élocution est laborieuse, entrecoupée de hoquets de souffrance.

– C'est Saint-Méhon. Il a surgi quand vous êtes sorti. Il vous a frappé. Puis il a braqué une arme sur votre amie et il l'a obligée à lui servir de bouclier. Ensuite, il a tiré sur moi. Je l'ai vu s'enfuir en emmenant votre compagne.

Je blêmis. Autour de moi, tout s'agite, tout va trop vite. Des hommes en treillis jaillissent un peu partout. L'épaisseur de la fumée est insoutenable. Je voudrais me lancer à la poursuite de Saint-Méhon, mais je ne sais même pas par où il est parti.

Un officier se présente à Nathalie.

– Capitaine Brossard, madame ! La base est entre nos mains. L'ennemi s'est rendu. Le commissaire Marceau est là-haut. Il veut vous parler.

– Plus tard, capitaine ! Gaétan de Saint-Méhon s'est enfui en prenant une jeune femme en otage. Il faut le rattraper.

– Il n'ira pas loin. Mes hommes s'en occupent.

À ce moment, on amène Duplessis et ses complices. Le chirurgien nous contemple avec mépris.

Nathalie se dirige vers lui et demande :

– Sais-tu où se trouve Saint-Méhon ?

Il la regarde, puis son visage reflète une vive inquiétude.

– Saint-Méhon ? Vous ne l'avez pas capturé ?

– Il s'est enfui en prenant Laurence en otage. Dis-nous s'il existe une autre issue !

Duplessis ne répond pas immédiatement, puis il clame d'une voix affolée :

– Il faut partir d'ici. La clinique est piégée !

– Qu'est-ce que tu racontes ?

– Saint-Méhon avait prévu une opération de ce genre ! Il ne voulait pas que le fruit de nos recherches tombe entre les mains des Français. Il a fait miner les galeries. S'il est parvenu à rejoindre l'issue de secours, il a dû déclencher le programme d'autodestruction !

J'ai tout à coup l'impression que mes jambes ne me portent plus. Je sais que ce salaud n'hésitera pas à tuer Laurence dès qu'il aura atteint son but. Mais par où sont-ils partis ?

– Où se trouve l'autre issue ? hurle le capitaine Brossard.

– Je n'en sais rien ! répond Duplessis, complètement paniqué. Il faut remonter au plus vite et sortir dans le parc. Même le château est piégé !

Comme pour lui donner raison, une explosion retentit au loin. Une onde de chaleur intense nous baigne.

– Il est trop tard ! glapit Duplessis.

Un hurlement déchirant se répercute dans les galeries. Comme dans un cauchemar, j'aperçois au loin, à l'autre bout d'un couloir, une silhouette humaine transformée en torche vivante. Un cri de folie me vrille les cordes vocales :

– Laurence !

30

Je veux courir vers la silhouette en feu, mais trois hommes du GIGN me saisissent à bras-le-corps pour m'en empêcher.

– Restez ici ! clame l'un d'eux. Ce n'est pas votre amie ! Regardez !

Tout se passe très vite. Deux gendarmes ont la présence d'esprit de saisir des extincteurs. Les flammes s'étouffent. La silhouette s'effondre en continuant de crier… avec une voix masculine. L'un des gendarmes revient vers nous.

– Ce n'est rien, mon capitaine ! Cet individu a tenté de fabriquer une bombe à l'aide d'un flacon d'éther, mais celui-ci lui a explosé dans les mains. Il est très gravement brûlé.

– Trouvez-lui un brancard, lieutenant ! Il nous faut évacuer les lieux au plus vite. Il y a des risques d'explosion. Ordonnez à vos hommes de se replier !

– Affirmatif, mon capitaine !

Une atmosphère de démence s'est emparée de la clinique souterraine. Des hommes courent dans tous les sens. Brossard a dû assommer Duplessis qui cherchait à s'enfuir. Très vite, les hommes du GIGN refluent en direction de la rampe d'accès menant au château. À chaque seconde, nous redoutons de voir les couloirs s'embraser dans une lueur apocalyptique. L'esprit en déroute, je ne sais plus que faire. Je voudrais rester, tenter de retrouver Laurence, lui porter secours. Mais les autres m'entraînent. Nathalie me soutient.

– Viens, Nicolas ! Il ne faut pas rester ici !

C'est alors que, d'un couloir envahi par la fumée, deux silhouettes surgissent. L'une d'elles est un homme, qui boite d'une manière grotesque en s'appuyant au mur. Son visage est déformé par la douleur et la colère. Sa jambe droite ruisselle de sang.

– Saint-Méhon ! s'exclame Nathalie.

Derrière, tenant à deux mains un pistolet automatique braqué sur lui, Laurence le contraint à avancer. Une bouffée de joie m'inonde. J'ai envie de hurler mon soulagement. J'attrape Brossard par le bras et lui dis :

– Vous avez vu ? Elle l'a eu ! Elle l'a eu !

Il observe Laurence avec un intérêt d'autant plus soutenu qu'elle ne porte plus sur elle que sa blouse verte d'opération. Il s'avance vers eux et s'adresse à Saint-Méhon.

– Monsieur, vous êtes en état d'arrestation.

L'autre crache :

– Attendez que mes avocats soient avertis de la manière dont vous avez investi ma maison, capitaine ! Vous irez balayer les latrines jusqu'à la fin de votre vie !

– C'est possible, monsieur ! En attendant, vous allez la boucler, ou bien je ne résisterai pas au plaisir de vous bousiller l'autre jambe. Ce que j'ai entrevu ici ne m'incite pas à l'indulgence. Allez, tendez vos mains.

Ravalant sa hargne, Saint-Méhon obéit. Les menottes se referment sur ses poignets. Enfin, Laurence peut se débarrasser de son arme. Elle tend également un boîtier à Brossard en précisant :

– C'est avec ça qu'il comptait faire sauter la clinique. Je suppose qu'il s'agit d'une télécommande.

– Cela y ressemble, mademoiselle. Mais comment avez-vous pu…

– Il m'a obligée à le suivre sous la menace de son pistolet, explique-t-elle. Je ne sais pas par où nous sommes passés. Nous nous sommes retrouvés dans un endroit différent d'ici. Je pense qu'il s'agit de l'arène où il organisait des combats à mort. Nous sommes descendus au niveau de la piste de sable. Une porte basse ouvrait sur une salle donnant sur plusieurs cellules. Il m'a poussé dans l'une d'elles, puis il a actionné un mécanisme, et l'une des parois a basculé, dévoilant un passage secret. Il voulait que nous nous enfuyions par là.

« – Mais avant, j'ai quelque chose à faire, a-t-il dit. Tu as de la chance, tu es la seule qui survivra. Bientôt, cet endroit deviendra un enfer.

« Sur le mur opposé se trouvait un poste de commande électrique. Il a sorti une espèce de carte à puce. Après ce qu'il avait dit, j'ai compris qu'il voulait faire sauter la clinique. Mais cet imbécile a détourné son arme un court instant. Je n'ai pas réfléchi, je lui ai balancé un coup de pied dans le bas-ventre ! Puis j'ai attrapé le bras qui tenait le pistolet et je l'ai mordu ! De toutes mes forces.

Elle crache par terre.

– Il a lâché son flingue. Je l'ai ramassé, et je l'ai braqué sur lui. Il s'est redressé, m'a traitée de tous les noms. Puis il a voulu se jeter sur moi. Je lui ai tiré dans le genou. Pas de chance pour lui, j'ai suivi quelques cours de tir au pistolet pour les besoins d'un film ! Ensuite, je l'ai obligé à revenir ici. Il n'était pas très coopératif, mais il a compris que je n'hésiterais pas à lui loger une balle dans chaque membre s'il n'avançait pas.

Je lui ouvre les bras, elle vient se blottir contre moi. Je l'enveloppe dans ma couverture, la serre longuement, je caresse sa peau, je respire son odeur. J'ai l'impression que je vais me mettre à rire et à pleurer en même temps. J'ai eu tellement peur pour elle. Cette fois, c'est décidé : dès que tout ce bazar est rentré dans l'ordre, je l'épouse !

J'entends toussoter derrière moi. C'est le moment que choisit Marceau pour pointer son nez. Nathalie est à ses côtés. Apparemment, il est déjà au courant de nos exploits.

– Bonjour, monsieur Dorval ! À ce que je vois, vous avez encore trouvé le moyen de vous faire remarquer !

– Bonjour, commissaire ! Tout va bien ?

– On fait aller !

Il se gratte la tête.

– En fait, je ne sais pas si je dois vous engueuler ou vous remercier. J'espère que vous avez conscience que vous avez provoqué une sacrée pagaïe !

Nathalie l'attrape et lui plaque un gros baiser sur le nez.

– Allez, Michel, ne fais pas la gueule ! Nous avons réussi !

– Oh toi ! N'oublie pas que tu m'as carotté un dossier confidentiel ! Où allons-nous si de simples citoyens commencent à se prendre pour des agents secrets ?

– Il fallait bien que nous donnions un coup de main aux R.G. ! Sans nous, vous croiriez encore à une magouille financière !

Marceau écarte les bras et prend Brossard à témoin.

– Que veux-tu que je réponde à ça ?

L'autre éclate de rire. Un brancard passe près de nous. Deux gendarmes transportent Barioz, toujours inconscient, le visage couvert d'ecchymoses. Marceau le contemple avec stupéfaction.

– Qui est-ce qui l'a arrangé comme ça ?

Je m'avance.

– Je crois bien que c'est moi.

– Cela fait un moment que ça vous démangeait, hein ?

Il a une moue amusée puis nous entraîne vers l'extérieur.

Nous sortons enfin des souterrains. Au dehors, le temps est gris et froid, mais jamais il ne nous a semblé faire aussi beau. L'état du château témoigne de la violence des combats. Une aile brûle. Des impacts de balle défigurent la façade. Des infirmiers commencent à donner les soins aux blessés des deux camps. Pour certains, il est déjà trop tard. Les gendarmes ont perdu trois hommes dans l'affaire, mais une douzaine des gardes de Saint-Méhon ont été tués. Brossard nous explique que tous avaient été recrutés parmi des fanatiques nostalgiques du Troisième Reich.

Nous sommes toujours revêtus de nos couvertures de fortune. Près de moi, Laurence grelotte. Marceau se tourne vers nous.

– Nous allons vous conduire à l'hôpital pour un examen approfondi....

Je lève la main.

– Stop ! C'est hors de question. Les chambres d'hôpital, nous en avons un peu soupé, n'est-ce pas !

– Bien ! Que voulez-vous faire, alors ?

– Retourner à notre hôtel, prendre une bonne douche et nous reposer, tous les deux. Seuls !

– D'accord ! Nous allons vous ramener. Ce soir, je vous ficherai la paix. En revanche, demain, je passe vous chercher à huit heures précises.

– Pourquoi ?

– Je dois vous conduire dans un hôpital parisien. Certains grands professeurs désirent vous poser quelques questions.

– Cela ne peut pas attendre quelques jours ?

– Ne vous inquiétez pas, cela ne sera pas long. De toute façon, vous n'avez pas le choix. D'autres vies sont en danger, et vos réponses sont très importantes.

Je ne vois pas vraiment en quoi nous pouvons être utiles dans ce sens, mais Marceau n'a pas l'air désireux d'en discuter.

– Bon, dans ce cas…

– D'ailleurs, Nathalie nous accompagnera. Il faudra elle aussi qu'elle réponde aux questions.

Le soir, lorsque nous retrouvons notre chambre d'hôtel, nous avons l'impression de sortir d'un étrange cauchemar. Sans les pansements sur nos bras, à l'emplacement des perfusions, nous pourrions croire que tout cela n'était pas réel. Nous nous enfermons sous la douche et laissons longuement l'eau chaude couler sur nous, pour nous laver des souillures de ces derniers jours. Nos corps sont soudés l'un à l'autre. De temps à autre, Laurence dépose un baiser léger et tendre sur ma bouche, mais nous sommes trop épuisés pour faire l'amour. Je n'ai qu'une envie, sentir sa peau contre la mienne, respirer son odeur, écouter sa respiration, les battements de son cœur. Enfin, nous nous allongeons en évoquant vaguement la possibilité d'aller croquer un morceau au restaurant de l'hôtel, tout à l'heure…

Lorsque je m'éveille, il est presque six heures, le lendemain matin. Nous avons fait le tour de la pendule. Je grommelle à l'idée qu'il va falloir quitter la couette douillette pour se préparer, à cause de Marceau.

Celui-ci, réglé comme du papier à musique, se présente à huit heures pétantes, en compagnie de Nathalie. Afin d'éviter d'être reconnue, elle a endossé un nouveau déguisement, qui la fait ressembler à une secrétaire modèle, tailleur BCBG, petites lunettes, l'air effacé et efficace. Cette fille est un vrai caméléon.

Trois heures plus tard, la voiture de Marceau pénètre dans la cour de la Salpêtrière. J'éprouve un violent pincement au cœur. Je ne peux oublier la matinée passée à espérer le succès de l'opération d'Agnès. Laurence m'adresse un regard triste.

Devant nous, Marceau avance rapidement. Depuis le départ de Montrichard, il est d'excellente humeur. Je mets ça sur le compte de son succès de la veille, dont il nous a longuement rebattu les oreilles pendant le voyage. De son pas allègre, il nous entraîne vers le secteur réanimation. Ce n'est pas vrai : il le fait exprès ! Cette fois, j'interviens :

– Pensez-vous qu'il était absolument indispensable de nous ramener ici ?

– Absolument ! Venez, et ne discutez pas !

Il s'approche d'une porte. Il ne s'agit pas du bloc de soins intensifs où était soignée Agnès, mais d'une chambre de réanimation, individuelle, parfaitement équipée pour les cas d'urgence. Nous nous regardons sans rien comprendre. Marceau ouvre la porte et nous invite à entrer. Soudain, mon cœur fait un bond dans ma poitrine. Sur le lit, débarrassée de ses appareils de survie, Agnès est allongée et nous regarde, les yeux brillants. J'ai l'impression d'avoir été frappé par la foudre. Nous approchons tout doucement, de peur de briser le mirage. Je dois avoir le visage inondé de larmes. Je parviens à dire, d'une voix nouée :

– Agnès… mais… comment se fait-il ? On nous a dit que tu étais….

– Morte ? Cela a été vrai pendant quelques instants. Mon cœur a lâché au moment de l'opération. Ils ont essayé de me ranimer. L'un des deux chirurgiens a renoncé après les électrochocs. Il est sorti et vous a parlé. Il me l'a dit par la suite. Mais son collègue, par acquit de conscience, a fait une dernière tentative. Et mon cœur a recommencé de battre. Alors, ils ont repris l'opération, et cette fois, elle a réussi. Je suis vivante ! Vivante !

Nathalie lui prend doucement la main.

– Bonjour, Minette ! dit-elle en s'agenouillant près d'elle. Tu aurais pu éviter de nous faire peur comme ça. À moi aussi, on m'avait dit que tu… avais quitté ce monde. Sans attendre qu'on se soit retrouvées.

Minette ! J'avais totalement oublié le surnom que lui donnaient les autres quand elle était petite. Moi, je l'appelais exclusivement Agnès. Pas étonnant qu'elle ait monté une chatterie par la suite !

– Bonjour… Françoise ! Ça fait un sacré bout de temps…

– Je te jure qu'on va rattraper ça !

Elles tombent dans les bras l'une de l'autre et éclatent en sanglots. Pour ne pas être en reste, Laurence et moi les accompagnons.

Enfin, je me tourne vers Marceau. Lui aussi a l'œil humide, mais il est hilare.

– Vous m'avez réservé assez de surprises pour je vous prépare un tour à ma façon, non ?

ÉPILOGUE

Deux mois plus tard…

Laurence et moi sommes revenus en Sologne, cette fois afin de prendre de vraies vacances. Il nous reste deux semaines avant de nous envoler vers l'Amazonie. Quelques jours après notre aventure tumultueuse, Max Herrmann m'a appelé.

– J'ai une proposition à vous faire, Nicolas. Dans deux mois, je pars en Amérique du Sud pour faire un reportage sur la faune de la jungle amazonienne. J'ai besoin d'un assistant. Nathalie Vallières m'a appelé, et elle m'a appris que vous étiez libre. Est-ce que le poste vous intéresse ? Bien sûr, tous les frais du voyage sont à ma charge.

J'ai été tellement stupéfait que je n'ai pas pu répondre tout de suite.

– Alors ?

– Je suis d'accord, Max, et je vous remercie d'avoir pensé à moi. Mais pensez-vous vraiment que je serai à la hauteur ?

– Je suis persuadé que vous ferez l'affaire. Je passerai bientôt à Paris pour régler les détails. Bien entendu, Laurence peut nous accompagner si elle le désire.

Tandis que Laurence et moi marchons, main dans la main, sur les rives de l'étang de Marolles, certaines images de ces deux derniers mois me reviennent en mémoire. Après l'épisode de la Bornerie, Nathalie nous a invités dans sa demeure de Clairefontaine. Il y avait peu de monde : Jean-Louis Delfosses, le commissaire Marceau, Sylvie Mesnières, Agnès, totalement remise sur pied, et Honorine, sa fille adoptive revenue des États-Unis. Nathalie nous a expliqué qu'elle avait décidé de reprendre le chemin des studios.

Elle a exigé de Marceau qu'il ne révèle rien de sa participation au démantèlement du réseau de Saint-Méhon. Pour les médias, elle revenait simplement d'une longue retraite au Brésil. Il a accepté d'autant plus facilement que le gouvernement désirait garder cette affaire secrète. Le grand public n'a été informé que du trafic d'organes. En revanche, pas un mot n'a été prononcé au sujet de la tête vivante. Il nous a demandé la discrétion la plus absolue sur ce que nous avions pu voir. Nous avons promis de ne rien transmettre aux journalistes. D'ailleurs, qui croirait une histoire aussi hallucinante ? Et puis, nous avons surtout envie d'oublier ces quelques jours de terreur.

J'ignore ce que « José » a pu devenir. Parfois, je pense à lui, à son regard empli de détresse. Je crois, j'espère que… les savants qui ont hérité de son cas lui ont permis de trouver enfin le repos dans la mort. Mais peut-être a-t-on décidé de le maintenir en l'état, dans le seul souci – moral ! – de sauvegarder la vie… Je n'ose l'imaginer. De même que je ne veux pas envisager que l'on ait pu offrir à Duplessis de poursuivre ses expériences monstrueuses dans le plus grand secret. Cependant, je m'étonne que les médias aient si peu parlé de lui. Quant à Saint-Méhon, il s'est pendu dans sa cellule deux jours après son arrestation. On a expliqué son geste désespéré par un refus d'avoir à s'expliquer devant un tribunal. Peut-être est-ce vrai. Mais je crois savoir que l'on confisque aux prisonniers tout objet potentiellement dangereux : ceinture, lacets, canif et autres. Je ne peux donc m'empêcher de penser qu'on l'a aidé à se suicider. On ne le saura jamais.

Je ne souhaite pas en savoir plus sur les suites de cette affaire. Je suis heureux, j'aime une femme merveilleuse qui me le rend bien. Je désire que tout cela dure le plus longtemps possible.

Je ne veux pas trop penser aux blessures que j'ai reçues : la mort d'Élisabeth, le suicide de monsieur Fabre. Si je ne m'étais pas lancé dans cette quête insolite, rien ne serait arrivé, et tous les deux seraient peut-être encore vivants…

Mais mon initiative a eu également des conséquences bénéfiques. J'ai donné à Nathalie le numéro professionnel de sa sœur. Toutes deux ont renoué le contact et se sont expliquées. Lucette a débarqué à Paris, en entraînant sa mère avec elle. J'ai donc au moins cette satisfaction : Nathalie a retrouvé sa famille.

Par Marceau, j'ai appris que l'UBPIC connaissait de graves difficultés. La Brigade financière a fait irruption au siège de la banque une semaine après notre brillante prestation. Malaterre, Frédéric

Galloire, Trumeaux, Valérie et quelques autres ont été arrêtés et écroués. Dénoncé par Barioz, Malaterre a avoué qu'il était bien à l'origine de la mort d'Élisabeth. En raison de son attitude lors des combats à mort, il avait été décidé de la supprimer. Mais elle les avait pris de vitesse en s'enfuyant immédiatement. Lorsqu'il avait su qu'elle avait trouvé refuge chez moi, Malaterre avait voulu profiter de l'occasion pour me faire accuser du meurtre. Barioz a avoué qu'il avait lui-même tué Élisabeth et dissimulé la drogue. Mais il n'avait pas prévu l'intervention de Marceau. Les ennuis que celui-ci lui a créés ensuite l'ont contraint à me laisser tranquille. Marceau ne cessait de le harceler. Malheureusement, il n'avait aucune preuve.

Les complices de Saint-Méhon risquent la réclusion à perpétuité pour meurtres avec préméditation, association de malfaiteurs et bien d'autres chefs d'accusation dont j'ignore le détail. Quant à l'UBPIC, privée de sa direction, elle périclite. Les requins de la finance grouillent déjà autour de la banque moribonde.

La Bornerie a été placée sous séquestre. Grâce aux aveux de Duplessis, la police a enfin obtenu quelques éclaircissements au sujet des morts de Marolles. Ceux-ci provenaient bien de la clinique secrète. Les derniers remontent à près de deux ans. À cette époque, l'activité demeurait réduite, presque exceptionnelle. Les cadavres étaient moins nombreux, et Duplessis s'en débarrassait en les faisant jeter dans des étangs solognots. Il y en aurait une vingtaine, que les plongeurs de la gendarmerie recherchent activement. Mais, depuis deux ans, l'activité de Duplessis s'était développée, et il avait fallu envisager une autre solution. On avait donc installé un four crématoire dans la clinique souterraine, dans une galerie condamnée et connue des seuls initiés. C'est là qu'avaient fini les victimes des greffes les plus récentes.

Les rives de l'étang de Marolles sont noyées dans une brume grise, inquiétante. Au loin, un pêcheur reste figé dans une immobilité quasi totale, une casquette vissée sur la tête. Soudain, Laurence me dit :

– Nicolas, crois-tu que cet étang soit l'un des accès à la rivière maudite, la Malnoue ?

Avant que je n'aie pu répondre, un cri attire notre attention. Dans sa barque, le pêcheur s'est redressé. Une violente secousse agite sa ligne. Comme éveillé d'un songe, il tire par saccades, sans succès. Quelque chose semble bloquer l'hameçon. Laurence me serre la main.

– Nicolas… Tu ne crois pas…

– Je ne crois pas, et je ne veux pas le savoir. Si ce brave homme remonte un nouveau cadavre, qu'il se débrouille avec les gendarmes.

Et, sans attendre de réponse, je l'entraîne vers la nouvelle voiture blanche que je viens d'acheter. J'ai hâte dc me retrouver en Amazonie. Je suis persuadé que l'endroit est beaucoup plus calme que la Sologne…

Achevé d'imprimer en mai 2000
sur presse Cameron
*par **Bussière Camedan Imprimeries***
à Saint-Amand-Montrond (Cher)

Éditions du Rocher
28, rue Comte-Félix-Gastaldi
Monaco

Dépôt légal : mai 2000. N° d'Impression : 002415/4.
N° d'Édition : CNE section commerce et industrie Monaco 19023

Imprimé en France